《生於60年代——兩岸詩選》

Taiwan 1960-1969

序

我們，五年級這樣玩詩

顏艾琳

從永樂座「編詩亂鬥轟趴」談起嗎？為什麼籌備這活動，說來不是我的主意。是對岸的潘洗塵打來這麼一個球給我接。

同為一九六〇年代的詩人，我聽過他卻不認識他。直到去年我整理舊書時赫然發現：在一九九〇湖南文藝出版的《青春詩曆》中，潘洗塵（一九六三）隔著兩個大陸詩人跟兩台灣詩人吳明興（一九五八）和林耀德（一九六二～一九九六），後頭才是我（一九六八）、焦桐（一九五六）、楊維晨（一九六三）、洪淑苓（一九六二）……而書中其他的內地詩人海男、陳東東、歐陽江河、洪燭、楊黎等人，後來我在各地詩會與交流中，逐一認識。

二十年前後的臉孔，不管是一九六〇或一九五〇年次，都在各自的歷練中換了一張臉。當我參加天問在大理舉行的跨年詩會，首次見到潘洗塵，那卻是兩個不青春的兩岸詩人初遇。幾天詩會活動熟識後，他私下跟我說，兩岸一九六〇年代詩人應該出來說說故事了。於是我說了幾件自己參與的事件、他也提及自己跟一些名字的消失或沉浮。一時感覺，二十年這個量度夠久了，故事把它塞得更大，該是白髮宮女話天寶，讓它洩漏一些別的世代不會經歷跟知道的事，讓它從兩岸變成一張詩壇的共同拼圖。

一九八〇年代之於台灣跟大陸，都是一個特別的轉捩點。台灣在一九八七年解嚴之前的劇烈變動，內地則由北島、舒婷、顧城為首的朦朧詩風起。大環境則都呈現渾沌將破將明的掙扎；台灣股市一路狂飆帶動房價，大陸沿海開放經濟特區。因為氣血湧動，故文學，尤其現代詩的面貌也呈現多元繽紛、乃至眾聲喧嘩、天花亂墜、什麼都能說出道理來。彼時，我十幾歲的初中到大學生涯，親身經歷那段瘋狂寫詩、編詩刊、清談亂談、鬥詩爭論、把馬子的交友的、參加文藝營、喝咖啡跟泡茶館、亂畫亂玩、混地下舞廳、搞政治運動……成群結黨立社，或一票一票、一圈一圈，形成那世代無數大小漣漪互相獨立、互相重疊激盪的景觀。

一九六〇出生的詩人們，在二〇一二年已是四十二～五十二歲之人，而一九八〇年代是這群嬰兒潮第二代玩最瘋的時期。他們寫什麼？關心什麼？未繼之業留下怎樣的一張殘圖？為了滿足我自己的好奇心，為了讓研究現代詩的人，了解這一群青壯代的詩人在最特殊的時空做了什麼事，我還策劃一系列相關講座，以「六〇八〇」為意念符碼，跟永樂座於二〇一二年四月合作舉辦四場沙龍，邀請陳謙、田運良、唐捐、鴻鴻、楊宗翰、劉三變、陳克華、楊小濱、方群、洪淑苓、陳皓等擔任座談人。而陳皓跟田運良所帶來展示的書刊資料、細說詩刊社團為何因故消失、老朋友們的生命轉折、各種故事，還有洪淑苓、唐捐、楊宗翰以學院詩人的角度，論及五年級詩人承先啟後的精神、百花齊放的創意跟活潑動力，讓台灣詩壇才有了一九九〇年代的宏發繽紛。

潘洗塵還邀我一起編選一九六〇年代詩人的作品，他負責大陸的、我自然觀照台灣部分。為了邀約崛起於一九八〇年代，作品或行動力曾發揮一定影響的詩人，我翻書倒櫃、網路搜尋、多方請益前輩詩友，於是詩選有了以下名單：

一九六〇　阿鈍

一九六一　陳克華、江文瑜、瓦歷斯・諾幹、翁翁、阿廖

一九六二　洪淑苓、謝昭華、曾淑美、林燿德（歿）

一九六三　羅任玲、楊維晨、楊小濱

一九六四　鴻鴻、張芳慈、田運良、劉三變

一九六五　李進文、黑芽、羅葉（歿）

一九六六　嚴忠政、許悔之、方群、丘緩、須文蔚（後轉攻數位學術）

一九六七　駱以軍（後轉行為小說家）

一九六八　顏艾琳、唐捐、紫鵑、陳謙、李宗榮（後轉攻社會學）

一九六九　陳大為、林群盛、隱匿

我當然知道在一九八〇年代一起寫詩的人不只這些，若從「六〇八〇」座談人們

所提到的名字，加上我重新翻看各家詩刊的社員名單，至少漏掉好幾倍的人選，比如我能馬上憶起的優秀詩人名字：胡仲權、黃靖雅、張遠謀、王志堃（歿）、毛襲加、徐雁影、陳去非、謝良駿、莊源鎮、李沾衣、謝建平、駱也、徐大、丁未、鄧秋彥……這些努力在一九八〇年代曇花一現的詩人，因著命運的流轉，或許沒能繼續與詩為伍，可當初我都是跟大家一起混的，我知道他們各人的詩質光澤。另外就是因台灣部分個人篇幅佔較大，已歿者，我跟潘洗塵討論後，不放進此詩選中。

名單確定後，馬上發出邀請。經兩三個月的聯繫與回應，有人因為至今不諳電腦，作品彙整不易，自動放棄、有人自謙作品未豐也放棄授權、有人則一直聯絡不上。不論如何，我已盡己之力，竭誠邀約，讓此詩選的台灣部分呈現這樣的面貌了。

作為一本詩選，我希望賦予它當時背景的史料，以使將來研究者不僅看到詩作，而能從詩人所生活過的環境中，去追索出他們何以寫出前所未有的科幻詩、性別自覺詩、同志詩、卡通圖像詩……甚至超過所謂「後現代理論」的作品來？因此我特別央請陳皓、唐捐、田運良等人寫出他們一九八〇到九〇年代的記憶，作為窺看詩作的折射鏡。

導言寫到此，深感二十多年來的自己，也是一個瓶頸很深的容器了，有很多很大的內容，卻一次只能徐徐倒出一些。我們這一代生於一九六〇年代的人，曾經玩很大，這些說出來的，只是幾個切片標本。而我們的日子還長，先揮灑出去，其餘，再說了……

目次

瘋狂或風雲的年代

台灣詩選

Taiwan
1960-1969

1960 阿鈍 詩選

生於60年代——兩岸詩選
台灣詩人

太初有蛋

習慣在右腦孵他一窩窩的蛋
從粉白、青綠到橙紅
每隔一夜，就從左耳飛出一隻
而今天的噪動不比尋常
雷鳴擊碎的午夜
全身軀竅如斯響應
腋下一雙羽翅倏然開闔
直到星球錯裂，放出電漿

聲聞天

紅冠水雞踩破微明水田
一聲鉛色的鳴叫
從胸腔直直貫入頭腔
不寐的霧露顫顫後撤
最後一顆晨星
難逃一啄

戴勝上尉

一隻戴勝鳥越過雷區
尖嘴掀開了碉堡
接著又掀開上尉的頭蓋骨
黎明的海風泠然穿過眼窩
穿過肋骨似的

一枚領章

戴勝鳥吃掉開了朵小黃花的鈕扣
吃掉長了根的彈帶
又一個字，一個字吐出上尉
口袋裡的情詩

有巢

清早看見喜鵲輕啣斷枝
想是某棵樹將迎來新婦與新雛
另一棵樹奉送了一個季節

又遠遠看見堤外那河灘荒地
小雲雀動人鳴唱，驚人的技藝
預演了巢於半天高的可能

而兩種喜劇結構似乎都渾然天成
只要喜鵲甘為喜鵲奔忙
雲雀繼續追雲逐雀

夜之鳥

——夜聽Stephen Kovacevich彈奏舒伯特與
　　布拉姆斯

穿過主教的身體
人類終於發出最深沉
微弱的嘆息

神說：我知道了

夜之鳥飛離電線
我聽到牠的腳尖踩了一下
踏板

說什麼呢

就說到這裡吧……
來此一遊的彈頭，我記得你的熱燙
夜半穿牆而去的孩子，我為他守護燭光
被時間咬破了的唇，我好想再吻你百遍千遍

說了七分謊言的大律師團，我的吻也飛向你們
像風一樣保證，你們演出的舞台將繼續存在
獨獨那隻棲在牆腳的蜘蛛，你織了又織的網
我什麼都不能給，不能再說……

病毒交換式

親愛的詩毒啊
比之於0或1的形式
祢的去來更加不測
釋放的子裔更甚佔領夜空的繁星
而我的敬畏也更加深沉

但此刻請容我寬恕祢
欲加的五臟與六識之罪
我無福消受
我謹許諾以遍身的汗珠
載祢一程

透明人

他是水
而不在其內
是煙吹
厭氧的風
是寶血
而發酵過度
是顏料
而在光譜之外
是深空裡的
一個洞穴
沒有邊際的
慾望
他是追悔
永不及物的
數位

（且莫拍照）

他是火
盛裝的

皮囊
纏匝於
綳帶
與記憶
之間是解不開
扣子的風衣
無法復原的
一堆原子
脫不掉
重力的靈魂
幽居在
位格的
最裡一層

而我竟謊稱他
塗抹了香膏

在你的上游

不垂，不釣
不釣雪，不
釣山，不釣船

什麼都不

釣。一尾魚
順著絲線
游進眼裡

我腳下的箱子

我腳下的箱子擠滿五顏六色的塑膠袋
它們總等著另一次裝滿的感覺
但這樣的機會並不多
新的夥伴總是會想辦法擠進來
一起等待……

問答題

海水問杯子：
妳的虛空，我裝得進嗎？

杯子回答：
你的濤聲，我裝得滿嗎？

住著回聲的房子

最後，我也走了
留下一棟房子，住著回聲
愛情和智慧仍在別處
輪流敲門
求宿

普希金舞會

子彈射進左胸的時候
心愛的懷錶並沒有保護他
免於神經著火
免於骨折
免於從睡夢中看見幻象

濺起的指針
一隻逕直飛越樹林
穿透了墓碑
一隻被路過的松鼠拾去
撬開了核桃

市場

從黎明到黃昏
穿了紅色橘色紫色短裙的燈泡
一只只發著體熱

一排排魚眼睜得晶亮
向上仰望，沒注意自己
一寸寸，冷了

小賦格

——與Sylvia Plath跳格子

萬物都是賦格
妳單腳跳　向前
或雙腳跳　向後
妳會記得跳繩的節奏

萬物都能賦格
單瓣或複瓣
都可以包裝或開展
變成一朵水仙

萬物都曾賦格
愛情或仇怨
都離不開鏡子
離不開遺忘

萬物都怕賦格
父親和小孩
都喜歡擁抱
都抱不住彼此

萬物都如賦格
昨天和今天
擦洗同樣的碗
同樣的餐盤

萬物都愛賦格
鉛筆和紙張
鍵盤和視窗
都如此迷戀遠方

萬物都將賦格
紅色或綠色
或者紅綠相間
無非是粒粒膠囊

　　唯獨死亡
只彈奏小步舞曲
滿園青草一瞬間
　　唱起歌來

1961 陳克華　詩選

生於60年代——兩岸詩選
台灣詩人

幸福

那朵我不曾遇見的小花在這個世界的某個角落
開了
又落了
那個我不曾相遇的人在地球的另一個晝夜
把燈打開了
又捻息
我走在寂靜的天空下
星星月亮和太陽都在
只是我只看見了白雲
我抬頭
感覺到了我和一朵小花一樣的存在
的那種幸福。

有一朵雲

——2010寫在新疆

一、有一朵雲

讓我走向那一朵雲　的下方
紮營鑿井
以影子為界
築籬做我的家園
籬外四下陽光猛烈
澆灌龜裂如焚的記憶沙漠
一旦踏入，從沒有人回來

或回頭過
的那片沙漠

二、歌

那時　沙漠的空氣中有一首歌
一道隱隱約約的濕氣
透明的歌詞
拂過湧出淚泉的眼
便有百花齊綻
沿著駱駝渴死前的足跡
唱出告別昨日的輓歌

三、花兒為何那樣紅

但沒有人告訴我
所有的盛開都是因為血
必須是青春的血液
每年春天從高山上溶化
流入每個兒子娃娃的血脈裡（註）
無論在獵弓高舉　或琴弦緊繃的白晝
還是在熱唇熟睡　而盟誓萌芽的黑夜

四、沙漠的那頭

而說好了我將與你相遇
且帶著一個天使般的弟弟
和萬貫家財　葡萄枝與大棗
跟在你的馬車後頭
往沙漠的那頭
從來沒有人回來
或回頭過
的那片沙漠　那頭

註：兒子娃娃，新疆語，英雄好漢之意。

俗物的道德志

從令人悲傷的紀念品商店
所串起的旅行回來
回到俗物砌成的城市

穿過俗物排列的社區

來到俗物堆滿的門口
回到俗物裝飾的家

孤獨是蹲踞牆角的一隻貓
冷冷地注視

這段他被遺棄的時光：
「這不是我所需要的……」

俗物在我背包裡紛紛自動走出來
尋找到適當的位置：

「對不起，我也不想
這麼庸俗……」

我狗一般親吻他

邊界漢堡王

在地球上行走行走到最蠻荒再行不過去的地方
突然就有了一家
Burger King

和你家隔壁那一家味道完全相同天涯
真的若比鄰除了
店員兄弟口操西班牙文：

這裡是漢堡王的宮殿你還不跪下
晉見我們偉大的漢堡王……

在黎明天空由藍轉白的地方

在黎明天空由藍轉白的地方
我看見浮冰正溶化成水的海面
有那麼夏日確切泛起秋意的一刻
我清楚望見你在黃昏完全沒入夜黑的那一瞬
眼神由輝煌轉為靜謐的顏色

我步行向遠山由靛藍轉為湖綠的地方
鵝卵石正分散為更細緻的礫石再碎裂成沙
在一首歌最後顫音消失為靜寂的當下
我確實在風開始流動的那端寫了一封給你的信。
趁這一波海潮退去而下一波海潮尚未湧來
趁上一個起念消失而下一次起念還未到來

拉達克的天空

一、藍月

我知道我確然已經錯失今生的滿月
但我乘坐名叫737的鐵鳥
巡遍了夜空

一再一再
徒然的飛翔　平庸的降落　勤勞的行走
——再從地上舉目

四望——直到
眼白望出了血

直到天葬的刀劈散了我的四肢
臟腑存入眾鴉的胃囊

直到旅途的筆記本上
出現一行字迹錯落的夢境---

你走來舉起指月的手說
：你看，一個月內出現的第二次滿月
叫做

藍月。

二、流星

夜之旅人披起了高高的斗蓬
彈出一星煙蒂
倏地穿過——

我忙不迭用視網膜記錄下

這一行弧形發亮的
剎那的詩
（短至來不及閱讀來不及感受任何幸福……）
但終夜，且延續好多個終夜
我怔怔望著
滿天不流之星
——人從瞳中見，瞳流星不流——
全宇宙亮晶晶的悵惘……

三、好雪

才邁入九月
對面群峯的雪線便下降了
但僧侶們依舊光著膀子
在寒凍的晨曦中盥洗
開始早課
大聲祝禱　誦讚　十萬加行
復經行至午夜——

然後，夜半你踩過潮溼的地面
到巨大的山影下小便
疑心無聲無形的雪正下著

然後絳紅的僧袍上
浮起了一頂又一頂呢帽
掩住了貼慣手機的耳朵

白日群山召來了深色的雲
雲下一架架銀灰色巨無霸客機
正速速飛向電波洶湧的南方：

處。不。好雪。不。落。
落。別處。處。落。雪。
好雪。雪。好雪。好雪。
雪。處。落。不落。雪。
不。好雪。別處。別處。（註）

註：「好雪不落別處」，龐蘊語。

後記：2008及2009年夏率領醫療服務隊來到海拔
近三千五百公尺的拉達克（Ladakh）義診。

拉達克位於北印度、中國西藏、巴基斯坦及克什米爾三國之交，處處可以嗅見濃厚的軍事氣息，卻是不折不扣座落於喜馬拉雅山脈裡的藏族古王國。夜宿佛學院，晚餐之後有機會和喇嘛們一起夜觀天象，複習在台北久睽了的清朗天空，因而有詩。

蝕

一、日全蝕

於是我將自己熄滅了一回
鳥翅凝結在天空
獸迹埋入狼人的墓穴，我
此時也應該循著曲折的星光
曲折地看見你——你尚無法適應驟暗的眸子
猶在蒸著體熱的沙丘上
反覆搜尋昨夜蠍子們交歡的遺迹
但相同緯度的岩石和土壤
此刻依然炙燙，發亮
我們同時鬆開的額頭和手掌心
也是——日全蝕的片刻
我們放生偽死的龜和詐睡的蛇
努力回想一顆佈滿善意的
層層漣漪的星球，像菩薩臉上幻化的皺紋
必須，你必須確切記憶的此刻
終於浮現：你我

曾在此刻熄滅了一回

二、月全蝕

但是我担心這夜不夠黑
不夠完整地遮去自我
好放任眼睛去看
於是，我們相約在月滿的海上
充滿冥想時的呼吸和蠢蠢欲動
朝低處搔癢的慾念
低垂的星芒刺痛你我初蛻的皮膚
潛沉的船戴滿遠方肉體的動盪
一如終於月全蝕了的時刻
我投射出的陰影如此巨大而渾圓
像一顆為黑水晶所召喚的魂魄

毫不遲疑在天空裸露自己的身世並
同時遮掩崩塌的表情，黑暗如此逼近
你的全貌，我曾經傾全力
經營地球終將發光
萬物俯首合抱睡去的幻覺
但暫時我明白：一切

都將只會是暫時

意義

雁子行過的天空
突然　我看見
天空被賦予了意義　同時

我的眼球　被賦予了意義
我的眺望
被賦予了意義

地球　四季　雲朵　建築
生命　與遷迻都被賦予了意義

一切只因為

雁天空天空天空天空天空天空天空天空天空
天**雁**空天空天空天空天空天空天空天空天空
天空**雁**天空天空天空天空天空天空天空天空
天空天**雁**空天空天空天空天空天空天空天空
天空天空天空**雁**天空天空天空天空天空天空
天空天空天空天空天**雁**空天**雁**空天天空天空
天空天空天空天**雁**空天空天空天空天空天空
天空天空天**雁**空天空天空天空天空天空天空
天空天空**雁**天空天空天空天空天空天空天空
天空**雁**空天空天空天空天空天空天空天空天
天**雁**天空天空天空天空天空天空天空天空天

雄性的閱讀

在辭性不分性別的中文裡
我經常遇見　純粹　高熱　冒著煙的

雄性的字眼
就像經常在街上遇見的
那些手抄著口袋走路的男人

失去武器仍要掠奪的
失去自信仍作浪漫的

失去結論仍勤於修辭的——
或許只是一無所有
或別無目的地
雄性　著
的那些男人——在我閱讀的過程裡　讓我
有時淚光滿溢
有時分泌唾液

某個詩歌節

每年一度一群詩人群聚
在一座無人讀詩的城市裡
像一群靈媒的隊伍
行走在水泥與鋼與強化玻璃的蟻丘
之間，彼此只以心電感應交談：

「今天集會的目的是？」
「嗯嗯……」

許多的嗯嗯。嗯嗯。如跳蚤
咬過血之後　跳開　生下
更多的嗯嗯
的預言的卵
——之後
他們逐漸失去感應的能力，孵出詩句：
身無彩鳳雙飛翼。
事有不可對人言。
從此詩人們發言只說：
嗯嗯。嗯嗯。

1961 翁翁 詩選

風箏

以線的纖纖細算
風箏如何撐起這一片無際的天涯
夏艷尚且如此
更別說到了風嘯浪舞的
冷峻海岸

景色如何遠天的溫度　如何
一杯冷咖啡的等待　苦澀滋味如何
疾疾的風速裡　冷眼俯瞰人間的
心境
如何

咨意翺翔的飛行原理
理當包含動力方向與速度
造形紋樣和圖飾
甚至飛行的身姿

那麼　起飛時心情最好歸零
如果風高視野還算開闊
就選擇最理想的航向
逐風飛行

以纖纖細繩而言
天涯無界弗遠
小心別斷了
這僅存的
一
絲
牽連

牙籤之必要

化身為纖細且渺小
等在茶餘飯後縫隙間的除穢者
眾聲喧譁而我微不足道的
矜持著我的羞澀
裸身探刺

潔身自愛之必要
譬如俠者行義
剔除飽腹後的餘渣是我無悔的宿命
即使又換化為一絲堅韌細線
又輕裹薄荷芳香之微涼淡妝
無非出自善意

我乃叢林深處的離魂
輾轉人世
維繫你僅存的自適與傲然
在口慾與舌齒之間

江南初訪

聽說風雪將臨
我一路僕僕風塵瞬間陷入冷境
梧桐也是
一任白枯
從昏黑排列到黎明

西湖在寒鋒裡愁眉冷凝
我始終等不到她的回眸淺顰
江南如此冰霜
而旅程未盡

春寒正料峭
風雪催促著寒梅初綻
我在黑瓦白牆的江南裡
覓覓尋尋
有沒有一盞燭火搖曳的
風景人家

風華

——上海巷弄隨想

巷弄裡瀰漫著悠閒慵懶的浮華
我們不經意地穿梭期間找尋一些可有可無的什麼
風華絕色們撥弄著伊的青春妖嬈
在玻璃櫥窗彼端
得不時提醒自己
眼前　已經民國一百

她說其實無關年歲或雅興
在每一處轉彎的巷弄裡總有些意外的風景
青春留給過客　我為自己優雅
要嘛你駐足停歇細細鑑賞
要嘛速速離去啥都別打聽

但我們終究得褪去這一身繁纏
在順遂與艱阻相望的孤獨窗邊
看天色從晨曦蒼茫到昏暮黯淡
反覆咀嚼咖啡杯最後那抹餘香

十里洋場如今抖落一城瘖啞
以急促的步履跨越上個世紀的歌舞昇華
那時　車速徐緩持穩
我和我的寒沁行駛在秋深臨去的楊浦街道

慢漫六唱

——慢漫民宿短暫一夜

說忍不住懷想起荒山瘦水紅瓦朱簷
古典就靜悄悄橫陳在桂花漫舞的晚秋廳堂
夜有眸子澄澈水漾
你打古典裡款款走來

燃一抹猶豫於秋冬之間的傾斜餘光
就照亮一程想像與微醺的旅程
會是理想的孤獨島哪
中年的我　總這麼想

怕遺忘的總是遺忘
想狠狠記住的通常沒能留著
打一盞燈籠借一抹光　借你臨去殘留的風霜

唯恐日暮昏黃後　不經意將你遺忘

黝黑裡匿藏著荒年冷峙的禁忌
紅色是母親的體溫　潤綴著每一次童夢
寶藍不容羞辱　扮演恆久不墮的天使
那亮燦燦地黃呀　大辣辣就暈滿一整座騷動的
島

捧一盆恣放的九重葛如果還不足以表達我的盛情
那麼就邀秋日午後的金黃暖陽列隊歡迎
旅人請進　慢慢慢慢　請進
莫要驚醒沈睡已久遠的磚牆簷影

慢慢的流光慢慢享用慢慢的心事慢慢編織
慢慢的閒情慢慢翻閱慢慢的悠雅慢慢品嚐
慢慢的河流慢慢慢慢地感傷
慢慢的青春啊　慢慢吟唱

後記：二〇〇九歲末返金門，寄宿慢漫民宿，
靜享閒適溫馨的島鄉一夜，並記。

遺忘的半張臉

天黑了
遺忘的半張臉還在遠方流浪
兀自練習著喜悅與
悲傷

終究還是把她遺忘
如雲絮貪婪著純清朗無瑕的穹蒼
一任夜暮無由地罩滿海面
浸染黝黑

漫長搜尋的等待裡
傾聽白千層紛紛滑落的嘆息
記憶的框徒然抵擋
止不住年華
肉身已
白骸

想起遺忘了的
那張　臉

告別

——與一雙鞋子的辭別

至少我們擁有廣袤無礙的視線
在滑行與座標的深邃不安之間
滄海只取一瓢
至少觸撫了水媚的溫柔與冷氈
紛紛墜落的遠方的星子們
啊日暮之前我將闔上繁纏與疲倦

雀躍的歡愉的昂揚的喜樂繽紛的
沈重的感傷的躊躇的哀愁的徐徐緩緩的
等待的冀盼的想望的有的沒的漫漫長途
寒冷的冰封的嚴酷的天寒地凍的
濕濡的悶熱的幽暗的陰霾的
開闊的寬廣的遼遠的澄澈清明的一望無際

趁燭光幽黯　拭去瑩瑩欲滴的淚
撐扶著時光垂垂老去的身影
發一則臨別的簡訊
用牢牢的記憶
告別

無須眷念與祝禱
我們各自冥休一方
勞勞碌碌憂歡不絕
是我
疲憊的一生

色域

黝黑

有或者無
存在不存在
都無礙於我在這裡的從容

湛藍

一匹飄搖擺盪的布染
深邃裡有年少的青澀
純真悸動和慾後
微弱的激昂

赭紅

深諳於島的乾枯
關於溼潤的極度渴望
皸裂之下的舊傷
是荒誕一生的本色

霧綠

如記憶般久遠的景深
是冬春交替時的迷濛
始終分不清楚
冬泥春暖湖海漂萍　以及
誰與誰的心事

澄澈

一口就穿透腦門與腹腔的灼烈
足以清楚判讀
澄澈之界線

有時
遠遠超越視野所及

虛白

所有關於愛慾與侵佔
糾葛怨嗔
所有的歡愉悲傷
像一紙虛無的
仰望

昏黃

只剩暮色沈溺與暗夜之距離
候鳥紛紛捲起羽翼
傾聽號角低沈響起
用飛行耗盡一生的
氣力

霧中滑行

危襟正座　在等待的滑行中等待
注視著任何一次穿透白靉蒼茫的可能
我們正在遺失方向　我想
曳風而行　在忐忑與質疑的航道間
瞥見窗外飛鳥透露著迷濛的疑惑之羽翼

回航或者持續前行
我危襟正座　鎮定如蒼勁筆直的木麻黃之姿
雲絮之下
風雨飄搖之間　團霧之上
是誰　在天涯海際間摸索
找尋消失的路徑

十指可及的視線裡　如雪之白寂
冥想沐修自省靜思之必要
啊我正穿越四十歲這道心急如焚之藩籬
深恐霜白了年歲的髮絲不慎墜落　驚醒
沈睡久眠不醒的迷團
這個季節一時興起的白色紗罩

魔幻般染白了我們翡翠澄澈的鏡面
母親在灶爐裡焚燒木麻黃髮葉燃起的縷縷風煙
喚醒天光　散開來的一方清明
照見我那座落南方
赤土濃蔭溫濡寂寞的家園

清明

終不抵歲月冷冷地啃噬
我和我寂寞的風沙
凝視著磚牆逐一崩塌成無言的飛絮
任青苔攀爬過每一處靜默的隙縫
無視於路過的鞋履

我們終將遺忘
在佈滿禁忌風向的季節裡　不悲也不喜
我猜想每一顆摩肩擦身而過的心
總有各自的塵埃飛揚　浮影游移

怎樣才能牢牢記住
歲月刻劃在伊臉龐的皺紋
滄桑瑰麗怡然自適的妝扮著孤傷的髮髻
如木麻黃般青絲繾綣　每一個等待的晨昏哪
紅簷樓頭　雁字南移
金蓮三寸　緩緩徐徐
啊那時伊雍容得彷如一抹微醺的餘暉

柴門輕輕扣
遍尋不著昨日遺忘的童顏囈語
遮蔽了滿天星斗的百年垂榕在庭院瘖啞守候
黃昏吹過一聲輕輕的嘆息
老厝東隅　整條飄散著蔥花爆香的青石小巷
降下初冬以來第一場微寒的細雨

只能哼給自己聆聽的感傷
還是深藏在最隱密的角落吧
我猜想
伊仍無時無刻溫濡著我逐漸沈重的步履
那回也回不去遙遠的小路

島嶼四帖

雲絮

沒有喜悅與悲傷的天空　我是輕盈
沒有期待與失落
沒有晨昏寒暑
沒有感傷與情牽記憶
只是神遊　行腳路過你緊掩的窗扉
來不及設防
小小的縫隙

霧湖

淺酌三分
輕扣微醺散焦與清醒之冥界
裸身對鏡　如幻飄緲蒼白似雪的太虛
鏡裡　照見迷濛景深
放聲呼喊
卻遲遲不聞等待的迴音

風沙

極目所及盡是餘暉舊韻昔時樓頭
寂寞的風獅啊
夜來聆聽五斗櫃裡靜默的家書
遠眺並且等待遠方的遺音
風沙來時
那人穿越馬背燕尾羅織的天際線
自西北方樸樸風塵
踉蹌而來

梅雨

飽含關於荒亂歲月的苦楚
回憶之陣痛
哀傷難免　暗夜椎心之哽咽難免
調和淚雨鹹澀為濕濡
在五月　暢懷傾洩
以排筆渲染之姿
淹沒整座乾涸島嶼

海島鄉歌

若不曾叩訪我年輕時的島鄉
就別炫耀你的風景如何明媚
相簿裡可有深深眷念的海洋
昔日的戀人還默默地守候嗎

你不曾穿越我年輕時的港灣
就別炫耀你的船帆平穩無漾
海的鏡面澄澈寧靜碧波無暇
我呢只想念寂寞路樹木麻黃

若不曾暢飲我年輕時的酒香
就別炫耀你千杯不醉的海量
家鄉的陳年白高有海的粗獷
百年沙塵與花崗岩層的萃釀

你不曾傾聽我年輕時的聲音
就別炫耀你窗枱清脆的風鈴
鑲滿一地的相思花黃溶成金
送給我白髮蒼茫等待的娘親

Z

想念一個人
把人找出來
給人一雙板鞋
給人一杯水
給人一顆炸彈
給人一首民歌
給人一條公路
給人一根芒果冰棒
給人一份藏寶圖
給人一朵扶桑
給人一陣晚風
給人一隻麻雀

很好找

過40米
走不到兩三步
一個旋轉霓虹燈
蔡麗卿
她家開家庭美髮
蔡麗珍搬出去了
蔡麗美
路尾右轉
田中央
兩棵木瓜
一棵土芭樂
高高的圍牆
鐵門深鎖
狗很凶
很好找

和陶飲酒

朋友來看我
帶了一瓶酒
坐到大樹下
三杯醉茫茫
有話倒著講
沒話倒著聽

beyond the clouds

銀色月光下
敲著賤骨頭
幸福是空的
反覆幾個音

這

來吧來吧
閉上你的狗嘴
坐下來
抬起你的狗腿
豎起你的狗耳
或者
乾脆你就躺下
本來就是這麼高的
坍了
塌了
砸碎了
也就是這麼幾塊
要命的是現在
你也走到了這
這這麼高的
這麼高的坍了
塌了
砸碎了
也還是這麼幾塊嗎

貝殼花

過完年
婆婆樹果然就開了
好多好多貝殼花
白白嫩嫩的
貝殼花
到了晚上
不停地冒泡
小疊仔
只好帶他們上厝頂
凍露水
看天上的海
天上的海有那麼多
那麼多的螃蟹星
在冒泡
又大又圓的泡泡
看起來也一樣
是酸酸甜甜的

多和尚

墟裡面住的
多和尚
並不多也
以前他趕鴨回寮
趕鬼入關
又搖葵扇
又滴大汗
現在他念一經
是一經的
實在
也沒什麼事了
就開著他的E
到半屏山
看西照日
照著半屏灣
那一片芒

什麼渣渣

寒國人愛玩摩托
愛吃大胸脯女人
她家的糖醋魚
愛她家後院
正對著新店溪
那座雙人浴池
寒國人說
在雙人浴池
裡練密
就像點一把火
燒一個和尚
燒到什麼渣渣
也沒有

三個大人

黃大人坐在這兒
幹什麼啊
陳大人
站在他前面
廖大人走了過來
捏捏陳大人的肩
廖大人想聽聽他們
到底說了些什麼
一個箭步
七個鋁門窗
外頭
是無花院
梅雨下在那邊
已經好幾個小時

風與玫瑰

窗邊的玫瑰
對著過往的風
攤開右手掌
她說
我不要你迷戀我的微笑
我要你讀懂我的掌紋
那是我寫的詩

風照例親吻她柔嫩的面頰
也破例閱讀她的掌紋
錯綜複雜
這是命運，不是詩
風用三秒鐘解讀了她的一生

風離開了
玫瑰凝視自己的左手
緊握的
一卷詩藏在裡面

醉

你是我舌間的一滴酒
我始終不敢說出我的醉
當愛情和酒徒相遇
我選擇了迷茫
在深海裡敲擊音叉
海豚聽見了

水晶杯與之共振
我的心
為什麼也跟著搖擺、搖擺
不斷地搖擺

如果愛情向我舉杯
我怎能一仰而盡
凝視水晶杯
折射每個角度的你
你是我舌尖的
一滴酒
一顆淚
一場無法分解的
醉

秋的詠歎

走在秋的樹林
我檢到一片歎息的葉子
它說，幸福總是擦肩而過

五節芒爆發一串串詩句
都市深巷廢土堆上
孩童　撥弄昨日埋藏的彈珠

仰望流雲
一架飛機劃破天幕而去
時間　原來都是向前的姿態

睡在秋的月光下
我被沁涼的露珠喚醒
它說　完美的句點也是幸福

地震日記

——（1999年9月21日星期二
天地黑暗世界骨折）

早餐
脆脆的玉米片
像樓房咔啦折斷的聲音

午餐
鬆鬆的蘇打餅乾
像牆壁嗶剝紛飛的碎片

晚餐
來了一會兒電
「全台大地震死傷逾千人」
電視報導配香辣的泡麵
薄薄的胃壁開始晃盪衝撞
彷彿有人不斷拍打求救
她才有了理由
喊痛　並且　流淚

早餐桌上

——詩人說：在早餐桌上
遇見一首好詩，便覺幸福。但……

在早餐桌上
遇見一根繩子
風穿過空虛的圓
年輕的靈魂
不再歌唱

在早餐桌上
遇見一盆炭火
滋、滋、滋、滋——
柴米油鹽，債務
孩子的笑聲，一起燃燒

在早餐桌上
遇見一條河還是一片海
一隻鞋子還是一個背包
一個痛哭的婦人還是
一堆濕冷的文字……

假如，假如那是
早餐桌上遇見的
一首詩
那麼我將一飲而盡
不加糖的黑咖啡

然後默默的
離開
不吵醒沉睡中的
幸福

水·流·詩

——為南亞海嘯災民而寫

如今我們只剩下
一堆
漂流的意象了

面貌，模糊不清
嗅覺特別鮮明
魚的
貝的
蝦的
蟹的
水草的
鹹腥味以及
混雜著海沙泥土、破爛泳衣
手錶、腰帶、皮鞋、球鞋、拖鞋
男人的腳、女人的腳、小孩的腳
的腐臭味道

這一首用死亡的味道寫成的詩啊
是誰寫來獻祭給海神

而後，我們又聽到
一串
擁擠的音節

意義，模糊不清
發音特別響亮
印尼亞齊
峇里島
泰國普吉
PP島
斯里蘭卡
馬爾地夫
捨身救女的媽媽
抱樹存活的男孩

床墊上倖存的小娃兒
屋頂上的老人
以及拿著相機奔跑的新婚夫婦
的顫抖和喘息

這一首用死亡的味道寫成的詩啊
人們再用愛與勇氣
獻給
上帝
阿拉真神
南無阿彌陀佛
以及深海的諸神鬼王

請收留那些孤魂
請收留
那些被海浪撕碎的靈魂
他們已是你的子民
請讓他們安歇

合婚

把嫁衣掛好
順便收妥你的領結
古典紅木櫃　平滑無紋
據說年輪隱藏在
素色的那一面
　我們的誓約
　要刻在第幾層

明月般的鏡臺
一串珍珠鎖緊了夜
賓客牽著花炮聲走遠
滿地碎金
叫天使掃去吧
我們留一盞水晶燈
看往事和光影追逐
未來　從彼此的眼眸出發
　喜怒還是會有的
深情，應在眉睫
或是唇間

春寒染透背肌
今晚我的夢肯定多一道縐摺
你且翻過那柔軟芳香的
玫瑰牆來
像舊時約會一樣
說些傻氣又好聽的話兒
我繡滿詩句的雙人枕
才容許你醉臥
容許你高歌
容許你得意地發現一行小註
荊釵布裙也願相隨終生

康乃馨為憑

——給剛兒

夜深人靜
天邊有輕雷
你的小馬車啟動了
車聲轆轆　此去千里
我們相約
在我髮白，獨自憑欄的驛站
你將攜兒帶女，以及一朵
血紅的康乃馨為憑

等待的心情如繁星滿佈
鵜鶘鳥叼著大提袋
送子觀音會送來
不穿肚兜的小小孩
你在我的宮殿九月有餘
而今必須出走　衝過
陰暗狹窄的隧道——
　我甘心釋放你
拋棄鎖你繫你的繩索
甘心撕裂自己
讓血奔流　印染一層層
康乃馨鋸齒般的圖騰
領你出走

路那頭有光的地方
是你的王國
零時四十三分當你
高呼而去，緊閉的眼

猶不知回頭看我
躺臥在血染的大地
眼中有淚，目送你
去去千里莫相忘
在我髮白，獨自憑欄的驛站

我們相約
一朵艷紅的康乃馨為憑

貓一樣的

——給十三歲的容兒

嬰兒時期的凝視
妳還記得嗎
在我的懷中、膝上
在我的掌心裡
妳未曾看過人間苦難
未曾愛戀未曾悲憤的明亮眼睛
與我深情凝望

而今逐漸成長的妳

貓一樣的眼睛
貓一樣的坐姿
嫻靜
優雅
卻總是望著窗外

妳想到哪兒去？
流浪
還是
追逐風
追逐自己寂寞的影子？

我從書堆裡回頭
妳仍是貓一樣的
眼睛
坐姿
卻，癡望著我
傾身向著我

我該教你寫詩
跳舞　還是
低唱一首青春的歌？

人魚公主的母女對話

——與五歲的潔兒共讀人魚公主童話

每一次，故事都是這樣說的
人魚公主游到岸邊
愛上了英俊的王子

這次，為了挽救她的命運
你說
「不要喝下魔藥！」

但是，不喝下巫婆的魔藥
故事無法繼續

人魚公主喝下巫婆的魔藥
尾巴裂開，失去自己的聲音
被王子救回皇宮
跛著腳，跟著他穿梭玫瑰花叢
等待一句真心話

直到——
王子將要迎娶鄰國的公主

姐姐們帶來一支小刀
「刺死王子！」
你說
為了挽救人魚公主的命運
「一定要刺死王子！」

但是，故事無法繼續
如果刺死了王子……

人魚公主望著王子熟睡的臉龐
把小刀拋向大海
把自己餵給了死神

每一次故事都是這樣說的
人魚公主變成了泡沫
潔淨的靈魂升上天空

每一次，故事——
故事不是這樣說的
為了挽救你的眼淚

這次，我撕掉了後面兩頁

直到——
王子將要迎娶鄰國的公主
姐姐們帶來了一瓶解藥
那是用珍珠項鍊和巫婆換來的

「趕快喝下解藥！」
為了挽救人魚公主的命運
我們一起看著她喝下

靈巧的尾巴變回來了。
好聽的歌聲唱起來了
人魚公主游回海底世界

你開心地笑了

遠處又有船難發生
每一次，故事都是這樣開始的
我的小小美人魚
你可千萬千萬不要
靠——近

女聲尖叫

電梯
計程車
廢棄的公寓

進入
卻更害怕
被進入

啊
啊
啊

女聲尖叫
從66歲的老祖母
到56、46、36、26的
家庭主婦和粉領族
從16歲的美少女
到6歲的女娃兒

女聲尖叫

在巨大的陰影底
啊——

元配夫人

競選時
證明他
是個好人
（努力上進，孝順父母）

升官時
證明他
是個好男人
（齊家治國，內外兼顧）

緋聞時
證明他
是個新好男人
（週年節日，不忘鮮花
而且是個好爸爸，兒女都愛他）

元配夫人之為用
大矣哉
（已經讓妳當「大」的了
還，吵什麼吵）

退

已經不是第一次了
　被世界拒絕
　　我拾起鞋印
一步一步後退
迷途小鹿的眼睛
　乾裂的鼻子
　　凍傷的蹄
一步一步後退
直到冬眠的洞穴
　　每盞燈都亮著
　每扇門都關著
這世界一直在下雪

我唯一靈敏的耳朵
等待雪崩的聲息
我不走避
我將在雪浪裡狂奔
讓飛雪如瀑
將我深埋

彼時，你來，讀我
帶著一束光
讀我瞳孔中的
最後一首詩

五色

——老子曰　五色令人目盲

深藍

像睡眠
欲望在月光下
匍匐前進

黯紫

比黑色更詭異
開在死神臉上的
一朵冷笑

灰

你這個中間派的傢伙
白色失去了純潔
因為你

格子

別告訴我你喜歡格子色
不斷轉直角的人生
你為自己建造無數的
牢籠

櫻桃紅

吻我吧
小酒窩

1962 謝昭華 詩選

生於60年代——兩岸詩選
台灣詩人

午寐

——記常玉畫作

一隻蜻蜓反覆撞擊昏黃欲睡的燈罩
一隻蝴蝶停駐大理菊戰慄的花房
一隻蟋蟀的催促像時間冷漠
一隻家蚊的小腹孕育著遠古謠傳

誰覷著那單一綠色的複眼
世界便曲曲折折顯現
慾望與悲傷繫在你瘦削腰間
粉紅是憂鬱而歡愉是深層的黯黑

馬是昂揚的人世冀望你將牠圈藏
豹是慵懶的貓在椅上的虛華夢想
鷹在遼闊的天空盤旋無處棲息
蛇是飛揚草叢裡你堅持冬眠的心

只有墨綠的大地承載沈重的雲
佇立枯樹上的黑鴉凝視著日落遠方
你是初生的象是人類永恆的嬰兒
用巨掌踏醒花岡岩層的遼闊與荒蕪

珊瑚蛇信

慵懶吐信在秋日厭厭的午後
菟絲深處潮濕陰暗的家沾滿流涎
昨日吃剩的麻雀殘骸
已爬滿蜂擁而至的黑蟻

可鄙的蟾蜍躍過前方的小徑
而九月是如此百無聊賴令人沮喪
腹中生殖的慾望隱然成形
優雅耽美，卻是冬眠之後的事了

錯身

如一尾水母潛泳你滑行的舟底
心事透明，一如浮游動物直率的深情
海洋寬闊可供冥思神遊，我自
深邃海底潛升而來，你自沙岸
億萬年隔閡之後再次相遇，我們
錯身而過
錯過彼此演化的傳奇，錯過
心靈蛻變與肉體的青春盛宴
錯過昔日胚囊與肺的相遇
觸手與肢體的纏綿
錯過相濡以沫，錯過
魚與水之歡
我在巨大的水族館裡遠遠望你
傾聽你情深款款的歌聲向海洋
一種無聲的
幸福，雖然遙遠
遙遠似億萬年前游經的夢境

冷戰紀事

一、家

風暴起自優藍靜謐的海面
自心的圍籬，家的四壁
目光與目光摩擦
聲音互撞，星燄四處噴濺

久已不曾說愛了
一個字音的重量堵住胸口
床的兩側是肉體中間是
疲憊的舌頭
夢的兩側是海洋中間是
無止境的憂傷

語言是種植在腦海裡的牡蠣
堅硬的外殼包裹豐沛的淚水
語言是刀刃，是晚餐桌上
碗盤杯筷碰撞的聲響

戰雲已然密佈
在你滿濺高蹈口沫的日記上
書寫只因恐懼遺忘：
鹽一平匙，恨二兩
淚水半鍋熬成高湯
蔥加熱諷快炒

二、邊境

雲層飽滿著寧靜的濕意
自遠方海面緩緩逼近的
是史書中傳來的隱隱怒雷
敲擊著你心中枯槁的土地
戰雲已然密佈
電視機在客廳裡發表
這一世紀最可鄙的演說

北方的冷高壓往南再往南，此時
你面朝牆壁側臥，肩胛骨瘦削
是白堊紀時退化的雙翼
關於勝負便眾說紛紜了
沈默是一艘永不沈沒的戰艦
三棲作戰的兵棋推演也僅僅
搔著了舌根的癢處

歷史裡遷徙的流民也返鄉了
時間是有著龐巨版圖的帝國
我們往返出生與死亡之間
背負著夢想與愛的行囊
在希望與哭泣之間
在時間分秒競逐的間隙

三、家

每日在時間分割的網罟裡行走
清晨必須伸懶腰，夜晚必須刷牙
餐桌上的殺戮仍定時在齒縫間進行
狼藉杯盤中的雞腿骨還沾著
混雜唾液的髒字

心的四壁，家的圍籬
聲音與聲音擦撞
茶几上的仙人掌正悄悄發芽
植物對水的誤解一如
你對於愛情

風暴籠罩島嶼四周
語言的港口已遭冷嘲封鎖
目光與目光擦撞
客廳裡的電視螢光幕仍兀自
對著室內的寂靜歌唱

原色頌

紅 19491949

我們出發尋找血尋找滾燙的唇
那年我遺失一條潮濕的臍帶我哭泣
在高海拔的夢境裡溯河而行
背包裡的書籍發出陣陣腐爛的竊笑
1949年的季風吹得我滿面風霜像早衰的幼童
1949年以後我便表情嚴肅成為稱職的小丑
笑肌表情肌眼輪匝肌都泡著顏料
乾燥的顏料將臉緊緊黏在鐵絲網鬼條砦的圍牆

藍 2130770

然後我便像自閉症的少年般憂鬱著
用鋼筆沾墨水寫長長的信
在切著斷掌掌紋的手心
（我又是個第21對染色體不乖
　對愛情癡呆的蒙古症小孩）
走到三公里外的郵筒寄給自己
黏著七夕情人節郵票
蓋著兒童節郵戳首日封
你好嗎我很好祝你幸福像一尾慵懶的蜥蜴
七十年後再見你辨認你背脊分泌的頹廢氣息
我還會唱起天鵝之歌跳著垂死的求偶之舞
請你吞食痙攣過後癱死的肉體

黃 1100111100

他爬過枕頭爬過棉被爬過我赤裸的身體
皺起鼻子唱著前世的記憶牙牙牙
肚子餓了牙牙牙尿布濕了牙牙牙
歡喜牙牙悲傷牙牙小小的嫉妒牙牙牙
「親愛的孩子你要去了我的骸骨我的靈魂
退化成茹毛飲血的人猿陪你唱歌」
敲牙著牙皮牙鼓牙踏牙著牙腳
生牙食牙熟牙食牙也牙都牙好
牙牙牙，牙牙牙，牙牙牙牙
牙牙
牙牙牙，牙牙牙，牙牙牙牙牙
牙牙

在戰亂頻仍的年代醒轉

驚慌失措的夢境原已遠去
不復記憶。我卻一再底醒轉
在戰亂頻仍的年代

1歲。我想睡去，想捉住夢蜻蜓般的長尾
想吸吮拇指吻媽媽的黑眼睛
飛翔在海峽細碎的小島上
只想在飯桌上磕睡，在桌底迷藏
兩歲的夏天蟬聲好吵，夢好輕
綠色的蟬翼震動著亢奮的頻率
雷聲隱隱，防空壕外雲層欲墜

夜行軍的年輕士兵走了
留下巨大的寂寞在我12歲課堂的抽屜裡
我沈迷在字典的難檢字表中
想透過古老的文字了解人類：
刃庀衣忒尨毒武哀幽彧
芻酒辱骨彪恥飧弒罣鼻
像巫師喃喃唸著難解的符咒
疑暴黎薤嬰噩囝競囂

男孩互搶著女子的裸體照片嬉鬧
操場上的韓國草
閃著碎玻璃森然對恃的反光

籃球場像座死寂的城
我肩著比身長還長的美製步槍
像戈蘭高地上的回教男孩
15歲的腳丫浸泡在
潮濕泥濘的世界無法動彈

誰憧憬這個瞭望海上的水手，17歲
數著星空還是遠方的照明彈
清晨總有連串的槍聲射穿夢境
像焦躁的音符敲打車城城垣
19歲的清晨我流淚夢遺
書桌上的人體解剖圖冷翻閱我的臉孔
奇詭的生物化學反應是古代馬其頓玄學
我是衰老的賽拉耶佛男子

每天哼唱自己的輓歌
車窗外的公車站牌一一流逝
像電影膠卷的迴帶倒映25歲的慌亂

總在清晨的夢魘中聽見
遠方軍事靶場傳來的聲聲啜泣
原以為可以安靜底泅進夢域
32歲黑水深深的海底
我又在戰亂頻仍的年代醒轉
流徙於古老的土地與海洋
手掌因驚慌而汗濕，槍聲
總在我腐爛的耳朵旁呼嘯來去

顛躓在逃離戰亂的途中
7歲的天空在小船裡搖晃
正午的陽光逼射童年的雙眼
海蟑螂泅泳船艙的縫隙
季節風吹來陣陣硝煙

許久不見

思念的伺服器與光的結點
疲憊的滑鼠在螢幕角落渴睡
沈靜如文字時代懷想圖像的鄉愁
不斷繁衍的程式夾帶著語言的慾念

我已遺失了電子信箱的密碼，網路是虛擬的手
牽我來你的殿上告解，桌上一株枯萎的艾草浸水冥想
許久不見，如同遺失了鑰匙的孩童在門前張望
腦中的程式稍許紊亂我試著修好它

我不規則的心律總在你的面前失控悸動
餵我以無窮的圖案與文字，計數器的數字夢中無止盡地增長
吸取所有的想像與慾望，我是一尾身上寫滿數字的鴨嘴獸
在赤裸的背上縫滿移植自各地來歷不明的皮膚

許久不見，自你上次來到我的臥室已是57天21時07分46秒
深情指數2716，魔術數字05，我的星座掩蓋在你的竊笑背面
鑲嵌在脊椎中的中央處裡器不斷運算當我進入你的身體
聲音過於嘈雜散熱不良以致我不能專心做愛只知許久不見

寒武紀

三葉蟲沈睡白雲岩的懷裡，海風肆虐
礁岩靜候碎浪到訪，帶來海溝深處海藻的口訊
關於愛的光合作用，空氣中氧分子的喧鬧
生命初始於陽光的晦暗，與悲傷相始終

在鐵尖島，我耽溺於岸邊垂釣，以思念的釣餌
投擲於海潮間激盪整座海洋，讓海浪顫巍地發狂
想此際你正踽踽獨行時間的幽谷，心靈的門扉緊閉
前來扣尋的螺群率皆迷途，無怨地埋骨頁岩之中

人類的指骨，髮色金黃，瞳孔深藏冬季的暮色
我在你的骨盆之間探尋智慧，生命生存的奧祕
毛髮的神聖與猥瑣，靈魂撞擊時發出的巨大聲響
無脊椎動物疲憊的鼾聲是神的話語

行走的風，急馳的雲，地殼的震動與顛狂
噴濺的隕岩之後是寒武紀深遂漫長的冬眠
當地表的溫度失速墜落當汗濕如極地四處流竄的冰河
我將在你茫然的眼中汲取日漸甦醒的死亡

狙擊

拂曉你進入我淺睡中的海域，輕輕扣擊
我光影紊亂的窗口，船首切開水面如犀利的笑聲
輪機聲煩躁，在夢與醒的邊界游移，晨光嬉戲船舷
熱帶氣流輕搖我意識的艙門，訴說關於島嶼的種種
起身張望，黎明正向晨起的太陽墜落
海面上奔跑逐日的是那手持弓箭永不歇息的男子
那瘦長憂傷的影子在水面上搖晃，箭囊中收集著
井然有序的文字，等待緊握弓弦的左手索取
海面上日夜孤寂地長途跋涉，身影載浮載沉
像無岸可停靠的船堅持前行，海蜇群
以卑微的眼神在暗黑的深海仰望，在字義的邊界狙擊
盤旋象形指事的透明軀殼，偵巡轉注假借的偽裝，覬覦你
真性情的癲狂。我在詩的禁區周圍梭巡，分秒備戰
想竄入你實施海禁的疆域，和你的文字與意象，音韻與色彩
殊死遭遇戰。和鰤刺，和馬鮫，和鯧
和薑絲，和麻油，和糖，我在心底放下一顆明礬
將你的溫柔敦厚沈澱，將歲月磨礪的憤懣蒸煮
以紅燒，以清蒸，以煎炸，以悲歡離合做藥
希冀開胃增食去火降氣，在夜夜因惡夢驚起的時日
能除熱止驚，讓我清清嗓音呼眾拍鑼食酒

將沿海雷區裡聽來的悲傷之歌加以傳唱
抄寫紅蟳在沙灘上橫行留下的足跡
一些蔥，一些鹽，一些音符涼拌
一些嘆息，一些高亢，和一些生薑
吟遊海面，所謂時光只是月昇日落，星月推移
我否認時光一如時光已棄我而去，我拒絕慾望
一如慾望已悄悄潛逃出我乾澀的軀體
我拒絕愛，拒絕你童稚的黑眼睛仰首向我
我拒絕死亡，死亡的黑披風自黃昏的夜空張起
將我包裹將我緊勒將我擁抱在他腐臭的懷裡
我放棄一切悲傷的字義，一切情緒的渲染
一切在理智的澄明晴空裡不應存在的烏雲
感官的甜美日夜縈繞，經由你的唇，你慧黠的舌尖
你無由的訕笑，交媾時的沈默與眼角隱隱的淚光
經由你耐心輕柔的撫弄，一杯茶，一勺湯
一餐我食不下嚥的豐盛肉體的夜晚。直到拂曉
你悄悄潛入我夢魘不斷的海域，由水生到兩棲
自淺海到陸地，到茹毛飲血的穴居，夢境漂浮著海水的藍
再包裹層層厚重的黃土，獨木舟，帆布船
我將飢渴的網撒向昔日登岸的海上，海水的鹹味浸泡著
鰓鰭已然退化的肌膚，舢舨風化解體，腐蝕，重組，再造

船身的骨架再起，用鋼鐵，裝輪機，燃料來自
舊日植物與動物的軀體，肉身溶成齏粉，在火中
熊熊再燃，如今日的你昨日的我，那嬉笑怒罵的聲響
而海蟑螂仍碎步疾行在意識的艙底，碩大的溝鼠
仍潛伏我心臟的搏動與甲板銹蝕的間隙

躺在草地上，說給你聽

秋天乾燥的草坪
好安靜啊
落葉很厚很適合睡眠
我就真的睡著了
風適時地停止
就這樣死去也很好
陽光正暖

所有的戀情已經離去
我的詩還沒有寫完
就這樣死去好了
喜悅和悲傷一一從胸坎站起來
變成遠方的樹林
在青空下無礙地生長

悱惻帖

雨時窗外
落葉持續著昨日
靜靜飄下
我的手睡著了

我的手睡著了
在別的手中；
我的唇齒夢寐中
不能呼求；
我的心肺被冰痛
屢次雪深及髮

我邁力到達你秘藏身世的河口
流水靜極，不流

我深入搜索水草
發現：毀沒的沈船
珍珠貝玉，前世的劫難
教我如何寵渥
一名男子滿懷的心事？
我向你的體內呼喊：
愛
你蒼涼微笑，宛如置身廢墟

我的年輕觸手所及
只剩斑剝痕跡
扶住歲月我們恍如隔世
我流著身後的眼淚
親吻你背後的影子
一片落葉持續著昨日靜靜飄下
彷彿陽光死過一次

遠望

極目，再過去
草色由綠轉藍的地方
整匹原野被拖入夏日深處
我的死亡在那邊
被描繪得更加幽暗

婚歌

我要到你的餐桌吃飯
我要在你的枕上睡眠
彼時藤蔓開出花朵
爐火為我們驅寒

任你到我懷中生病
任你在我髮上玩耍
彼時雨水洗淨憂傷
陽光為我們打掃被窩

一九七八年：十三歲的挪威木與十六歲的我

我曾經擁有一個女孩
十六歲
或者該說
從未單獨旅行
她曾經擁有我
胸罩仍然由媽媽購買
她讓我看她的房間
第一封情書還沒有出現
不是很好嗎？
每年持續長高一・五公分
挪威木
輕微口吃
當我醒來的時候
對世界的看法絕對純粹
我獨自一人
彷彿伸出手指就可以把世界切開
這隻鳥兒已經飛走了
一九七八年夏天
所以我升起火來
鳳凰樹咳血似地開花
不是很好嗎
十六歲的我與十三歲的歌
挪威木

註：〈挪威木〉原名Norwegian Wood，是The Beatles在一九六五年出版的歌。

記憶

0
你走進房間
覺得我還在那裡

1
但是我已經不在這裡

2
伸出手
我撫摸你的目光
像落葉撫摸倒影

倒影撫摸激流
激流撫摸虛空

3

我被留下像一座荒涼的沙灘
彷彿一片遠去的波浪
……然後你抽離

4

絮語在肌骨之間
熟極而爛
思念的敗血症患者
無限下陷的溫軟片刻
奶油沉溺於腐敗
我沉溺於你

5

顏色發出尖叫
絲帶絞死自己
被語言戳傷的愛
血流不止——
在空洞之前盡情跳舞

用力踐踏
你粉碎了我的心

6

你粉碎了我的心

7

我們穿越這個房間
到另個房間
檢查這個抽屜
和另個抽屜
在每個可能翻出線索的角落
變造來日的遺跡

8

香水瓶呢
以記憶維生的
空的香水瓶
一萬朵花魂
在你離去的所在
復活

9

內部的內部的內部
更內部
內部的子宮的內部
我埋進這裡
但確實你已經不在那裡

無愁君
——寫給芥川龍之介

白日末，夜淵前
你穿了一襲薄暮
支頤，坐姿恰如畫卷
微笑莫測
虛無之前一種危凜的美

陰陽交接
狗狼不分之際
且用來混淆文明
伊其夢耶？我顫抖著

彷彿正剝除衣裳又彷彿
將展開物語，窺視那
清輝四溢的小宇宙

「君看雙眼色
　不語似無愁」

喜悅悲傷貪嗔癡
再也盛不住
閉上眼睛窒息了目光
剎那間
世界廢黜了我
華美的才智與風姿
無憑無恃我躺下
蔓延如青苔
顛倒如落花

書院內
巫人俯拾庭園幻識
流泉迢迢，語言
顛倒如落花
蔓延如青苔
心甘情願如侍書童子

「人生啊，
　還比不上一行波特萊爾！」
嘆息在書海彼岸留下回聲
傾倒於詩的小說家

越雷池一步
則真誠美如謊言
再兩步
把靈魂舉起來的模樣
分不出是舞蹈或跌倒
字裡行間癲狂血脈
終究須把自己施捨給如狗如狼
屬詩的神秘來歷：
　我於往昔，節節肢解時

露　電　夢　幻　泡　影
現象沸騰之中
且讓清涼以月色趨近衣袖
火宅墟矣
且聽秋蟲臨霜哀歌——

　虛無座下無愁君
　　　　深淵之前何其美

飲酒五十三分鐘

「看啊那詩
　赤身露體的」
我向虛空咬耳朵
竊竊私語。在一張
既不純情也不抒情
甚至，也不色情的
沙發上

身體柳條般翻折過去
曝露於時光
妳的目光橫陳於彼
那是除此
無處可去的世界嗎？
我的末日，我的詩
不請自來的裸體客人

在呼吸中窒息
在窒息中呼吸
我愛妳我不愛妳我愛妳
我不愛妳
既親密又孤獨溺斃於葡萄酒豈不甚好？
在意識邊緣流淚又流淚
痛哭的赤裸的，除了美
手無寸鐵的詩

我包裝精美躺在
不純情不抒情不色情
根本不動情的資本主義沙發上
我的詩光著腳獨自走進荒野
迢遙的
心與獸的故鄉

時光漂流

古老的波斯地毯
包裹著青春的呼吸
我們相擁眠夢

漂流於時光
泛若不繫之舟

六杯葡萄酒如祭典
把我們推向遙遠
而後
禁色之歌把奇想
划進雨天

時光漂流
神魂顛倒於回憶
你說：美人兒
讓我被你掠奪吧
當你親吻
熟成身體每一寸敏感
讓我為你震動大地
當你
剝解胸前第三只鈕扣

圖畫般秘密生息
於古老的波斯地毯

我與你

手牽手如戀人
如姐妹
如兄弟
我們被酒精摧殘的容顏
酷似孿生

二子乘舟
泛泛其影
時光漂流

北京初雪

瞬間的瞬間
請你搭載我生命
這一瞬間
讓我為你看守
一段睡眠
細雪沉默
消逝於指尖

視線外
目光中的音聲
暴烈如驟雨

我的手柔軟環抱
像溫暖圍巾
把你推離冰冷一點點
體熱
雪的微光
把我們推離陰影
一點點

讓我用淚水的速度
對你描述
因為過度純粹而脆弱的
脆弱感
當你以自焚的焦慮
向我指稱
美麗事物一一的名字
及其無法完整言喻的
悲哀

讓我們互相守護
一夜睡眠
把世界推離黑暗
一點點

亂夢解離
於深眠的雪地
獸群嗅聞
未經馴服的語言
生猛吞噬
心志的界限
我們餘悸猶存緊緊擁抱
親吻再親吻
縫合綻裂的神識
捍衛文明最初與最後的
安全

再遠一點
星球更遠一點點

虛擲時間無所謂
浪費了整個宇宙
也無所謂
我們倖存的愛與不愛
如此華美
於是經得起一切算了吧在人間

有限
一點點
無限
一點點
讓我們更慷慨
更不懷疑
一點點

瞬間的瞬間
這一瞬間
下雪了啊

羅任玲 詩選
1963

生於60年代——兩岸詩選
台灣詩人

鮮魚宴

她躺在那裡。
腹部灑滿翠綠蔥花，肥美的卵們陪伴一旁。
靜極了。
清晨漁販的叫賣從她微張的嘴中喊出。

水族館

那女子眨著雙眼，像極兩隻流動的魚。水族館裡人來人往。有的貼近玻璃，讓自己的音容穿透過去，使得不巧行經對面的人看見一幅滑稽可怖的畫面。浸泡水中的頭顱，偶爾蝦子爬過鼻樑，穿過鼻孔，幾隻孔雀魚從唇裡匆匆游出。
女子走的時候，帶走所有魚群，和許多的夢魘。
大街上不斷流著，吐露歡樂的氣泡。

野海棠

她說她姓野，滿山都是她的姊妹們
炊煙送給她一條淡紫色披肩
別上細瑣的鳥雀做耳環
她安靜地在草原上戴滿頭潔白的花
風吹過去就落在白白的綿羊身上
一直吹到很遠很遠的地方
一直到時光再也記不起她們
小羊與海棠都在天空裡迷了路
永遠留在天空裡有人說那就叫迷霧

夏日將盡的賦格

之一・鄰野

每個人都可以得到
一小片陽光

雨後的芭蕉。水田。牡蠣。
收穫的鄰野於夏末
分秒之間悄悄
突顯的金色

之二・白頭翁

不如就變成一片雪花
在悠長的午後被暖風捲起
魔毯般安靜
（與誰對望五秒）
見過闊葉縱谷卷雲
因自由而無所畏懼
無所臣服的
時間的風景

這雪原。片刻
忽然祂又攜著禮物傷口
飛向明亮的遠方
抵達下一個
微微的窗口
命運懸掛於彼
祂微微啄著。響著
鈴叮鈴叮鈴叮

之三・巫者

無關敘事宏旨
豔藍的一柄長尾
也能默默
將永恆拆解
一隻深夏的藍尾蜥
也有夢中的複眼
幽黯的光裡複寫天空
雲彩，所有泛黃詩篇

消失的起點

之四．湖泊

如何觸及
那樣灰藍的命題
（擁有金屬質地）
如一果蠅滑翔
於深邃靜止的晌午
慵懶的松枝
湖泊。底蘊
不可描模的
一整片夏天的倒影

昨夜我沿著河堤走

昨夜我沿著河堤走
遇見一片月亮。三隻小船。二隻母豬。
嘩嘩來去的浪潮。
二隻母豬在夜裡穿著蹄狀黑色高跟鞋
友善地對我眨眼搖細細的尾
不在乎虛擲了
那麼多那麼多

優雅的化妝舞會媽媽桑
彷彿生過許多胎了
一排乳房垂釣著
輝煌的夜的鐘乳

搖鈴歌唱著通過了宇宙

※最後一句來自《靈魂永生》（Seth Speaks: The Eternal Validity of the Soul）。

永遠的一天

當時間把一切都鬆鬆軟了
那些最深情也最泥濘的部分

這時我才來到

戰國的飯鍋漢代的飯碗，都慵慵睡著了
在主人私自死去幾千年後
陰暗的櫥裡牠們互相擁抱，順便出賣
端午中秋都已過去，這是明亮的午後
李白還在鎮上不遠處撈他的月亮
陌生的影子拉長到腳踝
桃花潭水深千尺，我背誦他的句子
不及汪倫送我情。但他始終背對小鎮
晴空如此巨大遙遠

這時我們來到二樓的小餐館
開軒面對空曠的寂靜
吃了野菜豆干辣河魚
聊一點點往事
影子向木桌一點一點靠近
有人打手機給李白：
「我們待會就要去機場了」

但他始終，沒有回來
古鎮終於縮成月亮那麼小
在雲端我背著星星終於看見
河魚游向遠方
粼粼發著光

雨鹿

——記奈良滂沱大雨中遇見的一隻梅花鹿

彷彿那是
世界的本質
你靜靜嚼著
鴉片。橄欖枝。
三千萬個方生方死。

雨丟在光禿的掌心裡
長成一棵
漆黑的夢中樹
用絲線連接。明天
無數的菌子蟲子和鴿子
就飛起來了
在斷斷烈烈的雨絲裡
火燄裡

而你只是嚼著
快樂的葉子
漫天起舞隨地腐朽
像最甜的大海最

鹹的水滴
你只是嚼著
一棵生命樹
以我無法命名的步伐
覆蓋眼睫
啊那橄欖之舟
承載夢中的荊棘
在天色行將昏昧的此刻
泛出了美的光澤

美食主義者

行走

點上蠟燭
把自己圍起來
把火圍起來
蛀蟲在歲月裡面行走
提琴的音色
華麗如星

高難度的夢境
獨自離開
離開了，走在
海和砂築起的黃昏
蛀蟲在堤防上行走
屋裡有人點起雪色
篤篤行走
蘸一點糖，蜂蜜，或者糖漿
收音機裡說
還可以加一點豬油
吃了，篤篤行走
篤篤行走

蛆原

學著包粽子，並且把做法留傳下來
黏黏的，讓許多螞蟻聚集
如同在秋天裡發現一首詩
遙遙的
萬家燈火

黑暗之心

——為沸水淋身的黃小妹妹（二〇〇八～二〇〇九）

這一生很輕
很短
像燃燒不完全的黑暗
煮滾的沸水　星星
還給大地的裂縫
遠方的暴雨

瑪麗亞遺失的羽翼
剛好夠你長成
永恆美麗的少女

（他們還在驅趕，他們互砍的語言）

攜帶密語
獨自走下石階
這一次
你不必張開雙眼
把行李拋向荒野

這一次
風裡
有美麗的安息香

天使寫下了S

天使寫下了S
但他們誤以為是Z
雷電飛刀畫過了靈魂
優美弧度生出尖銳犄角

那是阿拉昨夜踩過的碎石
今晨他們用來穿過你
美麗的頭兒肩膀膝腳趾
兒歌一般簡單易學

風一樣穿越潔白的禮拜天
洞開的禮拜堂
直到積雪的後院開出
鮮紅祟人的花

（名叫Katya）
堆起雪人他們歡喜
頌讚假的眼耳鼻和口
（以及信仰）

兒歌喲簡單易學
不過就是靈魂的反面愛的反面
刮過粗礪的現實仍能以愛之名
洞穿積雪的清晨

街道照例有人清掃
有人撿到了愛麗思的夢
一朵（或還有更多）名喚Katya的花

※英國《每日郵報》報導，烏克蘭十九歲穆斯林女孩Katya Koren，在參加選美比賽後，被三名穆斯林青年以違逆伊斯蘭教法為由，石刑致死。又羅蘭・巴特在〈S/Z〉裡提到：Z是S鏡中的面貌；然則S是柔軟，Z卻是毀傷。

在清晨跳一支舞

——為反核，並致一九〇四的魯迅與仙台

我也常在高高的窗口
衛星雲圖掃射不到的岬角
想像你當年的行蹤
不曾落雪但海岸
線如雪般綿長靜默

也有暴雨的清晨
閃電狂走一如陌生的瘦豺
在洞開的天門眈眈
疾視這柔腸的海岸公路
意志在左，決心在右
棄醫從文或者，棄生從死
逸出時間的虛線
被百多年後的海嘯翻攪擊潰

多想啊在清晨
跳一支舞
夢被黎明打碎問自己
跳舞與革命孰輕孰重

核爆或海嘯誰正誰邪
無有恐鈽
鈽鈽踏出去都是蓮花佛手最美麗的斷崖

你也跳舞嗎我想你不
在百多年前的美麗海岸
當清晨同樣鋸開了黑夜的唇齒
你思考著你的革命而更巨大的禍患
在你無法辨識的未來
緩步滑行
像曼妙的華爾茲忘了配樂

安全的革命安全的死
鈽鈽踏進最深的泥壤裡
開出綿延十萬年的恐鈽之花

你從不知道你只說
仙台的冬天真冷

而這個春天傾斜了你看不見
革命後的百年
我的海岸線與你的
因為傾斜終於理解

或許你就可以釋懷了
當一邊是死一邊飛昇
一半沉淪而另一半
不知所終
你只要相信
你只要負責相信
革命與跳舞都會成功

1963 楊小濱 詩選

購屋指南

你不能兩次踏進同一條門檻。

有風景端出早餐，讓你
急於到陽台練習跳樓。

你吐出北風，坐棉花雲，
你一路繞到禁閉室。

在傢俱森林裡狩獵，只有你
撫摸衣衫起伏，床笫冷暖。

你面壁，思索絕境之美，
你給玄關一次奇幻感。

空氣是一張藍圖，你可以
看見一個虛心的未來。

你打起噴嚏測噪音。
你拆下腰圍丈量面積。

戴上彩燈，你就扮成
螢火蟲點燃狂歡新郎。

你扛起四樓就奔向遠方。

交通指南

整條街沸騰，玩具車滾成泡沫。

舉步維艱，燙手丟不開。
沿黑味望斷天涯，遠方
有戰國紛亂，火拼金屬狗。

彩雲噎住黃昏，落日
不敢笑出聲。號角響起
給肚裡的未來一堆亂念頭。

片片斑斕在地圖上蠕動。
狂歡了五湖四海，
好讓笛聲剁得更碎。

是誰綁住千山萬水？
晴天打不出嗝，只懸在花腔上。
人類多像是蟻類，慢起來
就無奈成時間測量員。

後拳頭主義

把一座島捏在拳頭裡
說不準扔向哪裡。
拳頭是長在手上的鳥。

驚弓，順便也驚世
拳頭笑起來，嚇壞了寵物狗。
天氣好得暗藏暴風雨。

全身喇叭開花，唱清香，
拳頭鼓咚咚，迎來新節日。
並肩躺到晴天的懷抱。

披掛了鮮艷，簡直
認不出舊愛新歡。
臉譜換了好幾個朝代，
依然只說自己最美。

那麼，借一頓別人的拳頭，
才能趁熱捶打鏡中的胸膛。

拳頭飛起，不知所終：
本世紀一具性感幽浮。

後野狼主義研討會花絮

（一群山羊在會場咳嗽，喉嚨裡的狼跳到
講臺上。）

（馴狼師繞著椅子揮鞭，足跡從另一個星球
開花）

（一個御廚尋找新鮮狼蛋。他煮出子彈碎殼粥，
卻嚼不爛）

（狼學家用蠟筆勾勒月亮的耳垂，狼孩甦醒了，用鞋帶綁住
一條河）

（而狼外婆捧出一鍋狼奶，熱得不倫不類，美得
香噴噴）

（東郭先生數著肉刺喃喃自語：「狼牙旗真威武，讓它
迎風招搖！」）

（泥土像海一樣湧來，淹沒了動物園。園長打完飽嗝就蹲到狼尾下。
幕急落）

假春天歌謠

街上綠得發慌，郵車
送來壞消息就走。
暖風裡有無限懶意，
養肥了我們的好胃口。

滿眼滑溜溜的雲，
告訴我們天是容易逃走的。
樓頂全都被烏喊尖
還刺不破季節的謊言。

陰雨甜膩了太久，
連閨蜜們也蕩漾起來，
一邊暈車，一邊唱高音。

激情處，張開就是艷麗。
但她們吹出的不是花粉，
是過期的美白霜。

憤怒鳥主義

不捨身很難，鵪鶉在美景中
令人心碎，也能聊博一笑。
憤怒沒理由。

天氣好就打仗，烏鴉掉落
就變一場病。比起子彈
微笑總是更像合謀。
死也要叫春。

換一種喜鵲驚弓還是烏樣。
丟三拉四之後，亂槍
近乎亂倫，揍出更多敵人。
羽毛美得無用。

奮勇始於歡樂，逗弄鸚鵡
便橫眉怒目，灑一地冤魂。
卻是滿肚虛無。

上邪

我的耳垂在你口中，我的唇舌在你乳房，我的手
掌在你腋窩，我的性器沉落在你體內一個不可測
的深處。而我自己從未見過的背影，在你眼睛的
風景畫片之中。

這些將永遠無法索回，甚至我已大部分遺忘。我
存在於另一具身體之內，被帶往陌生的場所。我
也擁有你的體味你的聲調你踮腳晾衣服的模樣你
已離去的鏡子，它們不知將跟隨我至何年何日。

太陽倒吊在車窗之外，晃動的路程中我忽然瞥
見，童年掉落的牙齒在城市的，某個角落閃光。

花蓮讚美詩

感謝上帝賜與我們不配享有的事物：
花蓮的山。夏天傍晚七點的藍。
深沈的睡眠。時速100公里急轉
所見傾斜的海面。愛
與罪。祂的不義。
你的美。

與我無關的東西

如果我認識一個盛水果的缽它會是一個我所喜愛的缽
我喜愛它的透明將水果變形
我喜愛它擺在我的桌上儘管這是一張書桌
我喜愛它盛著各種顏色的水果有些新鮮有些擺得太久
而不管吃不吃
水果組合的形狀美妙或突兀
缽都無知地承受著
我喜愛它的無知

如果我認識一支錶我會喜愛這支錶
我喜愛長條形的錶帶被圓形的錶面所打斷
我喜愛它軟趴趴貼在桌面上難以想像它箍緊手腕的神氣模樣
我喜愛它釘死的三根針各有各的速度原地轉圈
儘管我完全不瞭解後面那些機械是怎麼咬合
它也不瞭解我的生活怎麼被它全盤切割
錶仍無知地運轉著
我喜愛它的無知

如果我認識一本字典我會不眠不休地喜愛它
喜愛它一絲不苟的排列順序並把每一頁塞得又滿又緊

喜愛它叫得出一切有形無形事物的名稱
喜愛它闔起時波浪般的封皮和脫線的書脊
喜愛它擁有無數鑰匙卻不需要鎖孔也不必去開門
更不用搭理門後面是什麼東西
我喜愛閱讀每個陌生字眼的大量歧義從而忘卻自己的複雜
我喜愛它的無知

恐怖份子

觀眾已經快要全部進場完畢我突然感到尿急真的是我一面道歉一面穿過那些剛坐好的觀眾匆匆跑到大廳外的廁所開始小便演出一定開始了吧過了一會我的小學老師從門外走過問我你還在這裡幹什麼呢可是我還沒有尿完又過了一會我的成功嶺排長從門外走過你還在這裡幹什麼呢我支支吾吾又過了一會這次是我的兒子他說爸爸你一定是在某一個人的夢裡而他想尿尿在他的尿意還沒解決之前你是沒有辦法離開這間廁所的我說好極了可是怎麼提醒他呢兒子歪了歪頭說不然你殺了我或者我把你殺掉這樣他應該會醒過來吧真的要這麼激烈嗎我覺得很氣餒不然還有個辦法他說完就轉身離開中場休息時聽觀眾說有個小孩劫了飛機衝進白宮我哭了然後他們又急著進去坐好或感到興味索然準備回家只有我還站在廁所裡繼續尿著真的嗎那個人快要快要醒過來了嗎

流亡

我住在別人家裡
呼吸別人的空氣
穿別人的衣服
讀別人寫的書
寫別人出的試卷
走別人開的路

別人給我錢花
別人走進來翻我的抽屜
我分享別人的愛
我信仰別人的神
在選舉日
我投票給別人

是誰在保護我
是誰在評判我
是誰在我的夢裡
用別人的語言清洗我
我就是別人

不然
每個人都是我
在別人的喧嘩聲中
在別人的垃圾堆裡
用分明是別人的腦袋
思索著自己的問題

土製炸彈

驅除紅番
建立美利堅

驅除猶太人
建立德意志

驅除巴勒斯坦人
建立以色列

驅除韃虜
建立中華

驅除所有雜質
才能提煉一首純淨的詩

那些不合韻腳的字
那些詩意薄弱的詞

那些文字的屍堆
那些文字的難民營

那些文字的游擊隊
那些文字的反抗軍

一個孤兒敲碎奶瓶
做土製炸彈

聞以軍退出加薩走廊

洪水退去，我們探頭
這苟活的墓園竟成為方舟

從碎裂的鏡中，我重認自己的臉孔
用碎裂的酒杯，我縱飲慶祝
以碎裂的膝蓋，我跳舞
以折斷的筆，我寫一本新書

我要用廢棄的彈殼
為孩子製作風鈴
用出土的監視錄影帶
剪接成家庭電影
用防空洞禮讚上主
醫院取代監牢
用侵略者留下的雷達
迎接飛鳥築巢

我們要走到長長的海岸線
學習游泳
我們要和對面的敵人
學習分享自由

唯一煩惱的是
將來，我們還能用什麼妖魔鬼怪
來嚇唬小孩？

※二〇〇五年八月十五日，以色列軍民撤離加薩走廊，結束為期三十八年的侵略屯墾、嚴酷統治。對巴勒斯坦人而言，雖然約旦河西岸山河未復，但多年來背負「恐怖份子」惡名的抗暴行動已初嘗甜果。我在返台班機上獲悉此訊，數行杜詩「劍外忽傳收薊北，初聞涕淚滿衣裳……」不期然浮上心頭。

此詩發表後，據九月二十七日報載，儘管巴勒斯坦已遵守停火協議，準備和談，以色列又重新開始對加薩實施連續猛烈空襲轟炸。

家族合唱

姊姊從衣櫃出來時
臉上爬滿了螞蟻

我仍記得她在房間跳舞的樣子
所有架上的雕像都望著她目不轉睛
我只繼續把玩手上的人偶
將折斷的手腳再接回去

媽媽終於回家了
洋裝上的蝴蝶結飛了起來

我們都活在
爸爸失去的那十個小時記憶裡

陽光打穿了久未撕下的日曆

不管我在哪兒

不管我在哪兒，我都不在那裡
不管我說了什麼，我都是別的意思
不管我夢見什麼，我都一樣清醒
我愛，但我愛的不是別人，也不是你

如果我的心劇烈跳動，那只是因為
他們的心也跳得同樣劇烈，同樣無聲——

那些睡在陌生人身旁的新娘
那些離鄉背井的工人
那些在革命廣場上吶喊
卻突然感到茫然的學生
那些被自由束縛的情人

注視我，我便在你眼裡
吻我，我便在你舌尖
握緊我，我便在你手掌中呼吸
忘記我，我便永遠在你心底

百貨公司

在不同樓層
應有盡有
你的人生

從嬰兒車到輪椅
從時髦的花裙
到過氣的西裝

騎車的手套不適合廚房
上街的提袋不適合流浪
還好能隨時再回來買

打折的儘是些
你不需要的貨色
看中的往往尺寸不合

透明的石頭改名晶鑽
花種陸續滅絕
香水卻日新月異

櫥窗按時更換
告知你一年四季
還有那些該慶祝、或該悲悼的紀念日

至於沒貼上標籤的
則根本不必理會
變裝請至廁所，這裡不談政治

最後只能改變生活方式

符合商場的設計
待在這裡最安全，還有冷氣

有時手扶梯壞了
有時老排不到電梯
得拎著大包小包爬上爬下

你會愛上櫃枱小姐
又忘了在哪一層
她們的笑容看來都那麼一致

搓著口袋裡的集點貼紙
逛著美食天堂
明明吃飽了還覺得餓

遺失了iPod，遺失了信用卡
遺失了小孩，遺失了身份證件
請速至服務台

天空
——圖博記

究竟為了什麼
獵人將天空的兀鷹
射了下來

用鍊條穿透翅膀
緊緊鎖牢
並為傷口塗藥

告訴牠
會飛是可恥的
做兀鷹是可恥的
吃腐肉是可恥的
不能成為人類
是可恥的

每天教兀鷹
說人的話語
雖然牠怎麼也學不會

每天餵牠
吃麥當勞
讓牠過上體面的生活

拔牠的毛
當帽飾
讓牠做個有用的生物

必須讓牠明白
人類的文化
比兀鷹悠久
並且人類擁有
豢養兀鷹的光榮歷史

有一天發現
牠流下了淚水
便開心地宣稱
兀鷹終於學會人類的情感

兀鷹不知道自己
為什麼流淚
牠只看到

人類用鐵做的假鳥
在天空飛

牠只知道
鎖鍊關不住牠
籠子關不住牠
人類讚許的眼神
關不住牠
牠會回到原屬於牠的天空
把鐵鳥撞得粉碎

從此
兀鷹的歷史
不只以風的耳朵書寫
以林中的眼睛書寫
以積雪下的土壤書寫
以生生世世的自然循環書寫
更添上全新的一筆
以火焰

贊助者

你有一個交響樂團
我贊助一座音樂廳
把音樂家關在裡面自行引爆
不會逸出半點聲音

你有一座優雅的城市
我贊助一座核電廠
把市民關在燈火通明、冷氣不斷的高樓裡
好遺忘末日的恐懼

你有一道美麗的海灣
我贊助一座豪華旅館
把海浪關在沙灘外激盪
不讓沒花錢的人白白分享

你有一千個失業的原住民
我贊助一座國際觀光劇場
把他們關在舞台上跳舞唱歌
就不會到昔日的獵場出草、或出來選總統

你有一個總統
我贊助一排拒馬
把人民關在就職典禮外面
隨他們去鬧去哭去幹譙

你有一個國家
我贊助一年到頭的煙火
把所有失去屋頂的人關在地上
看我們用七彩和濃煙裝飾天堂

為下一場豪雨與下一場偉大遊行而準備的導覽圖

城市盆地，皿盛著滂沱
縱容自由，以獸性撒野。勇敢高唱進行曲
就等於效忠：宣言含著時代之悲之泣
鄉愁不斷被淚水沖刷掉擾人的鳥語花香。
不過傾盆罷了，下一場豪雨
在下一場的偉大旅行尚未喧鬧之前之後

集合地。雨珊珊來遲，欠身加入人聲鼎沸
地才濕，慾望剛發芽
正義從這裡出發，向陽光貢獻昨夜的懷念
成群來自遠方的黎明也準備革命，風將追和逃
無節慶無紀念日無異教徒也無妖無春光
無窟窿無痂無神話無暗箭無潮汐
無所謂戰後無鬼無行動劇無呼口號無殖民論述
清清楚楚交代所有淑世抱負
無非企圖煽動隊伍盲目完成群眾祭典。出發
像是翻到整冊直譯下一代榮辱的逆風狂雨
努力讀懂前幾頁板蕩亂世的章節，水患氾過浸漬
心裡仍未使力如何擰乾一椿清明

沿途。路濘滑，早該避開雲佔領的陰霾。
雨一直不斷砸下來破壞隊形，和風景
叉路口仍鑼鼓喧天。萬頭鑽動，超出擁擠的上限
可以左轉可以世紀可以耶穌可以同性戀可以兒戲
可以裸奔可以爵士樂可以瘟瘴可以罪可以黏膩
可以阿彌陀佛可以毒可以輓歌可以造謊可以注釋譯解
雨稍歇，彩虹遮補了隊伍上空灰濛的穹蒼。
恨與羞恥遮補彩虹。

廣場。隊伍暫歇息
升旗台前新栽一鑄妝點鐵銹銅綠、無血肉的塑像
供雨追思膜拜、及唾棄鄙夷。中央則一再重映著
與歷史高談闊論的帝國皇朝；失蹤檔案的真跡被尋獲
記錄真相與謊言的稗史終於出土。
夢秘密集會，關於靜坐絕食
商論雨繞行所經路線的災情
刀鋒槍口與主義無關，無須繳械投降
也無必要反悔曾值得為廣場盛況所投入的任何衝動
尤其是此時無限虛無的千秋萬世前。
傘海淹漫，雨如影隨行
深怕廣場的回音會撞痛時代的空曠，與邊陲。

解散地。雨謹慎地穿越重重人牆，追過去
安慰擱淺的渴望，到此為止，使命確是敗筆一則錯記
還不夠豐沛的哭。撕毀協議。
而禱告仍堅持屯駐，不打算撤離，陪雨過夜
其他的夢都醒了，疊好壯志膚色和姓氏
與晚暮一起裹藏，惺忪結伴回家
圖備妥，足以索驥。在下一場豪雨後
和下一場的偉大遊行開拔前
以雲淡風清發動政變

忘了帶您去看我的所有

忘了帶您去看我的憂鬱。「怪我嗎？」
（心底囤積著千山萬水，只好
跋涉生命荒地然情蓄無處落腳
遂露宿野津……曠峰遙遙
　　遠瀑邃邃
　夜來一場遽雪
　不小心襲擊了我夢裡纏綿醒時痛的行色。）
「或許吧。」或許您是該提醒我豢養的精靈
　　重演一回童話
忘了帶您去看我的愛情。「恨我嗎？」
（衡量再三
　確有必要神秘地隱藏自己久釀的思念
　關於您我的戀，不過中秋而已。
　匆匆將您的孤獨收下之後
　癡癡守望的我

如此的如此杯盤狼籍。）
「大概罷。」大概在上邪所造的海枯石爛中
　　您我叛愛的諸神與魔
　　　　才肯半褪半掩或遮或裸，那慾。
忘了帶您去看我的鄉愁。「氣我嗎？」
（四十年不多
剛好夠秋海棠花落又開
剛好夠哭的皺紋在容顏上築成道道長城
也剛好夠想家的藺發作隱痛。
過境塵煙，中國啊您
歸鄉的路途早在千里之遙的古中原
湮沒，我負起相思倦意
自闢羊腸小徑
趁宵禁未始，趕赴您今生爽約半輩子的約。）
「也罷？」陰晴也罷圓缺也罷
　　您，神州的夏冬秋春
　　已不容我再多愁善感了。
忘了帶您去看我的雄心壯志。「怨我嗎？」
（如一盆憤怒的黃花
您金屬質的名字被歷史敲出鏗鏗

　　　　　　　　　　　　　鏘鏘；
而我，悲壯的心室也始終儲藏著
數門加農、一座太武和整盤永難妥協的楚河
漢界。所以那麼林覺民地出征
留下訣別書。只帶走
海峽初初捲起的一場暴風雨上路
餓了渴了便俘虜星月解饞
倦了累了便寄紮曠野歇息
莫問後悔了沒
這仗戰役我已決定：
以砲雨槍聲構織自己命定的古銅磐石盟。）
「算了吧？」真的算了。
　　遠眺異域蒼茫，唉，算了。
　　昇一爐溫熱取暖
　　寒夜冰冽，我忠誠衛戍孤嶼
　　　　誓死固守沙疆
　　這樣是否能換您感動好久好久？

關於腐爛

後來連死也都被說動了；也信仰腐爛。

應該讓出所有空間的，塞進靜謐，連鼾聲也知趣地不敢侵擾
躺入一場夢的小小風暴。真睡了嗎？
巨大的聲響才剛剛匍過生死之間絕對的荒涼
附耳說喜訊或惡耗，叮嚀著
請把愛收好，同時將靈魂摺妥
年齡已在夢裡訛傳他的枯槁。
冷冷淒淒獨自關著，潮溽所以回音不夠清澈
也不再怕被吵醒，熟透而還未採收的故事，想必多汁。
依上粧的反次序
逐一脫去裝飾遺容的保護色面具等配件
拆解皮肉毛髮血骨筋脈，到處凌亂攤散擱著
。太倦，重重將廢敗的裸殼葬入永久的眠夢
以成全一部份懺悔，或者偽裝著還很喜歡聽搖籃曲
在童話中覓著曾經錯過的海闊天空。是的
不是沉睡
饑荒在臟腑裡各處蔓延繁殖
肌肉因失血而皺縮，退化如秋之結論

漸漸轉黃並且崩落。
蟲蟻袖手旁觀，指指點點生命的斷處
聾啞瞎了之後的寂靜會是多麼雜蕪，而頂多只是
悲悼以及禱告。眾神嬉戲過的殘軀
記憶遺忘的畸零地。
仿如著魔，背底集結眾多不知屬種的蛆群，穿透膚層
蠕動淌著餓意，蠶食他的臘月，搬走夢。
惡臭喘出的腥噁，狀黏稠
溢滿死裡所盛的一千種滄桑
彎身嗅聞，如俯望一口窪井，與蒼穹相望的瞳眸
淚的源頭
似流乾了羹質體液
不足以支應時時求水若渴的勺舀：窺的泉湧
眼觀鼻，真真看透千百個長著類似身世的自己

衰老遮翳被光網傲的部份生命，露出陰黯
以一種從邊緣、從歪斜觀望現世的角度
面對死亡；面對滄桑
亦如不經意被闖入者目睹私幕一樣
搶走生命裡的美麗景致。他只能是在路過的山水間
辨識行旅的叉路與坦途，以順利通往來生。
而之於光陰的細數

每一分、每一秒，滴滴答答
將在這裡繁殖早經失傳的遺忘
預知悲劇，打撈溺斃的投影。而歷史
在這裡擺置它的收藏，如展示山山海海
一件一件排妥，時間如粗礪膚皮般
總會刮痛他的尋常生命

其實身旁還有遠方的曠原和近處的夜暗，綠油油攙雜著黑漆漆
他深深依賴這些風景來馴慰孤獨。有如荒島
或紀念館，典藏他的生老病、死，這裡
輾過已意興闌珊的影
光陰徐行的步路緩慢挪移
漸次向晚，無關喧譁與否。野草鑽進塚墳
根芽將他帶往鄉愁抵達不到的
時間的荒郊
那裡遍尋無獲可以讓身心落腳和相依為命的領地
遂躲在密室看海，也試著與千秋萬世懇談
他以同一種手語與輪迴，問明前生確切的遺址

往事的隔鄰，住著他十分景仰的來世。
有些燠熱與悶
不可能再踱回群眾加入狂歡了

暴風雨與晴霽同時掃掠生命的冬末臘月
他不回去了，取下零散吊掛、晃垂的生死觀
將五官模糊的臉湊近，判斷土壤哪一面還沒有煎熟。
考古鑲裝的假牙或義肢、陪葬的金戒或玉鐲
檢視生命的透明度與抗旱性，那種挫敗感
卻像閱讀一支殘燭的黯淡，序首和結語
非母語系的衰頹，誓諾忽已熄滅。光……
光不再為他爭豔，沒有風和日麗
僅能密謀極度陰鬱圍綑時，死的鬆綁。然後
掘開墓時，記得別讓陽光看見碑已凋萎

之於死之於腐爛，都萬念俱灰，但滿滿的鎏金歲月最貼近天堂
如此行姿，生命的荒唐亂步才正要開始……

後記：僅只懷念。除了懷念，對生之寂然遠走，死，也只餘懷念足以聊慰傷痛。

關於逝者，多半行狀一如生前，並不意識死亡、乃至身腐軀爛一事。而生命進程至此絕然停止，葬於此，永眠於此，黑暗一世跟隨，小小陶甕裝入龐闊豐盛的生命，喔，那樣無法描摹的孤寞與荒涼，怎地永生承受其煎熬？

而雖慶幸其一生安然無牽無掛他奔極樂，涕泗號泣，卻也無奈抿嘴擠出笑顏，為其歡喜往生，如此免得牽念不捨人世纏扯種種。而筆下擬寫的「腐爛」，許是一種虔誠的儀式紀念，是感嘆生命之猝然離赴，是對應荒疏表情後的濃濃愁緒，也是喪慟後心靈的脆薄孱弱，更是哭乾淚後還要乾嚎的情感躊躇……

千萬福佑，以詩有贈我未曾謀面、卻一直栩栩活在心中的妻之母——林鍾秀美。

1964 劉三變 詩選

台灣詩人

水的心事〈組詩〉

河

流浪的日子
有太多哽咽
如妳潛藏洶湧之悒鬱
而水的語言
人類是不懂的
愁緒若難消
當蓄滿漂泊心事
至遠方再
說 與 海 聽

湖

受濁之心
有澄清的欲望
風傳聞
所有的樹皆笑落了葉

海

起落的濤波心情想上岸
起落的濤波心情
也想退潮

雨

墮落之後
路上窪地
躺成一張張液體式頹廢的臉

溫泉

大地發燒
莫名的將我沸騰起來
讓我滾燙易怒的性情
常常冒煙

瀑布

匯聚萬種心情
於山裡哭泣
一灑
千行眼淚都掉了下來

考古

深埋的傷口重新挖掘
妳，是我失落千年的情感遺址
痛與恨在愛的墓碑下長年封塵
心早已形成一片荒蕪
荒蕪，或許是一種繁茂

如同戀情之殘缺
孕藏著我長期的哀傷藝術
蒐尋美；蒐尋殘缺；蒐尋妳我情感之斷代
循著記憶路線我不斷考察、探測
喜樂憂傷、情感文物
終於一一出土
惋惜的是
情已龜裂；夢也不整
受沁的愛
亦佈滿著或深或淺的風化斑點
舊情殘缺部份且已鈣化
易碎的心似乎
再也經不起丁點碰觸

梵谷

描繪孤獨的顏料已缺乏
憂鬱
開始為自己上色……

讓不安的線條滑行你內心恐懼
讓蕈黑的天空和你一起瘀傷
當藝評家的筆已跛腳
收藏家審美之眼逐漸失明
文生！
世界未清明
請嚴格遵守你的不如意
縱使貧困一再敲門
疾病於你體內紮營
愛情供應著痛苦
爭執扯斷了友誼
文生！
請繼續追求你的藝術、
瘋狂；以及
　一生落魄

誘拐妳成一首詩

相遇的季節
妳臉上盛開著一朵羞赧的笑容
偷偷地用雙眼我輕輕採摘
採摘妳的純真採摘妳的無邪

唉！
採摘來的美
可以置於歲月的竹籃裡嗎？

讓三月的風
撩起妳情感的裙襬
或用春天的手
輕撫妳柔嫩的心靈
再緩緩地誘拐妳
誘拐妳成一首詩

喪事

難過無言，話語吞落
你最愛的人刺傷你的情感
是否可以愉悅的憂傷

或者高興的絕望
失神的雙眼中
我看見你遊走的靈魂
終日佩戴著死亡
巡視；並尋找一個
適合下葬情感屍體的墓地
你走著走著
踩著失落不停的走著……
沿著沮喪路線凝望過去
心已是一片荒原
憂鬱仍四處叢生

生命的天空烏雲籠罩
滂沱的哀愁是淚的祭典
戀的屍骨
躺在棺槨已有時日
僅見悲哀
在歲月的背脊上蠕蠕爬行
思緒在記憶的窗口盪來盪去
往事一幕幕的換景演出

舊的傷口溢出新鮮的哀愁
感傷總是如此多汁
是誰？是誰又煮沸你眼裏的淚水？
愛慾情愁至今仍未安葬
絕望的髏骨
何時才能入土為安？

羅東林場

拋出回憶的長線
垂釣遺失的童年

回到羅東林場
荒廢的鐵道平躺著
只賸片段的記憶在行駛……

太平山的檜木砍完後
卡車從山上載來人們長年的愚蠢
木材沒有了

林場的蓄木池終日閑置著荒涼

年少的嘻笑聲早已沉入池底
那孩提的夢無人打撈
只見池邊各式的枝葉
以各種姿勢辛勤地飄落、哀嘆
時間不停流逝
人們的慾望逐漸地被現實養胖
人胖了　日子瘦了
林場旁邊的檢尺寮也被時間搬走了

蛇行的歲月

蛇行的歲月
生活過得彎彎曲曲
歡樂
倏忽 一閃即逝

那年少青澀的戀情
怕生
已溜進時間的草叢裏
無影無踪

鬼說

鬼說：
很恐怖！人很恐怖！
人會吃人
人比鬼會說謊
人工作不停忙著緊張兮兮
人使用機器人變得越來越機器
人污染的空氣連鬼都無法呼吸
人挑起戰爭讓鬼的街道飄的好擁擠
人為了金錢偷搶拐騙寡廉鮮恥厚臉皮第一名
人濫墾盜伐破壞環境釀災造禍貪婪自私無與倫比

恐怖！人很恐怖！
鬼不太敢做壞事怕下輩子沉淪為人
膽小的人說：「我怕鬼」
「我怕人」——大膽的鬼說

大掃除之歌

把時間挪至新的位置
太好了你變形，憂愁忽新
忽舊——把你擦亮
你是一面銅鏡，你是
鏡中的陰影

把髒話剔淨
剩下白骨；大型家具壞得
像政治，搬到屋外
占去大半個城市

蟑螂卵和口號一樣到處孵化
除夕前
你還在整理昨天，今天已亂成荒年

爆竹在遠方忍俊不住
到底想笑還是想哭

夢七零八落地把你掃在一起
你把人生挪右一點，擺正
又歪向左邊
黃楊木觀音搬至心內
電視壞了卻瞭解你累了

你把微笑　高一點，就是藍天
可是憂鬱東一堆西一堆
字在新年變瘦
書架虛胖，腰圍多了一圈
門聯傻傻地張著大嘴
吃年又吃月，而經濟好累好累
蹲在國家逢人就下跪

神龕上的灰塵好辯，一辯就灰頭土臉
窗簾是雅賊，偷走唯一的光源
你的孩子吵得像春天

小人物辛苦打掃的範圍無限
大人物占據小小的地位
椅子是權貴，坐久
苦了歲月

落葉滿階。新年
台灣挪後一點，把窮人移到前面

愛，將你擰乾而你還滴著淚
你有罪
罰你大掃除，在四十歲
水龍頭嘩啦嘩啦像一首悲歌，時間
哭著溢出兩岸

好人年久失修，比你家
還殘破
每條大街小巷走在額頭

千萬張嘴走在路上，見面
第一句話就是恭喜
恭喜壞人是全新的違章建築
不必大掃除

除了你，新年快樂！

時間已經挪至新的位置
給世界有個安靜的睡姿

不可能；可能

樹們必須花腦力思考該不該放手讓枯葉
自由離去，不可能
不可能反射的光不為左轉或右轉作選擇
而我必須為陰影一刀一刀剁向妳的愁負責
總之不可能

不可能我花費半生在沙漠佈署的甜蜜部隊
悉數遭惡夢殲滅、我在

時光甩頭時的沐浴乳香滑倒，不可能
我在情書裡住院包紮才突然了悟
靈與肉使用不同種族的文字，卻共用一支愛的鑰匙

我們的童話是純果汁，現榨的快樂與憂愁斟入肉體
肉體是易脆的容器——遠比盛滿禱詞的教堂易脆
味蕾們不可能忽略纖維
或色素是感官的一部分卻不屬於靈魂。啊，酸酸甜甜
在妳我之間都給長夜慢慢舔

邊境的月光如何檢查我的外星護照？通關時
夢，荷槍挺立在崗哨的石階故意不看我
然而我的宿命是
一旦被我進入的國度，人民只稱讚我異鄉的捲舌音
如慾如性，溜滑勾引……

多麼不可能，邁出去，就是妳耳墜子閃爍的碧綠
不可能禁止我像故鄉一樣想念妳
雖然不可能青梅竹馬、不可能某個早晨卡夫卡
不可能妳跨越邊境是為了一樁可愛又迷糊的謀殺

並非不可能；所以

可能。可能經過這麼多年的單細胞旅行
才發現我的基因與太陽、水銀、蟲害有關，所以可能
妳愛我，以天塌下來的方式
可能妳是恐怖分子手中的引爆器，可能妳是槍響後
靜止的那一秒鐘，可能
妳是死亡前要趕的那十萬里路
可能妳是反政府遊行隊伍裡懸在半空的那句口號
可能妳是在自己的火焰中最清醒的黑暗

謝謝妳，妳準確地阻止教堂鼓掌以及牆頭的蔦蘿亂笑
謝謝妳將世界刪除，並曾完整、耐性地下載我的靈魂
我們從不走朝聖的道路，對於愛情
儘管妳為我料理過的人間豐富如坎特伯雷！
謝謝這世界，以及妳

妳可能的一切。可能時光又回來敲門，開門時
天堂就站在露濕的臺階
可能我們擦身而過的那一刻，恰巧
禮拜天下午麵包店烘烤好了熱騰騰香噴噴的鐘聲
香味舔遍我們故鄉的小鎮。可能
可能妳擠在我和未來的中間

而無法轉身，可能……
以上，不可能。

決定快樂

夕陽美得客氣我有禮
今天怎麼俗到雅了起來
繼續好活歹活
迄今並無不妥
日子牽肝連心地勾纏我
我負責今天過好

請每一天勇敢地來
寂寞止步，勿超前可愛
幸福對我笑
我不願夕陽西下
每個深夜都深怕結束我
甩甩頭不想，不想了
靜聽我島上搖曳的野百合

低頭祈禱：認真香，有愛
有思考
春天向我道一聲早
各位敬愛的鄉親父老：
今天，我負責過好

起先有點壞，日後未必不好
老天再老若放晴
韻味像陶質風鈴
把大夢骨董起來、把人間
圖一圖或影一影好玩就好
決定快樂真好

波赫士看不見我

夜甩著濕漉漉的頭顱，像一頭黑豹佔據字
與無字搭建的神殿
神殿中央，波赫士拼圖自己又打散成
無數個微小的永恆。
零點十三分

阿根廷輕摳他的靈魂

遙遠的他向我走來，哼著藍色探戈、跋涉
多國語彙——將異鄉翻譯成故鄉，他不想更正。
遠遙啊，彷彿
突然飄飛的亞麻質人生被一根枯骨勾住！
他停駐，或者再飄飛
皆無所謂。反正一顆心全部曠野
當他看不見

故事述敘：微仰頭顱的
波赫士。——時鐘滴答、滴答如銀狐穿馬靴，閃亮
響亮地踢過天空（是誰家的軍隊呀）
有些熱與塵飄墜
布宜諾斯艾利斯仍安靜地側睡海邊

今夜，他在最細節之中完整甜美
他的書房在我翻頁時透出一束光，幽微昏黃
如悲傷。他像老教堂一樣安安靜靜，除了
黑貓踩裂的禱詞，有瓷瓶一樣的叫聲……
他以死亡坐在對面的耐性，傾聽
一首剛醒來的歌飄過窗口

波赫士微笑。頭顱沉浮於大片橘子色光點，又
微微仰臉向著無限的空間
彷彿拉丁舞者的側面。雲牽著藍天自他的鼻梁滑下
滑下鏡子對面的深淵。我一再分神啊
最粗暴而迷人的語字如無政府主義者
讓我，或者他心神不寧？

我心神不寧啊像青春貼近少女的裸肩
波赫士看不見，我進入他的房間走動
甚至亂動他的心、他的
字與無字搭建的神殿

桌上一杯涼水靜止如他熄滅的瞳，微塵懸浮
我推開窗，望向星圖
一顆明確的參考點遺失，而夜咬來一隻大熊掌
說：找到了。——找到了嗎？
但他自稱是透明人……我該不該邀請黨政高層或閃雷
討論波赫士？
我頑皮地輕摳他的靈魂裂縫，有血！
反正他看不見

油菜花寫信

這幾年天堂好靜
能上去的人更少了

荒原被犁出幾道郵戳線
我耕完一生才發現天已黑

晚香寫著淡淡的信
只有一句想你

夢攪拌的蝶影悄悄落籍
成為黃土的後裔

油菜花田像我們害羞的孩子
捏弄衣角，要擰出油似的

黃月亮在鍋裡煎
炊煙像餓了許多年

晚香寫著淡淡的信
只有一句想你

你吃苦，卻只有寂寞長胖
你瘦得一拉就上天堂

長得像夏卡爾的光

生活是一句不高明的俏皮話軟趴趴
躺在沙發，長得像夏卡爾的光
神祕，魔魅地窩在乾草堆
就在午後大約五點，耳根綻放
三十三朵野菊花
家住東郊的李耳先生那頭牛闖入且吃掉一朵

屋子剛打掃過有清淡的木頭香味
所有叫米羅的孩子都已入睡

我的鄰居，穿汗衫的雲剛剛慢跑回來
在鏤花窗一閃而過

我在詩集種了亞當也種了夏娃

蘋果是我的讀者，我夢見
我是一條長年失眠的蛇

這是六月難得之午寐，沒有工作發現我
我是編號第幾的夢？在上帝的夢中
種了又砍了的

夢。一哄而散
我腦袋放生一群黃昏的野鴿子……
長得像夏卡爾的光孵著一顆蛋
蛋殼裂縫的紋路走勢用來占卜，你猜？
這次誕生的是音樂還是拼圖

不高明的生活叫我大半生長住
無人地帶的詩

除了野薑花，沒人在家

野薑花靜靜地站在菩薩旁邊
約略高於慈眉
善目
目測樓梯，以稀微的小燈
幾乎誤判那是一條河

河在山裡度假，留下一幢空房子
只有家具，每天來客廳上班
夢也出遠門度假了

空氣老虎起來，莽原了下午
四月長長的側影
陽光的皮紋隨呼吸而輕顫著

對面鄰家的小孩哭聲健康
而菩薩還算硬朗
野薑花用墜樓人似的花瓣
提醒菩薩——

請菩薩休假一天
看房內可以香成什麼樣子
看世界可以亂成什麼樣子

菩薩靜靜地牽著

那靜靜的野薑花

樓梯聽見寂寞的家犬往上爬
像中年一樣喘；
整條街的公寓
每扇窗，正與人間隨意交談

小美好

「時間的風，輕煙的年，心之不再。」
——保羅．策蘭（Paul Celan,1920-1970）

拒絕當形容詞的小美好
從每個昨日、每次未來，回到
今天：除舊布新，
以逗點，剷除垃圾郵件
盆栽裡種下一株喜氣
深呼吸
練習一句「沒關係，
至少我愛你。」

拒絕為一個不熟的世界
與感情爭吵
以好態度燒沸影子，讓日子
清淨可飲。簡單吃
像雪花一樣輕食
像線香繫黑夜與光明在一起
一起有信仰——
微笑，揮手，請負面好好走
今天偶爾頓挫
依然遼闊

讓每一片葉子迎風扔出問題
欣賞它的動機
每一個舊經驗都恭喜你
你跳出夢外將吻更新
放棄你的一部分
成為祝福一小聲

光陰跨坐紅磚牆晃著小腿
等你回來
一起過年感覺曠野

一起哈哈鞭炮人間
落實細節：
一起重新寫詩，做人，傾聽
鉛筆咀嚼紙纖維
吐出一隻雲雀

雲雀向上呼叫親情，從每個
昨日、每次未來

回到今天
月光和春蠶血肉相連
看植物歡鑼喜鼓地舞動枝枒
穿過鏡面，走訪水源……
如果「我愛你」是形容詞
形容詞一定有下輩子
小美好是體質

東引持酒戰

浪滔滔不絕寫詩，一行醉我一百海浬
抓起燈塔，灌我到迷航

媽祖神靈與東湧陳高之間，都是夜
醉眼看見多年以前砲彈還在飛
飛得好累，換個舒服的姿勢
繼續找死
繼續找歷史，算帳！我醉到看不出
砲彈行經的大海哪有這岸對岸？
船聽見皺紋前滾又後翻
在通俗的人間，星斗激辯
以觀點、以善念
至於戰爭的問題就請自便

七月暑氣讓歲數成熟幾分
遂懂得紅糟酒渣，也有堅忍的芬芳
持酒走進碉堡，走進戰地
走進火成岩醞釀的小水滴——倒映時光
啊，時光開鑿軍民的身體
透過背影才瞭解深刻的醉意：
喃喃念著我愛你、我愛你、我愛你……
反覆三個字組合擴散成馬祖列嶼

世界最美的戰略據點，是我駐守你心底
壯懷的藍墜落深瞳，迷離了神情

我愛狂飲，我更愛東引
我茫了。五節芒滿山遍野划拳來划拳去
石蒜紅著臉頰，向戰士乾杯
醉似快艇，泊在國之北疆。
其實，酒是欺敵戰術：名將
戚繼光的餅、佛手無影掌、
海鋼盔……全武裝，在餐桌上
枕戈待旦

註：「佛手」、「海鋼盔」為小型貝類，是馬祖特殊的家常海產小菜，味美開胃。「繼光餅」相傳由明朝將軍戚繼光發明作為行軍乾糧，現馬祖人吃法多種，習慣炸過，外酥內軟，風味樸實，如個性。

阿里山的歌聲

任何僧人們　苦行者　都是否曾見過？
這銷魂的恍惚
光在戲耍　空氣在舞蹈

而我　羞於衣裳的瞬間
——〈成熟〉：音樂家江文也的詩

早晨來了，夜晚來了
眼睫眨一眨
像撥弄一把吉他。如果——
如果下午是下半輩子
下半輩子常常有雨聲充滿妳
妳呀妳慢慢霧
思念像一隻白兔
白兔繞著桃花樹

早晨來了，夜晚來了
夜晚妳有空記得撥個電話
給我好聽
清脆的咬字降落敏感地帶
音階跳起來
春天向我撲過來
在我頸項留下兩枚齒痕
耳根子軟軟地將聽覺推下山澗
讓它深深地好睡

早晨來了，夜晚來了
月光緩緩解開衣釦
恍惚凝視我
那溫柔
香在時光漸漸傾過來又親過來的
暴力
推翻一生
才發現壓在心底的是蒲公英
蒲公英是女方
我是男方
對妳的愛突然在夢中綻放

夜晚來了，早晨來了
露珠秀氣地看著嫩芽們大鬧天空
音樂美如水又壯如山
音樂啊
請霸道地浪費我吧

趁亂世……
櫻花要去了妳的髮蕊
要去了妳的眼和眼中的山神
妳的仰望一直向上
向上頂撞豔陽天
維護了美

註1：〈阿里山的歌聲〉乃臺灣音樂才子江文也（1910~1983）生前最後一曲未完成的作品名稱。將他對故鄉臺灣幾十年的眷戀情愫全部注入，彷彿在春天的山野放懷高歌，旋律纏綿，糾葛……

註2：江文也身為臺灣人，卻處於中國與日本的夾縫中，飽受磨難，彷彿背負歷史的原罪。晚年他以整理臺灣民歌為「有生之年最大的願望」。

註3：〈成熟〉一詩原為日文，葉笛譯。

害羞

低頭微笑
對我
還來得及

山賊

繡花鞋
不想在家
過夜

初戀

我的
小嘴兒
呼吸不正常

酒窩

雨過
一顆顆雨娃兒
倒掛
在
電線上
從不生氣

處女

天空快要
掉下
第一滴眼淚

春雨再續杯

春有一種味道
雨有一種味道

春　喜滋滋的笑起來
雨　也喜滋滋的哭起來

春有一種味道
春說　它剛剛才從媽媽肚子裡溜出來還沒滿月呢
雨有一種味道
雨說　它也剛剛才從媽媽眼裡溜出來剛好睡醒呢
雨啊雨啊雨啊！
春啊春啊春啊！

你為什麼來的時候總是光溜溜的身子
你的笑總讓我驚喜
你的哭也有道理
因為你是春的夢蝶啊！
我沒有call你你卻到來
你陪我吃早餐
我陪你吃中餐
你陪我吃晚餐
我陪你吃消夜
是不是很甜蜜
我肚子還餓著呢？
給我點春雨吃吃好不好
吃不完我還能分點給小孩當彈珠玩

玩累了！
就大笑三聲

跳到井裡
說故事

春雨再續杯

為了愛國練習做愛

你的眼神不對！
你的心已蠢蠢欲動！
你沒有第一次
你為了愛國
你練習了你第一次

練習做愛！

太令我驚訝！
為了愛國
練習做愛
是不是太苦
是不是太傻
是不是不值得
為了愛國
你也結束了你的靈魂
你不知如何是好
你的身心沒辦法安頓
因為你練習
我覺得你有點傻

想回頭　沒退路
想前進　不知方向
為了愛國
可以出賣自己一次
為了愛國
可以出賣
你有很好的理由
為了愛國
你愛上他

黑　是老大

2根白髮
很難在黑髮中過冬
店小2　端了
2滴淚

洞房花

我
將
黑
脫去
在寒冬
用一種很私人的配方
做古老的事

10滴淚回家　過年

我帶著10滴淚來
一滴淚含著一個愛
我把10滴淚
故意
分送給10個人

每個人帶著我的一滴淚回家
不哭　不語　不鬧（好乖）
我意外再意外
意外10個變100
100變1000
1000變10000
10000變100000意外是不是來得太
快
意外是不是　人們的哭泣聲不再哭泣
意外是不是　人們的飢餓聲不再飢餓
我們的思想需要裝箱
我們的生活需要冷凍
再不快一點！就來不及了！
世界一直在反撲我們
國家改變了我們政府改變了我們領袖改變了我
們政客改變了我們商人改變了我們
等思想裝箱冷凍好之後就是花園了

一切歸於進化。

10滴淚快速消失
100000滴淚快速解凍

我的夢醒了！
帶著10滴淚回家　過年

我的淚告訴我生命是甜的花是苦的夢是內分秘的

我的夢我的淚我光著身子　過年

春風吹又生

我死過一次好像兩次
我愛過一次好像兩次
那千年不變的愛啊！
那千年不變的死啊！
愛一次死一次死一次愛一次一次兩次幾次都是愛
都是死好像

一把火把死　拎走

春風吹又生

你儂我儂恰似昨夜之溫柔

去年我來沒見到你留下一片雲雲在水中
今年我來我見到你留下一片荷荷在青中
一片水中一片雲一片青中一片荷一片雲中一片水
一片荷中一片青
青青荷荷水水雲雲
一片雲雲在水中一片荷荷在青中
你儂我儂恰似昨夜之溫柔

此後，不及於其他

我在喝南瓜湯的小館
想起單身時的父親。他那時還不知道
我的模樣、我的味覺……
乃至現在，他的不在

他那時還不知道
就像我有一天也會不知道
兒子搭幾點的班機，飲食起居
雲霧，世界各地的天氣
凡備忘錄上的，從我的忌日算起
全都是雲豹，牠們矯健，不喜人煙
更不用欄位

會有那麼一天
賣場和叢林都行走著易怒的動物
或者人工智慧也能辨別愛與死
甚至像父親，有一對大耳，性好酬神
要我對想像中的
都要有一些禮貌
然而此後有那麼一天也已經不再是
我和父親的一天

和孩子一起摺紙

買了一本教人摺紙的書。不可喧說
如鴉鳥在多霧的山徑，聽見
渡河的水聲，樵夫，還是我多餘的腳程

有些步驟多像愛與被愛的摸索
還沒完成之前
蹤跡是我們追尋的某種對稱
——親子相覷，對摺，復又攤平
有時身教總是有那麼一點
讓人覺得比謊言還難
他們說的天性。不能言說
而孩子都說了

在你出門參加飯局之後
他將你的驕傲剪成波浪
孩子在那裡戲水
紙面是一望無際的午后時光
遠方的拖曳傘
倒掛在
客廳盆栽的枝頭

屬於太平洋

浪沒有在前方止息
眼前等待的彷彿就要穿透
原來我可以這麼透明
而他們的祖靈也是這麼暗示著
看浪怎麼來，就怎麼踏起豐年祭
然後寧靜地接受四季，穀場，玉米
以及獸的蹄

浪沒有在前方止息
我被沒有盡頭的遠方邀請

海藍藍的蒙起我的眼
要我去捉四面八方的故鄉與聲音
其中有人與我面對
像兒時玩伴單純站著
等待我觸身
但不置一語

三十年

他談他的憂鬱病史
一時，佛不在舍衛國。他在他的舞池

以最流行的社交語彙跳著沒有ＤＪ沒有腰
沒有金鈿，沒有肩的一次比翼
像長恨歌但更長的
是我們還活著

我們是這樣向靈魂邀舞的
在天河繞過的水聲裡認識第一個夏天
在吻與吻的罅隙聽見天河，乃至
愛上獨裁者。這世界最獨裁的是回憶呀
像鐵蒺藜放久了還是長出花
要忘記的不能因為而所以
那夜的，痛的，愛的，抽象之後又
更具體的山脈，在體外緩緩拉高海拔
又緩緩模糊顏面；在分不清是雪泥
還是鴻爪的時候，羚羊遠離俯仰的水潭
母鹿遠離辛波斯卡，來到臥室
或者去而復來，現在，角掛冬衣頂著胸臆
不過一具衣架就萬水千山
。如果站在最後一節車廂往後看
在每一段鐵道的規律裡往後看
山被拉成直線，平原逐漸加寬
而宮闕，他在他的舞池

白馬，不是馬

妳已在琥珀許久
悚然的野人頻頻擦去冷汗
猜，用奧義去猜
以為找到混沌初開

我和他們比鄰而居
一起上上下下，出入在
洞穴中的高速電梯
一群搞創意的才剛結束冗長會議
稍早，他們像野人
以石器切割妳的頭骨和食草
討論的話題裡
妳是不可饒恕的美麗
接近人性，但違背更形而上的諭意
（他們說：白馬，不是馬
但有辮子的可以是馬
譬如藝術家，Ｐ教授，以及黑馬
這些被符號過的愛，才是愛）

這是巨象的墳場

義理和邏輯在建構中傾敗
人們在龜裂的言語尋找偉大徵兆
說服情人和自己

海外的一堂中文課

一定有甚麼索引不在故事的目次
譬如說，痛這個字、飄零，不該記住的人名……
它們是單音節的爬蟲類，一生草莽
但都愛過，深刻過，為了記錄沼澤而造句而
壯烈自己，就算單純的飛
翅膀也要是天空的複寫紙

在我的島，它們一個字一個字爬上陸地
有些時態來不及變化遂集體永恆
雖然歷史將地圖的比例縮到極小
島因為被海遺棄而不再是島
像小小句點，變成鐵蹄，獨力踏出篇章
而那些不能憤怒不能驚動的石獅
至少，不用醒著和頁碼一起廢墟

因為我們祖父的碑文比荒野更繁複
巴士被安排在一定的風景
——從詩經到競選的旗幟亂飄

My dear，你用中文寫作嗎
在地球折頁，你如何翻譯我的細微
你的筆尖遊走在誰的乳房與蛇腹
像我渴望撫摸每一個象形和轉注
讀出每個毛孔的開闔，眼皮如含羞草那樣
凌亂我的意志，卻趨向一致；人與劍的
莫逆，神合

這都是我們熟悉用自己的語言凝神讀寫
譬如只有山林，獵人才能回歸自己的傳說
如果我們相戀，那是因為
你也剛好用繁體中文寫詩，懂得精靈與昆蟲的
耳語
月見草可以種得那麼顧名思義
巫術在我們手裡變成情書
天地行禮如儀

簡寫

這些字都寫給遠離
我站起來道別，致謝

我以為邪惡有它的宏偉
我們太容易和它使用同一個階梯
太容易用一百個笑聲解釋
起居，薄酒，建造密室
在我們傷口

我以為我們都說得太多
一本書大小的積水就困住一張臉
我還跟它讀
三天三夜的雨
忘記睡眠，然後喋喋失語

我複雜以對
結果老了國王十歲，提早衰微
今日大寒，有雨

我說要離開了，很簡略地
在起霧的玻璃
畫個門出去

海的選擇和遺忘

1.

整個上午沿臺十一線
走到第九個藍色站牌前面
站牌出現第三個面
那是每首詩都想抵達的遙遠

最早，它也曾經寫進
紙飛機的白色格子裡
比現在早一步
降落夢中的此地

2.

藍色的東西都有鰓
不然她怎麼能

把自己養在絕望裡
一樣學會呼吸，行走換氣
又像是走不出地球儀的
一隻貓把自己玩累了
然而爪，以及紀念
比什麼都乾淨

南華鐘聲

如何比喻玻璃和陽光的交談
如何比喻
風走在第五個音階
或者經文繞過山崖水際
剛剛回到廊柱
瓦片就要倒出月光

那信任的鐘聲
桉樹也沉穩健康
十分鐘的休息，影子右肩
有五色鳥跳來

像是符合我們的心跳
並尋找飽滿

那信任的鐘聲
聲音是一環銅鏽，等你把霧帶來
擦亮就是鏗鏘

愉悅

——給初生的孩子

屋子裡有一種氣味，像森林
陽光從另一個房間進來
說遠也不遠的地方，前世的
熱與愛穿過葉尖
此時，每一個罅隙都迴旋著你的香氣
葉脈接駁著抽象的形聲
誰都猜不到，注視與詠嘆，下一秒
你會將甚麼放進嘴裡

並未許你太多願望，太多願望容易悲傷

沒有要你有多馥郁，這樣淡淡就好
蛋白色的人生，像野薑花平視北窗
一場皚雪也無所謂憂煩

你在睡夢中認識創造的力量
血液和寫意都讓時間允許
長大有空請發一則簡訊給我
告訴我佛羅倫斯的天空
因為你的笑容又再次復興

於是潮聲漸次
如遠洋的船隻，被命名，有使命
更有喜悅自帆面推進
鷗鳥見識這樣的鯤鵬，聽任你
客套的說出澎湃。是的
你該這麼平靜

如果，你被推舉為山谷
因為勇氣與低迷的霧
這樣的歷程，驚險，你仍模擬神國的地形
我喚你，你給我回聲，輕易地
從酒窩裡爬了上來

秘密

不是每座橋必然的二端。你向誰說

忽略流水的方向，蓮蓬在那裡飄
愛乾淨的魚，好奇石縫和釣餌
或有曲折引道。我們同進
同出嗎？這只是預設的格局
你忽略了故事的重要
像是夾層，或者刻意忘記密碼的帳號
因為孤獨而展示的曠野
不容許鷹隼為鳥兔而飛

秘密啊，我的基地
與你同構，變老，變醜
我的道德只對你的美負責
你也是。像燒掉家書
兩地才有同樣的楓紅，鬼祟
但出神
詮釋浪漫，與終老

儀式

「今日雨。其自西來雨？其自東來雨？
其自北來雨？其自南來雨？」（卜辭）

我該帶著自己的神話進來
還是轉身離開。鯤鵬，蝴蝶
西王母的坐騎或者Mary的峇龍舞
我在想，要不要給她一個中文名子
請她講述，熟悉，好讓孩子也有泰雅射日的壯志
或者換另一種方式，更民主的相信
紅酒可以在高腳杯裡玫瑰
更政治的，不談后羿、鯀禹，努力做好水土保持

譬如有人問起信徒：國籍與文化想像
他眼睛發亮，口罩摘了一半
又趕緊戴上
我看見一道黥面，果然如鄉音的偏旁
而遠方的雲開始卷舌了
不得不敬畏，眼前的巫師
可惜呀，他也忙於全民英檢，無暇與神
溝通世界的有無

孤獨國憲草擬了一半
「西風別慌，瘦馬別跑，在這個城邦這個列島
我們正努力發展觀光，鯨魚像拆信刀
遊客感言三讀通過海平面，情話也新鮮
至於單身條款，以及一些懸而未決的問題
像電線桿拉扯著山
每個部落的傳說本有掉髮的煩惱」
我想裝作全沒聽見，但聽得比誰都清楚
幫傭的床頭書，孩子睡在第一頁
燠熱的雨林，故事攔腰踢起被子
該拿甚麼來蓋在他身上呢，他認床呀
就這樣吧，聽我呼告，以熟悉的語言
熟悉的儀式，和那芭蕉扇的氣息

踢，還踢，字字都塵埃了
早餐時間和前世用韻有甚麼矜持
是我心神不寧的參差
冰冷的切盤，煙燻鮭魚在嘴角
如果唯一的硝煙來自慶典
征服與被征服，鬼神不必帶著倉皇介入
不必……除了小規模的秋天和

四季的小小僵局。

然而，歷史大戲和我的詩同樣不合時宜
有些慫恿在造物者行將
離去之前，回頭閃爍幾下
多數人在徬徨中問卜於徬徨
該寫些甚麼呢，新世代
我們唸著喃喃密語，施法，避開
詭譎的一場大雨

站在華麗與哀愁之間

從牙膏裡擠出自己的倒影
體重、妄想，都梳洗過一遍
才發現，鬍渣原來是鐘聲的碎片
像你跑進我的教堂躲雨
一個老故事還沒挨槍之前

你不會相信
我們有一部分是不能被信仰的魂靈

每每對鏡，我都學著與啟示相處
它充滿時間的隱喻
與我溝通，而我轉身
以最粗暴的語言……
故意要它保持緘默，且切莫
翻譯我的青春

穿上名牌，你也和台北街頭一樣華麗
吃過火腿蛋了嗎？現在十一點
擠身於時鐘的夾角，下一刻還會有更多自由鴿
啣著麵包屑、你的舌尖，散佚的刻度
飛到帷幕玻璃前面
面對整座城市的濃妝
與衰老

世說新語

狐疑　之一

怎麼可以　相信
比我們還要狡猾的
人

鴨霸　之二

獨裁者的銘言
以鋼鐵鍛接的斷臂
落款

蛇影　之三

酒精的蒸發意象
聯想　你們
叵測的高貴居心

雞飛　之四

不能升天的翅膀
還是墮入輪迴生死的
慈悲肚腸

蠶食　之五

一口一口慢慢慢慢地吃吃吃吃

那些很餓很餓的感覺
會在咀嚼的口腔中
緊緊　擁抱幸福

鯨吞　之六

遼闊的回聲　呼喊著——
那些無處躲藏的
空
洞

鼠膽　之七

在陰濕卑微的都市地底
我們是被凡人唾棄的
虛無勇氣

牛步　之八

漫長的等待之後
一條無法割裂的化膿臍帶
仍聯結　你我的無奈

蝸居　之九

無廳無衛無窗無炊的單身世界
連一點嫉妒的眼光　也
擁擠難耐

蛙鳴　之十

晚春的回音
泛起
一波波脹氣的漣紋
且行且遠……

毒蟲五語

蟑螂

緩緩，爬行過三億年的歷史
在心靈的陰暗角落

睥睨，兩足的靈長類
橫行地球

壁虎

無聲的腳印，凝視著
低空掠過的飛行視差
無聊的饕餮，將
夢想一一擊落

蜈蚣

堆疊的步履，徘徊
進化與退化的十字路口
挪動的意志，探索著
來時蜿蜒的路

蠍子

與美女無關的心腸
不必再加汙衊
純然威嚇的巨鉗與尾鉤
淬鍊眼神的狠毒

蝦蟆

不曾光滑的古老肌膚
散布隆起的怨恨疙瘩
一顆顆千年鬱積的誤解，驅趕
喉頭隱藏的共鳴

鐵樹

這是與生俱來的固執脾氣
堅持著宿命的單純理想
無視於周遭的萬紫千紅
依然，選擇翠綠

多少年來始終如此，我們
一直渴望善意的垂憐能夠降臨
而那些裸露的膚淺燦爛
持續挑逗著迷失的焦灼目光

春天來不來與我無關
四季只是種種不明顯的是非遞嬗
沒有低頭沒有讓步沒有妥協沒有權利義務
一種孤伶伶的原則，鎖著
一個鐵錚錚的漢子。

徵婚啟事

四十歲以下。單身
堪用男性軀體一枚
省油。附全險及原廠保證書
居家外出。不可。或缺
每日三餐飯後及睡前
需按時服用。不忌
生冷。菸酒。輕微的憂鬱及藥癮
身高。體重。略超過平均值
薪水固定。缺乏。想像
加長雙B轎車。花園別墅。外傭。有
痔瘡。壞脾氣。損毀的顏面神經。無
挑剔的嘴

誠徵：雌性。若干
條件從寬。經驗
免。兼職。可
（學生及上班族尤佳。）
面談通過立即支薪
待憂。享老鴇
來電必覆。無誠勿試。請
逕洽。本版左下方聯絡電話
不合密退。人格。保證

逆光的旅行

——在希臘

想你的顏色就這樣淡了，在希臘
愛伸懶腰的陽光把記憶煎成一張薄薄的焦餅
在靠海的窗口，有妳喜歡賴床的那種味道

高八度的船笛把水平線向遠方拉去，打翻早餐
的肉桂粉撒滿昨夜剛洗好的床單，妳靠著躺椅打盹
假裝已經很飽的樣子

南方來的海鷗帶著地中海的口音在陽台上爭吵
一張褪色的照片隨著七弦琴的音階四處遊走，淋過雨的
睡衣，懶懶的躺在那群好色水手的枯瘦眼眶裡

「那是一株無花果樹嗎？」一個陌生男子抬頭問我
蹩腳的喘息氣音，彷彿迷路的愛情觀光客
在古老的城市獨自棲息與覓食

巷口的小孩還是嘻嘻的玩著跳房子，古利太太
用橄欖油烤的蘋果派仍在舌頭上跳著喧鬧的手鼓舞，那些
種在窗台的迷迭香卻一直學不會發芽的藉口

加蘑菇奶油燉的鮮魚湯已經涼了很久很久，我還是
期待一杯龍舌蘭的顫抖體溫可以掩蓋孤寂冰冷的指環
與落寞交談的雅典夜色，心事是無法溶解的沉澱咖啡……

眾生

·蜘蛛人·

在腐敗都市的結構接縫，我們
卑微的生存
用苦思醞釀人生成敗的經緯線，悄悄
編織著若有似無的曲折夢想

那是很久很久以前的傳說了……
王子和公主一直都沒醒來
只有幾隻失眠的飛行甲蟲
連夜穿越不停燃燒的殷紅蕈狀雲
在第N次核戰結束之後
散亂的記憶檔再度歸零，我們
周而復始的環繞著布滿輻射塵的地球
緩緩吐出紅色的基因血絲
垂吊著一個不能成形的
待續句

·植物人·

我們謹慎的攀爬在陽光的邊緣
跟著機械的頻率呼吸、吐納
稀薄的葉綠素隨著濃稠的血液流轉四肢
向光的眼角總有些淡淡的笑容

我們淡綠色的皮膚非常環保
溫和的性情不曾介入分配與掠奪

死神與上帝經常穿越我們微薄的軀體
微笑的達成某種共生的秘密協議

紫外線繼續穿透著。我們
是一群與世無爭的高等藤蔓
依附著日趨腐壞的肉體
無意識的
呼吸、思想，或者漸漸安息……

·機器人·

在現實社會中不需要繁瑣的選擇
依據指令執行任務一切直接實惠
調整後的維生套件讓我產生冷熱
的感情但警示系統已經連線中央
避免流失的理智將影響開機程式

迴路的構造可能有些小小的缺陷
我居然嘗試著思考這可能是某種
外力植入病毒作祟的防衛作用在
偵測功能啟動後造成的短暫介面
失控應該沒有如預期的傷害嚴重

選擇機器或被機器選擇大雅無傷
人類愚蠢文明的演進仍趨向滅亡
道可道非常道一切無道才是有道
邏輯運轉加速導致電力耗竭報廢
的晶片終於在沸點之前覺悟生死

·狼人·

經過多年的模仿與進化，昔日
茹毛飲血的野蠻記憶早已模糊不清
在都市叢林中生存必須學習獨立行走
信仰上帝，或異端的神祇

有太多的同類已經犧牲，我們
隱藏的身分不能再次曝光
穿上西裝打起領帶我們也人模人樣
帶著瘖啞的喉嚨快樂的上班下班

總是期待下一個月圓的夜晚
靜脈管裡洶湧著蠢蠢欲動的變身激素
從陰影的背後躍出輕靈的身影

在你我不設防的空曠胸膛，潛行著
一匹寂寞而高傲的

狼

航行，在詩的海域

從啟碇開始　我們就一直小心翼翼
間隔對稱的浬數　嘗試押韻——
陰性的海鷗聲調　很容易讓人迷失
在神秘寓言交疊的陌生水域
凹陷的肋骨隱隱浮現座標的原型

魍魎的衣袂揚起詭異而綺麗的風笛
洋流錯綜的音步也始終難以估計
舵手逆風的齟齬很難分辨是非
傳說中的天籟　是否有正確的抑揚平仄
總不免暗示偽裝的懷疑

在耳際　觸礁的怯懦片語正迅速沉溺……
不安的隱晦情節已醞釀成型

凌亂的呼吸蟄伏每個迴行的角落
悄悄　鐫刻暗喻死亡的胎記

這是最初　也可能是最終的航行
我們拋棄慣性的諧擬思考
穿梭尷尬的空格和斷句　解構
紛雜意象的迂迴斷續或主觀承繼

重生於泡沫母題的夢中伊甸園
我們捨棄變形的頭顱和四肢
遺忘繁複的語言鍊結和邏輯推演
摺拾結構殘缺的鱗片與尾鰭　學習
用鰓呼吸　學習
過濾抽象的稀薄氧氣　學習
用念力感應周圍的氣氛和情緒

鑲嵌在基因深處的委婉使命已被摒棄
我們選擇凶險的反諷方位繼續勇敢　向前
迴旋於陰濕躁鬱錯雜的澎湃海域
這是一場以靈魂為賭注的華麗探險　毋庸置疑……

唐捐 1968 詩選

生於60年代——兩岸詩選
台灣詩人

風雨

那一夜，風是粗野的手把我們緊緊
挾在腋下

坐在湖畔
水的脈搏在踢我的耳膜
燈的溼髮在喊你的血液
雨頗大，心情頗為泥濘
「然而雨衣或夢，對人生而言
真是必要嗎？」
穿上幾件雄厚的冰冷
我們不肯卸下叛逆的神情
液態的笑聲從眼眶裏滑了出來
而染上夜色的雨
不再透明

落葉之歌

秋日黃昏，沒有一根煙囪不勃起
沒有一條街道不亢奮，夕陽
夕陽裏誰的頭皮屑這樣緩緩
緩緩……………………跌落
緩緩跌落是樹的葉子們如同
一張張宣布絕望的傳單如同
一滴滴凝固的泛黃的眼淚

如同一個人結束了所有的美夢
駕著小舟逃向茫茫的大海

跌落了葉子便跌落了鳥聲
便有一層冷緩緩地上昇
上昇而形成一件荒涼的雕塑

困頓的樹試圖彎身撿起落葉
但落葉是逝去的日子不可俯觸
不可俯觸但可以察覺，察覺
濃烈的腐味

熄滅的

熄滅的，熄滅了的
不是火，是一根蠟燭
不知哪來的火不知
回到了何處
徒留一支焦黑的燭蕊
堅定地指著夜色
不是被風刮走
不是被夜捏死
其實，是被蠟燭
吞回了肚子
像一把亮麗的靈感
搖晃了許久之後
被人悄悄收拾
溫熱的燭淚也已
凝成美好的姿勢

火在蠟燭的心裏
蠟燭正在休息

大旱季

在大旱季
他們用藥粉灌溉稻田
用骷髏取代稻草人
陽萎的玉米
在女人面前抬不起頭

只能躲在斗笠下歎息
人們天天到廟裡領取咒語
用來止渴療飢也用來
麻醉耳目、沖洗茅坑
在大旱季
江洋被寫成灴烊
魚蝦都學會在土裡游泳
而那些死不要臉的太陽
作案不必戴頭罩
牠們輾過祠堂又輾過衙門
粉屑灑在每個人的臉上
每個人把脾氣吸回鼻孔
用一包冷笑敷自己的額頭
用硬化的肌膚
包藏各自的體液
太陽們整天搔首弄姿
頭皮屑飄落如滾燙的雪花
逐日掩埋街道與溝渠
在大旱季，人們用撲滿
收集精液。膀胱大的人
容易生存，口沫橫飛的人
最受歡迎。在大旱季
嬰兒一出生就破口大笑
因為黃金比鼻涕便宜
流汗是瘋狂的行為
想死就認真哭泣
據說
水份是唯一的神祇

生活與倫理與便當

在生活與倫理的課堂上，偷吃便當：
菜脯、昨夜的嬉笑母親的叮嚀、荷包蛋
（粗製的箭矢已經抵達紅衣人的
胸膛，）『我們應當效法偉、偉大的……』蛋黃
蛋黃輕撫著白米飯
窗外秋千，隨想像力擺盪
夢與現實，坐在翹翹板的兩端
偉大？我揣測，偉大是怎樣怎樣
怎樣奇妙的生理現象而尿意正充實
膀胱。廁所在前門左轉
三步處，崇高是海拔三千的阿里山

（悔傷已漲滿番人的胃腸漲滿胸膛
他們驚愕徬徨非常非常……。）舔回一大口
流淌久久的幻想：頑皮豹、霹靂貓，我想
鐘聲必已被綁架到遠方的遠方
憂慮隨秋千擺盪。『我們應當
效法……，我們應當……』不爽
不爽也漲滿我小小的膀胱。在生活
與倫理的課堂上，偷吃自己的茫然

暗夜貓鳴

尖細冷硬，貓嚎如針。縫補
渙散的精神。那些聲色的線索
隨針穿梭，通過血和肉通過
魂魄，在空地間流傳。草木臥倒
土石蹦跳，野火凌厲在舞蹈
在濃稠暝色中。貓嚎如燒
燒掉藏有心情的風景
如刨，刨掉藏有風景的神情

磨滅

貓在草地上打滾
像要磨滅某些感覺

那時陽光從椰葉洩漏
塑膠水管聯接水龍頭
草木掙開灰塵的外套
心肝消化不好的念頭

回到小小的閣樓
與人爭辯遠方的氣候

顛倒歌

用鐮刀把蘆葦趕進麥田
用肥料把葛藤養成水稻
田埂以外，草木蕭條
田埂以內，比市場熱鬧

這是地球倒轉的年代
盜匪在教堂分贓、跳舞、佈道
蜜蜂跟蒼蠅競爭一攤血水
碩鼠捕貓，貓在蟻穴裡哀嚎

這是乾坤易位的國度
冷氣裝在豬舍，牛用香水洗澡
有人住進下水道。看哪——
鬼在神龕，魚在鳥巢

瓶中嬰

我再也不退出我黑暗的運命
浸泡著蝕骨的音樂
如瓶中嬰，沈潛於某種獨享的福馬林。
我將繼續默誦徒勞的符咒
以麻痺我對鬼神過盛的敬懔
如瓶中嬰，用幻象哺乳自己的腦神經。

我再也不介入我痙攣的人生
閉鎖門窗，如一座冰箱
用全身的肌肉冰住一顆火熱的心。
我將繼續默誦徒勞的符咒
十二個瘋子在敲我的門
我將模仿慈悲的佛像，不聞亦不問。

我再也不愛，除非，我再也不恨
像此間最最資深的嬰孩
吸奶一樣，吸著世人捐贈的悲哀
我將繼續默誦徒勞的符咒
像被群眾唾棄的候選人
不斷地對蟑螂壁虎螞蟻發表演說

像瓶中嬰
用純真的笑容包裹腐爛的魂靈
像凝立的陀螺
用根部挺著旋轉不休的地球

無血的大戮

偽自由黨主席　准風月堂堂主　降

我將開口且住口，誰將空虛或充實；
屍骨無乳幼吾幼，狗彘有嘴食人食。

天地僵持　在一場無宗旨的搏鬥裡
鳥在半空中凍住　沒有人暗暗地死
沒有人哭　嘩嘩跌落是千萬顆好看的頭顱
如狂風侵襲的果園　叩人心弦的骰子
引起一陣陣歡呼　我不禁有了沈酣的大歡喜
液態的笑聲從眼眶裡流出　沒有人死沒有人
嚶嚶地哭　這就是你常聽人說的無血的大戮

（我夢見我愛過了的國度是一座設有產房的墳場，產婦們都在無聲地大哭，無論怎樣忍痛用力，只有枯屍從兩胯間生出。我在墓地裡惶惑地行走，看母親們竭誠的哺乳。我願意勸告她們莫要徒勞地餵養一個必死或竟已死的嬰兒，卻不能開口；我願意用淚水替代她們徒勞的乳汁，卻發覺自己也已經是死。）

這就是你常聽人說的無血的大戮　歲月靜好
鬼酣神飽　碩鼠照樣在廟堂裡分贓佈道
祭桌上照樣臥著一頭一頭死不瞑目的豬
可怪是貓　還在神明的懷裡快樂地吸奶
可憐是嬰孩　只好到陰曹接受馬面的安撫
我願意為敵人戒酒　吞服魚肝油
培養健康的身體　供死者安置他們的眼睛

戰鬥詩

戰城南，死郭北，野死不葬烏可食。
——樂府古辭

在不知為何而戰而仍戰的90年代
'89年的喜美載著'68年的肉體徘徊
我徘入貓　迎空播灑見鬼的哀嚎
我徊到鼠　含淚收割纍纍的微笑
但我早厭倦了　上半身與下半身的搏鬥
厭倦了左手與右手的擁抱　厭倦了
開車載送虛胖的靈魂盲目地尋找

巴掌大小的樂土　一旦泊好了車
卻發覺這廢棄的肉體依然無處掩埋
而食屍的鳥啊不知為何而笑而仍笑
不知為何而哀而仍哀　但我早麻木了
如最後之一卒　麻木於防守與進攻
忍死須臾　清運先死的同僚
那是昨日　昨昨日　昨昨昨日的自己
在無敵可抗的夜裡發動千萬次內戰
如退休的鬥牛　與全城的鏡子為敵
如不知為何故障而仍故障的喜美
汽油將盡　猶在盲目地奔跑……

歸來

在不能遺忘的遠方　啊　不能記得
卻記得了的第一殿　我……
是一名盛裝的裸者　邪思善念
都像壞了卻不准腐爛的鹹菜
醃泡在強光的鏡前
牠們（牛頭和馬面）流著口涎
說：「看哪！你的脂肪比陰德肥厚；
愛慾蝕髓，如不能根除的腳癬。」
從第二殿到第九殿（神的紅磨坊
鬼和禽獸的狄斯耐樂園）我看見
悲傷的我烹調著另一些快樂的我
孩子們玩著拋頭顱灑熱血的遊戲
而在中間流竄的　是從轉劫所
逃出的　一頭拒絕轉世為人的牛

火紅的啼聲

——為風燈詩社而作

木棉花暖　夕陽垂掛在橘柚之間
我們已停止流浪
在菩提樹下繫馬　枯坐　飲酒
看一盞燈在虎豹的狂風裡
疼痛地發光
因為這是南方　鷓鴣踊躍的南方
讓激情的浪　繼續抨擊著岩岸

讓吾黨的革命繼續流產
斷弦的是吉他　空轉的是唱盤
血脈在衣袖裡呼喊
劍在匣中響
因為這是南方　愛與青春的南方

風雷在山坳裡翻滾　雛鳳試飛
火紅的啼聲在水邊醞釀
我們踩進巨人的足跡
領受無邊的瘴氣與靈光　草蟲嚶嚶
天地在膨脹
因為這是南方　詩與神話的南方

貓靠妖

神而明之　貓在無人的曠野間嚎哭
我讀佛書　想像戀過的都變成白骨
焉知變成以後　更加銷魂
我愛白骨　感覺她們是純潔的天使
經云　好蜜塗刀　貪甜舐者　傷舌不知

血其薦矣　貓在無人的曠野間嚎哭
我讀佛書　了悟肉身來自恐怖的陰戶
焉知恐怖之中　如此絕美
我愛陰戶　情願長住　如溷中之豬
經云　身種非寶　不由淨生　從尿道出

氣將散乎　貓在無人的曠野間嚎哭
經云　受想行識　如病如癰如刺如殺
焉知病癰之際　這樣幸福
我愛刺殺　拔根割罣　這樣痛苦
貓曰　神而明之　血其薦矣　氣將散乎

青春肉體

喜歡在你的背脊彈鋼琴。Do是純白的啤酒泡泡，Mi依著彎曲的窄巷哼唱。Rai跳下台階，沿著一家家小酒館沿路敲打。Fa將長髮推擠到曠野沉思；La嘩啦啦河流湧動絡繹不絕。So微火一點，微熱一點。Xi嬉戲裡，緩慢向左傾右。Do輕輕再彈三兩音。春天很色、很澀。青春，停住。又開始咚咚亂彈心。

安寧病房的春天

霧來了，病床上一條情詩隨風雲舞山。體內復燃的餘溫，蠢動。皮囊掏空，肺腑受損，水血清寂。所有捨不得離開的正在縮小，醞釀該死的正紛紛死去。有鬼忙著糾纏，有魂穿牆而過，狂野無法入詩的臉譜不必閱讀。那帶電的幽靈豎起耳膜。莫非，來了又走？肅靜。霧來了，逐日墳起一座沙丘。

不說出你的名字

三月，花未吹雪。黑色的地震，黑色的海嘯，我們視線同落在一座黑色的廢墟。天空蒼白，雲開處，語言斜斜略過。從邊陲飛向暮山，在微微顫的雪地。不招手，不呼喊，晝日晝夜不碰觸詩的衝動。傾心愛的激流洶湧如昔。不說出你的名字，別驚醒防波堤上最後一道封鎖線。明明知道，鑼鼓定音。

暈海

1.
還你
沮喪的字跡
還你
掉頭的冷默
還你
不經意的無私
還你
燒了白髮的雲煙
還你
堆滿雨季的森林
還你
疼痛依舊的心肺
□□□□□□

□□□□□□
還給我
靜了　涼了　僻遠的海

2.
滂沱大雨將魂魄
梳理得精光
千里嚮往
一甩頭

3.
你的神經
歪著卡夫卡
你的眼光
靠緊拿破崙
你的陀思妥耶夫斯基
在《死屋手記》裡喊

你的夢
面朝洛夫《背向大海》

你從相思樹上
跌下來　正巧

掉進維吉尼亞・吳爾芙
泡水的房間

你泅泳　滑動　踢開
奮力地畫畫

4.

珍珠無淚
仰泳

海呦
單調依稀

5.

以45度仰角
親暱天空

以90度慢條斯理
親暱山河

以180度追逐
親暱蝴蝶

以360度狂喜
親暱你

管它東南西北無可救藥
一波一波節拍　賴向海

6.

你以碎步　讀著
不著邊際的荒蕪

冷冷地
與夜

有一天，我將老去

有一天
我將老去

帶著一點苦藥味
和不安遊絲……

風景不再說話
耳朵也老了

胭脂艷抹的紅塵
在門前升起一盆火

從細微裡加速呢
有誰握得住

雲裡霧裡花裡妝鏡裡
滄桑一如沉船

你　出不出聲

有一天
我將老去

不想排隊和推擠
緘默要緊

人聲腳步聲潺潺水聲
倦在空氣瓦解了

其實光的側影
是我　是我煽起對青春的餘溫

在微星火苗中
推開風景

這時　你出不出聲

豔紫荊

數顆種子
灑在高速公路小道旁
生出綠綠的樹
開紫色的花

冬日午後　四時一刻
北方拉你左手
南方拉你右手
我在他方看花

在樹面前
我渺小
在花面前
我顯得蒼老
花前坐下
蝴蝶睜開眼睛
時飛時停
預演明日死亡

花在笑
霞光正波動
青春盤腿歇息
等待白髮相遇剎那

想走
迷人的豔紫荊
唱著含糖的歌
好難　鐵石心腸

花下看花
花海渡我
渡太陽昇起的方向
我渡花魂西沉在他方

潘玉良

午茶時分
我是妳的座上客
乾燥的冷空氣中
投射燈一而再地　向亮光

一對細眉透出神采
妳穿著翠綠旗袍
與樹蔭下著蓬蓬裙貴婦
休憩　話家常

妳採集許多顏色花
右手拉長　一彎S型沙灘
優雅地轉身
灑向　巴黎鐵塔

他們說妳是中國女梵谷
是青樓醉人的輕歌
是眠榻裡如花綻放的豪氣
驕傲地連孤寂都敬畏著妳

我跟著妳漫步靈魂綠蔭
一路觸探　洶湧的熱浪
我的夢做在大白天
妳的夢說時依舊

我們溫柔互換彼此

仔細比對濃鬱
從漂泊況味裡
坦承自戀

終究妳是妳　我是我
銷魂的胸脯不再隱藏聚光
自然原是最真實的含蓄
縱使妳是中國　要回中國

天色暗淡
人群逐漸瘦去
我走了一圈
又一圈　再一圈

可憐我這雙眼睛
回首　畫裡一對細眉
躊躇又躊躇
一而再地

潘玉良（一八九五～一九七七年）江蘇揚州人，一生顛沛流離，至終老都無法回到中國。她是旅法最早的女畫家，在巴黎繪畫達五十餘年，繪畫作品許多都中西合璧。作品達四千餘件左右，現有兩千件作品在安徽省博物館珍藏。此次在台灣歷史博物館展一百二十餘幅畫作。

握手

——再贈周夢蝶伯伯

我們握手
以病的千刃
以菌

以一束馨香花束
以我坐在你的榻前
以半截窗櫺雲月
以面紙摺疊拭你眼尾雨幕
以彈指間光纖
以莊周曉夢之後
迴向

我們無聲

以病之蜷伏
以菌

喝水喝茶
喝水不喝茶
喫藥喫飯

握手

他們回家了

他們回家了像啞聲的鳥兒
一進門依舊倒嗓唱歌

他們從行李箱掏出衣物放在燙衣板上
為了洗澡換不換內衣而忸怩

他們冒著蒸騰熱氣表演出浴圖
電視正播大火吞噬的草山行館

他們堅持人為縱火
又希望是一場騙局

爸爸說還是自己家裡舒服
聽落地窗外的雨聲也高興

媽媽說隔夜茶不要亂喝
先吃咳嗽糖漿快去睡覺

他們一前一後閉上眼睛入眠了
一人一被睡兩卷會扭動的瑞士蛋糕

他們皮膚一黑一白
一個是有鬍子　一個平躺瘦成一縷霞煙

他們呼吸和咳嗽都有點麻煩
很像帶動唱　爸爸兩聲、媽媽三聲半

他們平安回家了
我追不過他們　他們拼命追著我老去

文字小鎮

腦海浮現腐朽的詩慾：沈澱堆疊

我用眼睛呼吸
寂靜撞傷寂靜

窗外也許是風景
在你把靈魂賣給我之後
沒有第二個買家滲入核心

耐心再也無法存活
若非一隻手攀爬鐘樓
天空僅此於仰望
雲朵仍須裝修

流浪總守著繁星
就算層層心鎖把關
煙霧總要帶走一點蒼涼
棄了碉堡的街角
我只是敲門

家書兩帖

中午放學回家，孩子
蔬菜魚內在電鍋熱著
記得快些吃哦。在十二點半
以前出門，記得——
該帶的作業要帶，該帶的
零用錢就擱在經常擺錢的抽屜
怕來不及就再提早些時侯
出門，計程車可千萬別去搭乘哦
壞人很多
就像童話書中專吃小羊的野狼……
孩子，公車擠是擠了些，
但務必擠上，以免上課遲到
進度上
跟不上人家……
——父親

中午放學回家
用過午飯，爸爸
我真不想出門
我真想在家打打任天堂
看看童話、漫畫書
等到爸媽都下班
我們還可以像以前一樣
在社區公園玩躲貓貓
打棒球……
我才不想
上什麼什麼又什麼什麼班呢？
老師不是說

要多接觸陽光
多親近大自然
怎麼我天天在冷氣教室裡
畫畫、打算盤、作數學、唸ABC……
回家後爸媽也不肯陪我躲貓貓．
打棒球，說什麼要好好用功
才能像王永慶……
爸爸，請不要擔心。
我只是到處逛逛
想知道
那裡
是我的陽光
是美麗的大自然

——小志

親愛的學長

都要要感謝你啊
親愛的學長

新訓中心的第一天
你告訴我
服從是軍人的天職
我因為肩負神聖的憲法
從沒敢把它忘懷

親愛的學長
尿禁拳腳也許
不是你的本意
但從那一天起
我更深切明白
明白你也曾經走過我現在的路
過去的憤恨
都在我們身上
找到了出口

「一切都是磨練」
每次見到你挺起鼻樑如是說
我更明白你只是傀儡一具
只是當我們被夜半的口哨聲驚醒時
當信件被拆開當眾宣讀時
我想到家鄉布袋戲的玩偶

他們也有靜靜睡去的迴旋空間啊
感謝你的破口大罵
讓我三代祖宗清醒過來
讓我母親的天賦全部表彰

今天我手握著么六步槍
掌心不斷地滲出冷汗
我有著新兵的專注機警
當學長你那腳步聲遠遠傳來
我的腰身挺直
像一根永不彎曲的電線桿
大聲喊出：
「學長好。」
而你裝做沒聽到
指示待我下哨後寢室報到

報告學長
你用金錢斟酌我的假期
又用你的髒手
撫弄我女友的乳房
那天會客的草坪上
我馬子的一記耳光

還痛嗎？
有沒有打醒你那混濁的腦筋

想起遠在秀水的養父與老母
他們都是勤奮的莊稼人
沒有虛妄沒有暴戾
更不會欺侮善良的好子弟
申訴吧！同志都鼓勵我
只是真理早已蒙上眼睛
弄不好又是一頓痛打

親愛的學長
我實在想不出
用什麼方法回報你。
歸零的靶紙上
雖說常找不到
我的彈孔
但這十一發的實彈啊
我相信在近距離下
仍有希望帶你離開不美的塵世……

風在淒淒的吹

雨在緩緩的落
我的情緒終於找回了自己
在你呼痛的那一刻
我也向你學習
把積壓的情緒統統發洩
而我
是不是成就最後的公道了呢？

我仰望長天
沒有神能回答我？
當點三八的槍管指向太陽穴的同時
我知道
永遠不會有人為我辯白的
就像每一起失蹤每一起謀殺
永遠都是漂亮的為國捐軀

蚊子二題

1

究竟何等居心？
當聖賢與我探討真理
嗡嗡醫醫無趣的你
考驗我忍耐的終極
啪——
（巴掌般清脆的聲音）
遺憾的是你
來不及點頭同意。
你的血漬成為一個印記
在我將書本翻開
寫在「生命意義……」句尾
分明是你落拓一生
最終的結局

2

蚊子飛去飛來
不給我片刻的寧靜
多想張大嘴巴
像青蛙
一口吞下他
筆尖充滿銳氣
義正詞嚴打抱不平
突然慶幸自己頭頂上

沒有白色的恐懼
在五〇年代
獨裁者的眼睛裡
必然我也成為一隻蚊子
不懷好意的飛來飛去

下水道之歌

之一　對話集（精蟲vs保險套）

失去我的奉獻
恐懼、猜忌、仇恨
八點檔的肥皂劇
都將因你
而生。而我
默默隱忍你的無禮
粗暴與
狂野

誰要你多管閒事呢
若非你的阻礙
愛，早到欲仙欲死
西方極樂的淨土。
無所間隙，人群引領
企盼的另一顆星
花朵因而孕育
有了香味。所有童話彷彿注定
美好一生的結局

之二　見證集（傑克先生和安蒂小姐）

告別了豌豆，吾愛
我們還擁有彼此心跳
污水、菌類、麵包
愛情，和……上帝

啊是啦，千萬別忘了祂。
一旦謊言成形，我們多麼需要有人
大力背書，在撒旦的童書封底

什麼什麼，妳說
彷彿聽到福音
在轟隆車聲中，上帝
就在水溝蓋上，鐵皮包裹的

冰冷外表，有一顆慈悲的心

之三　讚詩與讚詞（全體請齊聲朗誦，莊嚴地。）

一、我是主魚

主領我到地下河　安歇在河兩岸
歡迎主與我同行　流域裡凡是屬於主的魚
都強壯　我是主魚　〈吳郭魚　致獻詞〉

二、讚美我主　　詩：佚名

主啊，呻吟已經響了
春天像床鋪上之歪之歪的聲響
飽滿，壯美而悠遠

主啊
讓我們在下水道
看見你的身影
在細菌的原鄉，在入水口
尋找到你
溺愛的子民

並且聽到你的真理

從飲食男女連連呼爽的唇瓣
從飽食終日
老鼠們的讚許

暗器

——陳謙VS.陳文成

你的名姓在墜地的前一刻
躲進風裡。忍住
一聲咳嗽，默默地
星光和月光前來輪流看守
他們費解你最後的一個動作
到底是被偷襲、失手還是全力迎擊呢？
只知道俯瞰你時最後的身影
嘴裡親吻著芳草，就知道
敵人使用的是暗器
在你背後

風裡的嘆息你聽懂否？
那是我故意忍住的一聲輕

咳，松針被沾染劇毒，在午夜的台大校園
我的冤屈與傅鐘共同靜默，我質疑
那是場不公平的比武
我不過說說話，捐錢，在同鄉會
演講時流淚。國家機器在命題時先入為主
且不容我辯駁
最要命的是我還沒喊出：
看招——暗器已令我緘默

掏耳書

像一隻安靜的花貓
趴在溫暖的老巢裡
忘了自己曾經是
追逐小鹿的老虎

用手環住妳細緻的腰桿
閉上眼，時間悄然無聲
膽小的野兔
對望中只敢豎起雙耳動也不動
一動也不動

但我卻跳入
妳細緻溫柔的眠夢中

那一條幽深的通道啊
記憶妳合諧的音步
也或許
曾有短暫拔尖的音域
（鼓膜彷彿遭到收買
　所有的愉悅都暗指這個線索）

揮動妳精巧的小手
母親，喔不，是情人
隨這白銀樣貌的工具
探入安全的子宮
一個涉世未深的小孩
貪婪逗弄緊咬吸吮著
粉色的乳暈
誤以為是他鍾愛的玩具

老虎醒來以前
只是一隻無助的小小花貓
值得憐憫、疼惜，而已

平安信

信首省略匿稱與開頭
當我輕推門扉
整個台北盆地的綠女紅男
一一捻燈休憩

適合在午夜寫信為你
馬路留下汽油與那輪胎
愛戀的焦慮的遺緒
故事一件件回到橘色燈光下
逐一點讀
複習著天亮之後生活裡
期望的目標，以及
小小的自己

而我該如何思索並且想念。
這裡花草盆景總是乏人整理
留下多是你熱情有餘的枯枝
萎落的葉片。故意忘卻水電雙漲、奶粉調價
美牛雞瘟的資訊，以及一點點
一點點，你　小小的脾氣

短短二字：
平安。

現實如同冬夜裡擁抱虛冷的被單
總要好一下子
才足以溫暖整個地球的憂傷
我總是想像那是幸福來臨前
最後的冬天

按下Enter鍵的同時
無數快門聲響敲擊出回憶的蒙太奇
那一個片段最值得你我珍藏呢

短短二字：
平安。一封電子訊息
總能在人海中破浪前進
辨明經緯方向，不計東西

舉
　翅
便擁有小小的確幸

獸

情人帶來一隻獸，
叫我輕撫它的脊椎骨。
它的毛髮以溫柔
來回饋我易滿足的觸覺
……後來
我的神經與它的神經接通了，
漸漸，感覺它的侵佔。

我向情人呼喊：
「它消化我了……」

情人卻用一種愚人節的微笑
看著我無法抵抗，
而被一隻以愛情飼養的寵物
所吞噬。

：「夜，
謝謝你銜住了她的情緒。」於是
我的情人在過後不久
便無法控制
那隻巨大且狂野且黑沉且柔情的
獸。

蜜思（Miss）佛陀

你送給我的特權，
至今仍未享用到。

三十歲以前，
幻想和百年榕樹一起老去，
而樹卻死了；
在原地種下菩提，
還要等下一個三十年，
我才準備開始修行。

諸佛神祗呀，
你曾答應過我的，只要
遍嘗了人世滋味，
而胃沒有留下任何記憶，
你就要帶我去天堂的餐廳
一品永恆的酸甜。

「女子曆百千劫
方得轉男身　進修正位」
但我已獻上一枚
枯萎的子宮、一副
沒有性別與性欲的身體，
還有預付三十歲以後
流動於鼻息之間的
每一口氣　阿彌陀佛

我意以女身
修證女佛　阿彌陀佛
不再罣礙色相鬆弛
改著佛界的晚禮服
步步蓮花地赴宴
迎向
你開悟萬年而再度開悟的——
贈與我身為女子的特權
Miss佛陀　阿・彌・陀・佛

超級販賣機

我覺得饑渴。

我投下所有的錢，
它什麼也沒給我。

我只好把手腳給它

又將頭遞過去
但還不夠。

我繼續讓它吞噬其它的肢體，
它仍舊不給我任何東西。

最後我把靈魂也投給了它。
它吐出一副骸骨
並漠然顯示
「恕不找零」

命運與機會

你一直賭大的
大大的輸贏才像英雄
「但是，輸了怎麼辦？」
「一直輸一直輸也是一種贏呀！」
你說賭大的就是有個好處

不論輸贏　都賺到了傳奇
你指著天空飄下的羽毛
對我說，
「凡從高處墜落之物
都是有重量的……」

我們所遭逢的，
命運是幾兩的風
順逆改變　只輕拂過眉睫；
而機會則是一場淋漓豐收
或狼狽萬分的暴雨。

贏得風淡雲輕
「小，」
輸得一蹋糊塗
「大，大！大！大！」
你拉著我的手
押下去了……

私釀

他說我是倔強的青梅，
這麼多年過了，
還在枝頭尋找落點？

我只是早熟過了，
卻不知如何人生降落。

於是他採收這半生不熟，
置我於秘密的甕裡，

用甜的寂寞
想念的鹽分
陌生的溫柔
調和、覆蓋、發酵，
治我難馴的青澀。

長時間，他催眠我
我入夢時，他亦入夢。
在一幕幕的情節中，
他睜著眼帶我夢遊：

「1，2，3，時間開始跑了，
你是醒著 4，5， 6
陪我作夢的
一顆青梅，7，
在我之內，8，會釀出甜味，
9，10，13，14，15
16，...19，202122， 282930⋯，
3637383940，41，42，43⋯
我青澀的外表，初老了。
有幾個傷疤宛如胎記，
但願能和膚色
一起皺黑⋯⋯

而他給我的時間
短如午寐，
因此我的睡眠裡
總有陽光窺看我的熟成。
偶爾我也睜開眼，
看到卻是他的臉
在夢境中，一張全新的
世界的臉是他的瞳孔，
映著一粒青梅。

這樣藏著光的黑甕、
神秘的白日夢裡，
他一心釀我。
不知何時會讓青梅
釀作醉人的甜酒

光陰之駒

時光對嬰兒非常敦厚，
允許哭泣無限延長。
但，成長駕著黑馬前來，
嬰兒在地上爬著爬著，
就變成那隻健壯的黑馬。

時光騎上了黑馬，
一起奔向生命的深夜。
蹄聲是分針、
是秒針……
父母們都老而心碎了。

在賈梅士公園想他

一個被家國流放的詩人
在這裡有專屬的傳奇，
以他為名的公園
賈梅士；一窩白鴿巢。

不知是白鴿銜來緣份，
還是談戀愛需要白色的信差；
濠江口的異國戀人，
你們用鴿子的腹語術傳情嗎？
「Cucurrucucu... paloma,
Cucurrucucu... no llores,
Las piedras jamas, paloma
Ique van a saber de amores!」
賈梅士，你對東方情人
以葡語說的耳邊細語
會不會就是這首
20世紀傳唱的情歌？

「Cucurrucucu... cucurrucucu...
　Cucurrucucu... paloma, ya no llores」
我心中哼起這首歌，
覺得自己就是被流放的人
對著一個石肖像的戀人
停止了哭泣。

但，絕非如此，
有一個人，他不肯說出來的話
將他放逐在
比我處於愛情邊緣更遠之境；
比我在賈梅士公園
想起他　更飄邈。

我想對他說：□□□，
卻變成「Cucurrucucu.」
他是我的賈梅士肖像。
我是他肩頭上的白鴿。
我們都切勿再沉默了，
哀傷的歌，
不該為我們而唱。

註：二〇一一年九月，至澳門參加「中西詩歌創刊十周年」會議，某日安排詩人們到白鴿巢公園參觀。大家在賈梅士寫下「葡國魂」的石洞跟肖像前，聽當地詩人講賈梅士的傳奇與愛情故事。引發我寫這首詩的靈感。有關賈梅士與白鴿巢公園，可上網查詢。詩中引用阿莫多瓦（Pedro Almodovar）電影「悄悄告訴她」（Talk To Her）主題曲「鴿子歌」部分歌詞，為巴西歌手蓋塔諾・維洛索（Caetano Veloso）所唱。大意為：「咕咕咕嚕咕……鴿子啊，別哭啊，石頭不懂得愛情。咕咕咕嚕咕……鴿子啊，你別再為她哭了。」

殖民者的城池（2005．系列組詩9首選3）

【7】靠近羅摩衍那

越來越　靠近羅摩衍那
越來越　靠近神祇　越來越
靠近生死　和妖孽
很難想像整個上午整個下午
被神圍剿
被針襲擊
山城休克在印度教的額頭

我設法遠遠繞過天神蘇巴馬廉
太陽是印度人的
河流是印度人的
神聖和恐怖　都是
印度人的
沒有閒雜人等
沒有不三不四的疑問
虔誠
作為酷刑最虔誠的解釋

全體散漫與搖擺不定的信仰
向神投降
我的城市　淪陷
在屠妖節　刺痛的轉肩肌群
催眠的低飛咒語
誰呢　誰敢把經文翻過去
翻到白象的夢土
神拔劍
妖也拔劍的暗夜

越來越　靠近不可告人的神秘
越來越　靠近嗅覺的廟宇
廟很擠
無轎可坐的小神　相約出門
我無比敬畏
祂們那一髮千年不洗的椰油
（誰想在節慶的公車持續昏厥？）
（快舉手）
從氣管到支氣管
鑽進一頭絕對神聖的白象
　一頭厚厚椰油的黑髮
原來我　才是備屠的妖孽

公車穿過太陽
昏厥穿過清醒的描述
我們越來越　靠近文冬新村
我們越來越　靠近印度　廟
和祂的遊行隊伍
整條街道整條河乃至整條村子
被詩襲擊
被詞圍剿
我奮力回想　羅摩衍那

數十頁　與此無關的故事大綱

［8］即使變成小數點

怡保　被譬喻成雜貨店
印度人只好
貼切地成為　型錄
簡介註定庫存的一批貨物

眼光　是無心戀戰的
僱傭兵
只能抵達膚淺的膚色
所有的降落　都發生偏差
所有的出發　都草率計算
兩千村次
八千廟次
五十萬人次的閱歷
我僅僅佔據文冬新村
黃色　像豆腐的那一半
口感親切　兩下便消化

確實不存在

於閒談　好吃的印度炒麵攤
日常接觸的文句
更不存在　於雜念
和上進的閱讀　之間
一個結構完整意味深長的印度人
像註釋
低調杵在摩訶婆羅多
乏人開墾的章節

關於印度
我需要一個中譯的宇宙
去迷信那些鉅細靡遺
去重逢壇城的遠祖
佛陀初開的老店舖
婆羅門的枕邊書

我已將類似「吉靈鬼」的貶稱
撤出　粵語毒辣的射程
是的　我多次被他們的
善良　擊退
被梵文的博大和精深

他們毫不排斥　被傾頹的成見除開
即使變成小數點
即使變成政客演講稿的一頁
找不找零　都沒關係
看來恆河沙數　就這麼回事
不合理的想法　成了哲學
錯手燙金的扉頁

這裡會不會有種姓的痛
這裡會不會有無敵柔軟的瑜伽神功
我不知道
真不知道
一間無人打理的雜貨店
濕婆大神　會不會躲在條碼
躲在掛一漏萬的檳榔樹下

[9] 方圓五里的聽覺

清晨五點的伊斯蘭
經文　在空中張成天下
無雙的土耳其地毯
方圓五里的聽覺

無一倖免
然後他們收攏寓言
交給聰明的小獸
大夥就清醒了　穿好沙龍
結伴出門

沒人敢　說自己比他們
更接近莊子
適性逍遙
終日閒閒如無所事事的鵬鳥
同樣沒人比他們
更接近表格
填寫簡單　動作要慢
時光裡充滿　閒暇
重口味的蝦醬
超濃郁的椰漿

我們都很習慣這些……

我們習慣　慵懶地接納他們的言行
曠日廢時地吃飯　誦經
他們的祖先曾經拔出蛇形短劍

（蛇通常很慵懶
慵懶沒什麼不好
好比：下午四點的玫瑰露
突然讓我想吃台北
賣得太貴的娘惹糕
小小一塊　就好）

嗯，咱們真的扯遠了……

話題拉回土耳其
格調酥軟
火車才進入怡保　便進入
伊斯蘭的細線條
車站頂端碩大無朋的洋蔥
造型趨向　迷人的耶路撒冷
（真是耶路撒冷
就很糟　也很棒）

我沒有特別喜歡
或不喜歡回教堂
絕不能小看怡保市區的穆斯林
跟匪諜不同

他們泰然出沒在我們之間
隨手抓住　要害
節骨眼
那種瘦痛　接近駭人的耶路撒冷

來，咱們到夜市走走……

嚴謹的描述在此　應聲渙散
嗅覺在香料中
傾巢而出　成為激進分子
接著回想　荳蔻引發的幾場戰爭
看街景　搭配古蘭經書法
把喜悅　寫成舞鶴
把私語　寫成狐狸與狐狸
竊竊的眼神

我們渾渾噩噩不知死活
跟驢子一塊
在經文裡穿梭
三種膚色　被課本
廣告成三合一咖啡　但誰是咖啡
誰是奶精　誰是守寡的糖？

垂天之羽翼（2012：系列組詩五首）

之一：大旗無風

我豈能重用搖搖晃晃的一頭水墨昏驢
或老學究吃風的藤椅
去追蹤　所謂的劍氣
我那狼一樣的騎兵　死命咬緊
一九七六年的滂沱大雨
越過肝膽和崑崙
越過你三百弟兄的馬蹄　和女人
在高人落款的地方
趕上你　你的山莊滿插復古的大旗

神州字號把守著前門　如山不動
看門的說：莊主外出
可能找死黨喫茶　可能找試劍或祭劍的該死仇家
當然也可能上京騎著白馬
看門的哼了你的名句：
「我是那上京應考而不讀書的書生」
看門的說我　務必預習兵器譜上的絕技

方能登錄你的武林
到茶寮外邊練習拔劍　練習當大俠
往行話的暗處　壯壯鼠膽
三百個弟兄正在門外飲馬
呼吸中　有善意和惡意的詞彙
伺機碰撞
我只好先安頓我的詩史　半數卸甲
　　　　　　　　　　半數磨鎗

看門的又說啦
說我的帳號暗藏殺氣
說我在拜帖　埋伏了不懷好意的甲兵
我不遠千里而來　其實
想試試你
號稱神州無敵的劍法
滅了少林　武當　臣服三百好漢
更想試試
你劍法中反覆重播的蜃樓　與破綻
我那狼一樣的騎兵
焉能錯過　一尾醉心於寫意的神獸
任憑鱗甲磨損　在章法不拘的詩句
在山單水薄的神州

某人在我狼牙的縫隙　呈上比喻
說你已是殘卷一本　招式窮盡
我遠遠想起倒閉多年的
藏經閣
孤獨的老僧說那是微塵　那是懸浮
在冤獄之後的神州
你弟兄　叛的叛　亡的亡
這場景確實很像
逆水寒

此刻莊門緊閉　大旗無風
我回到山河錄的一九七六
喊不回
不讀書卻上京應考的江南白馬
你頭也不回
走向那幾筆歪歪斜斜的南宋江山

之二：大河掌紋

何以在大水之彼岸滿植誘敵的形聲
何以陷入漢語的腐葉層
都不重要了　她說

隨即推開辭海之門　隨即化身
喧賓奪主的雨勢　隨即化身
神情詭譎的第三人稱

我的追緝　從粗明體深入故事的修長仿宋
她逗號般出沒
她是設下三千謎題的大梵天
口袋私藏了唯一的宇宙
　　文字如牲口
復刻自己喜歡的婆羅洲

她命大河繞過每一條道路必經的前方
線索裡的祖國不准抵達
那是反向輪迴的國度
她說　那是純正英殖民的淨土
我的困惑叢生　如芒草
我的緝拿大隊殲滅於仿古的川堂
此地百姓
埋首交易　陶土捏製的假漢語
川堂內外擠滿火候不足的漢人
有人驚嘆　有人大聲指鹿為馬

我放出形象學的獵犬　放出海東青
追緝恢宏耳語
追緝猿猴
土遁於偉大傳統　大河小說終極的上游
我找到他　他是她主人　她是他掌紋
此地完全沒有春秋
他清談春秋
焚香　研墨　琢磨南方最執著的中文

他任她在紙上為非作歹　監看結界封閉
內心龐大得如此渺小的島嶼
沒有貨真價實的百姓　如假包換的國籍
他的思念　隨及腰的慾望流過河川
他的雄渾被加上引號
說是一顆打磨過的玉石重返岩盤
那般自在　理所當然

她說他　是婆羅洲唯一的子民
我說婆羅洲　是他唯一的井
他囑咐了鷹
化身術語　往我們的詮釋脈絡裡滋長
長出大河的肉身

形象學的盡頭　他預留了大量掌紋
我的獵犬　如期深陷他誘敵的形聲

之三：未經除濕的靈魂

泥淖中展開了雨季和游擊隊
悲壯的肉搏
旁觀席上有煙　有猿　有豐滿的鹿角蕨
他是自己的目擊者
他把粗獷的故事豢養成精密的蟒蛇
結構嚴謹　有力
應付各種惡地形各種冷議題
應付獵槍的準心伊班的傳奇
但我看出來
游擊隊在他腹腔兩翼
不停的紮營拔營紮營拔營不停的
朝橫隔膜下方　整裝夜行
運送天下皆知的祕密

雨季從猴杯尋獲
原生的地圖　標示茹毛飲血的獸
等高線　行蹤鬼祟的溪流

再次說到結構
他的蟒蛇將肋骨嘹亮地伸展
他用異常沉重　未經除濕的中文
逼近我
闖入左心房後鬆開
意象的山洪　向我展示南方的大賦
水氣是咫尺的狼煙　指揮著語言
統治了視線

濃烈　巫師說濃烈這詞
適合描繪地理　說明排山倒海的異物
敘事低窪之處有晦澀的象群
離我而去
一併帶走寫實主義仰賴的腳印
浪漫主義的沙貝琴
我任由樹幹
咬斷　躁鬱的巴冷刀
我加速追上那一縷加速消散的稀薄

沿此而去
可目睹他登上家族史詩的舊舢舨
船身剪出孤僻的水紋

船伕是伊班人　用土語召喚字體加粗的犀鳥
我身後尾隨而來的雨勢凶猛
不及除濕的中文
重量級的意象系統
如群象壓境　我們陣亡了部分
存活了部分詮釋的文本
莽林凶險
輕易擊潰全部保守的防線

我們不過是猴杯裡未能徹底蒸發的水份
中文爬滿青藤
蟒蛇　與其說是陣法　更像家族史詩的轆轆飢腸
吞天噬地
我們居然無一人目擊
舢舨　如何航向雨林心臟
結束詞的流亡
但我知道　在長屋　他重逢了猿的靈魂
凶險的雨　不斷修復濕度如霧的中文

之四：濕婆之舞

整個南方
整個南方在他睜眼之前是個楔形的世界
簡陋的地理　霸佔每一處命名
地景發出垂危的聲音
他說：看看腳下的龜裂吧
草木之幽靈
無聲指控了雨季的八十回缺席
枯樹無蔭　涸湖無魚
他踹開臆想中貧瘠的文學大系
他說：這裡頭
養瘦了一千頭體格精良的猛虎
養肥了一個人的　憤怒

果真是衰敗的意象
果真是衰敗的意象裝訂了整個南方的卷宗
說書的不知所云
動詞在敘事裡呆若木雞
我觸碰的　多半是易燃的老朽字句
在絕望中他啟動　啟動了濕婆之舞
他的四臂　是火焰
他的步法　是熔岩
他的第三隻眼　是整個南方無可抗拒的燃點
全部的傾斜　全部的痛　全部的壞　全部

陣亡如腳下的妖孽
濕婆之舞　從土到火的末世語言
從火到土的創世語言　濕婆之舞
緩緩停歇於小說內部
成為釉
他說　新的技藝會把世界安頓得
　比任何世界更深邃
　比任何世界更令人陶醉

而南方　特別是唯一的南方
我看見他在胸臆大興土木
帝國的京城
在小說裡完成三分之二　有了官道　箭樓
有了熟銅研製　驕傲的城門
　天界的度量衡
　地界的第四人稱
他坐下　駐紮無堅不摧的小說
他的戰神犍陀
他的土　與火

之五：棕櫚從遠方

能不能迂迴地譬喻成抽屜呢　妳的島
幽暗而狹長
禁錮著桀驁不馴的單字
成為日後造句　或作文的標題
妳喜歡在崎嶇的地理　蒐集
野生的陽光　像幼苗
籌備一萬畝棕櫚
像蒼穹　召集年輕氣盛的鷲鷹

妳的腹稿起伏如丘陵　率先崛起的
是棕櫚
棕櫚從遠方
傳來　山豬獠牙與獠牙粗礪的磨擦
借風鼓動
借水的表面張力使勁地演奏
以便窩藏　妳對自己的百年預言
意圖孵化出遙遠
如幼小的翼龍　摸索火焰

妳還不懂得計算　遙遠究竟是何等空洞的哩程
妳還不曉得　終點是否空無一人
妳把剛學的動詞　底在前方
帶上天下第一忠心的菜狗

蘇打餅　兒童水壺　不事二主的習字簿
鞋印一意孤行
沿途留下通關密語　明媚　如開門的芝麻
（很多年後那些自作聰明的傢伙
都開錯了鎖
他們志得意滿　根據草木蟲魚
陷入　島的四種障眼法）

妳喜歡將事物的反面　交給憨厚的現象學
困住肉眼
妳說抽屜裡的世界平滑如鏡
妳說一切的一切只是耳語之倒影
沒有一人站得穩
沒有一樹紮下清醒的根
他們全是這島上佯裝成老房子的旅者
在碼頭　說三道四
議論妳的惡魔果實

妳的島　從此杜絕低能的修辭學
妳說唯有目空一切的盜匪
才找到唯一的芝麻
起碼要有一人

起碼一人
識破抽屜　指證它是島的尋寶想像
　　指證它是島的二十次方

我從鏡面取得最可靠的指紋
潛入棕櫚　野蠻的抽屜
遇上暴風級的單字　置之不理
遇上牛脾氣的單字　置之不理
我選擇破解最簡易的符紋
躲開　炫耀火焰的龍
登陸妳的島
將草木蟲魚和惡魔果實　封存妥當
　　編好條碼
我只須找出習字簿裡的　遙遠
我只須了解妳在偉大航道上
　　還得遠行多少年

來了

鐮刀來了
婚紗來了
大象來了
火車來了
電話來了
演員來了
月經來了
鋼琴來了
隕石來了
眼淚來了
銜著夕陽的你來了
痛著海洋的我來了

死神沒來
捧花沒來
老鼠沒來
月臺沒來
鈴聲沒來
劇情沒來
怒氣沒來
調和沒來
恐龍沒來
鑽石沒來
替夜晚打光的我沒來
剪出稜角分明的潮聲的你也沒來

跟我去廁所

廁所■跟我去廁所
烏鴉被樹影刮下了羽毛

染黑了骨瘦的夜
學校的日光燈伸出了手指
勾勒我被水泥地暗中收集的頭髮
跟我去廁所[redacted]廁所吊滿了傀儡狀的冬季
跟我去[redacted]廁所請不要放開我小指頭的沉默
隔著門也請把影子漆上
就算聽到水聲逐漸提高了8度
我安心因為妳的尖叫還在身邊
跟我[redacted]去廁所因為妳只剩下手在門把上
眼瞳安然在鏡中

地下城

妳跟夥伴的友情即將受到考驗
迷宮裡每一個謎題都兇殘而高傲
只有愛情能照耀妳眼前的路
但是沒有人真正的愛妳

貓雨

寂寞伸出貓的爪子
刮磨著城市的每尾窗子

被刮破的窗在夜的海洋裡
輕輕綻成清脆的漣漪

在夢中睡去的人全站在閃爍的玻璃屑前
撫著肩上貓的爪痕

淚水寫在一朵雲的背後
所有的天空都在猜
只有妳落雨的貓瞳知道

遺

我的影子遠遠落在後頭綁鞋帶
我告訴她：「這次我不等妳了。」

路過身旁的火車疾疾駛向夜色
被噴上黃昏的
車廂載滿被解雇的影子

孤獨的太陽偏著頭
撿不到一片剩餘的影子……

掉了鞋帶的我知道
沒有影子願意跳車了……

沒有影子的太陽……
沒有鞋子的我……

在故事街傳說巷讀到的

在童話的冬街
沿路賣火柴
存錢買艘大船
等到妳的眼順著預言的

手勢漲潮
便帶領全世界的
樂器上船

落潮後
以一叢笛綠吹出草原
一束提琴藍拉出天空
一串鋼琴青彈出山脈
一抹豎琴水撥出湖川
及用一袋喇叭黃和一瓶
鼓橘奏出沙漠和晚霞

而潮來汐往仍留在妳成對的眼中

左顧顧
右盼盼

及

回憶的經緯線溫柔地
披在眼淚色的地球上

紗布色的信件從北回歸線出發
卻卡在郵差色的棕櫚葉上
被赤道揉成灰燼

南回歸線只剩下
剛烘乾的天空色點滴瓶

應該再放入一封信
以瓶中信的手勢

可惜南回歸線太年輕
不會走路
不懂文字以及
流順如冰原的情書

「太早進化的回憶以及
太晚出生的文字」
一千萬年後的評論書說

大霧

霧自記憶的海岸線漲潮
悄悄淹及秘密的走廊
海星趴在欄杆上
搜尋回到天空的同伴
潮聲微微在遠方呼喚
妳的足音在沙灘
堆成沙堡
貝殼攀著霧
流瀉下無人的走廊
我揀起一朵憂鬱的貝殼
在白色的歎息裡
竊聽被遺漏的回音：

是妳赤足在記憶的海灘
悄悄隨著霧散
遠離的聲音

巧克力大混戰

C

帶著牛奶的香味
秒針削過時間的牧場

H

杏仁色的天空裡
才剛開始飄出
蒸發成雲的香料

O

從核桃的節奏中醒來的我們
一片片活潑潔淨的巧克力

C

巧克力的企鵝在極地
將極光熏上薄荷香

O

熱情的緞帶
巧克力的赤道
滲出濃郁的椰子口味

L

巧克力的
妳有著果糖的氣質
可口的辭藻

A

巧克力的
我只有過重的可哥風味
隨時會溶化在妳的手心

T

時間的巧克力還那麼苦
妳的巧克力還是那樣甜

E

CHOCO太遲了LATE
時間的巧克力還是那樣甜
妳的巧克力還那麼苦

瘋狂或風雲的年代

Taiwan 1960-1969

江湖夜雨十年燈

——八〇年代詩路紀行

陳皓

野薑花雅集

二〇一二年初夏，在南台灣的旗美小鎮，誕生了一本現代詩詩刊——《野薑花雅集》。以當代詩壇版圖觀之，南台灣並不是一個很大的區塊。但在Facebook的推波助瀾之下，短短幾週間竟累積近百位訂閱戶，這在向來被視為「小眾文學」的現代詩來說，確實是頗令人訝異的事。《野薑花雅集》源於詩人江明樹多年前在旗山小鎮所倡立的「野薑花小集讀書會」，單純地鼓吹小鎮的閱讀風氣，活動辦來不易，起起落落間也曾因故中斷過一段時間。直到二〇一一年靠著Facebook社群網路的聚集，又辦起詩歌朗誦會；「野薑花小集」再度活躍起來，頗有風雲再起之勢。也因Facebook的群聚效應，吸引了一群理念相合的詩人匯聚，因此催生了這本詩刊的出版。

《野薑花雅集》的成員結合了老中青三代，分布於北中南；畫家、教師、文史工作者、生態專家、設計師等，在不同的領域裡擁有各自的專長。沒有標榜任何的主義色彩，秉持著對現代詩的熱情，揭櫫「和而不同」的理念；在「異中求同，同中存異」的氛圍中彼此激勵，互相學習與成長，力求在現代詩的耕地上開出奇異芬芳的花朵。筆者雖忝為《野薑花雅集》的主編，卻深切清楚地了解到相對於整個詩壇，「野薑花」無異只是尚未引燃的星火，距離目標還很遙遠。紙本詩刊的發行符合時代的需求嗎？網路時代的來臨，紙本詩刊是否真的式微了？觀諸千禧年之後的世代，寫詩的人口減少了嗎？對於現代詩的熱情消退了嗎？回溯八〇年代的文學詩潮，風起雲湧的世代是否將再次來臨？

鳴蛹與薪火

不同於小說與散文，現代詩確實是一種較特殊的文學形式。而詩人創作的歷程與方式，也常常不同於其他的藝術創作者。譬如「結社」的行為，猶如集體創作的模式就是其中之一。這在小說與散文的創作者中是較不常見的。

詩社——對於一位現代詩的創作者而言，似乎是創作歷程中必然會經歷的一個環節。絕少有詩人會孤立於族群之外，獨行於文學的長夜進行創作。而詩人則透過結社的過程，結合理念相同者相互唱和與砥礪，進而形成一種主義的聯結。這在早期的一些詩社詩刊如「藍星」、「創世紀」、「笠」、「現代詩」、「葡萄園」等，莫不具有獨特且鮮明的主義色彩。即便是八〇年代以來各年輕世代所成立的詩社，也都具備立社時所揭櫫的理想與宗旨。

根據較正式的文學史料所載，八〇年代的現代詩壇，確實堪稱是風起雲湧的狂飆年代。一群出生於六〇年代，對詩情有獨鍾的文藝青年，在八〇年代展現了對現代詩的熱情；年輕的詩社一一現身，諸如「南風」、「地平線」、「新陸」、「象群」、「曼陀羅」、「四度空間」、「薪火」、「長城」等不勝枚舉。翻開現代詩史自一九八〇至一九九〇年間誕生的詩社，據說約有四、五十個之多，或者應該說「更多」。雖然這些年輕詩社許多如同曇花一現，以種種因由先後解散或停刊，但卻在詩壇播下希望的種子。

回顧詩社結社的歷程與史實，除了以上這些廣為大家所熟知，史料記載所及的詩社之外，實際上可能還有更多隱身於史料所及的範疇之外。而這些或較不為人知的社團，其實仍相當程度提供推動這些知名詩社前進所需的動力來源。

「鳴蛹社」即是我所知曉，同時親身參與過的這類型社團之一。一九八三年由一群自「中國青年服務社寫作進修班」結業的文藝青年號召下成立，其正式名稱為「中國青年服務社寫作聯誼會」，由發起人楊富永、陳麗娟、張基等分任正副社長及主編，自一九八三年夏季起先後結集發表社員創作成果，《鳴蛹》季刊內容涵蓋小說、散文、現代詩等，至一九八六年後終因社員熱情消退、新血不繼及財源不足等因素而解散。但其後持續在文壇發表創作，乃至屢獲各項文學獎項者包括毛襲加、李玉娟、陳皓、陳文奇、來自友社的莊華堂等，皆曾在「鳴蛹社」匯聚一堂。其實在「鳴蛹社」之前，「中國青年服務社寫作進修班」也曾誕生過另一個文藝團體，其名稱就叫「青年寫作」，只不過其壽命更加短暫，只維持了半年。

時至一九八七年春，一個以「聯合報巡迴文藝營」詩組成員為班底的詩社——「薪火詩社」正式成立，集合了當時文藝營詩組部分菁英。由李秋萍擔任社長，發起人陳皓任副社長及詩刊主編。關於《薪火》詩刊的創立，其實一開始係筆者自「鳴蛹社」解散後，便一直存著號召現代詩同好共組詩社的想法；這當中更因與詩人陳謙的同學關係，與詩人文曉村及吳明興結識，進而加入「葡萄園詩社」。對於另創詩社的想法，文老師與吳明興皆秉持樂觀其成的態度多方鼓勵。其後在參加聯合報舉辦的巡迴文藝營後，便以文藝營詩組同學為對象發函廣徵參與者。當時以北部學員為主，發函約六十封，回函表達參加意願者則近二分之一，至此詩社的成立曙光已現，所餘者便是其後繁複的籌備工作；如社員的連繫，成立大會的籌備等。而這些工作都一一在我當時所任職，位於新生南路上的台大地理系辦公室完成（現在已經變成大安森林公園的一部分）。

至於詩壇另一位前輩瘂弦老師則因擔任文藝營指導老師的緣故，對於「薪火」的創立亦是大力鼓舞與協助，更在詩社成立之後由社長李秋萍與部分社員多次前往拜訪請益。其後《薪火》詩刊的創刊號更是由「鳴蛹社」會長楊富永先生主持的印刷廠協助印製，至於詩刊封面則是詩人陳謙所提供的木刻版《莊子》為設計藍本，詩社的籌備大會也是商借「中國青年服務社」的場地來舉辦。創社成員共約三十五人左右，後來陸續在文壇發光的有顏艾琳、吳鈞堯、林群盛、初惠誠（四分衛）等多人。所以話說從頭，「薪火」的誕生，詩人陳謙其實扮演了重要的催化角色，雖然從頭至尾他不曾參加，但當時他卻是在課餘最常與我談論現代詩乃至詩壇現象等議題的人，也就是說「薪火詩社」創立的始末，陳謙正可謂是第一線的觀察員。

前塵與後事

其後一九八七年九月，以詩人楊維晨為首發起當時部分年輕世代詩社的重組，包含「南風」、「象群」等詩社的投入，而「薪火詩社」則有我與顏艾琳、林素如、謝筠、楊進發、謝佳容等跨社同時加入重組後的「曼陀羅詩社」。《薪火》詩刊則由顏

艾琳獨挑大樑，與李秋萍、莊源鎮等成立編審小組持續詩刊的發行工作。「薪火」、「地平線」、「新陸」、「四度空間」等同時期登場的詩社，則仍有不少詩人同時持續投入現代詩創作的行列。當時詩壇菁英因這一連串詩社的活動，與原有之詩社及報紙的文學副刊取得了重要的表演舞台，其後在文壇發光發熱者不在少數，當然也有於途中偏離詩路令人感到惋惜者。然而因堅持而得以發光發熱者，與沉潛猶能再出者是一樣的可貴；因為堅持創作之不易，與放棄最愛的初衷是一樣的艱難，所差別者只在於可見與不可見而已。八〇年代詩社詩刊的蓬勃發展蔚然成風，筆者有幸躬逢其盛，參與了那十年詩路風華的一小段；照映著九〇年代之後的冷寂，當初堅持下來的詩人們，賡續了詩路的發展，值得我們深深的致敬。而在此之前許多如「鳴蛹社」、「長風」等，這類不見於詩史的文創社團的成立，也相當程度扮演著推手的重要角色。

在現代詩壇，這類型的文創團體其實相當多，其知名度雖不如前述詩刊般享譽詩壇，為大眾所熟知，如新竹的「握星詩社」，由王映湘老師在台中所指導的「長風詩社」等，同時還有許多詩社更是默默的耕耘，如「珊瑚礁」、「五嶽」、「汗歌」、「長城」、「詩域」、「洛城」、「季風」等，這些詩社的創始者也許不見得人人得以在文壇上嶄露頭角；但這些如果視為是詩人躋身文壇前的踏板與搖籃，那麼在詩人發光發熱之前，除了感謝前輩詩人們的用心提攜，別忘了尚有一群可敬的幕後推手。畢竟有些詩刊屬於研習性質並不對外發行，有些則因其他之時空因素未曾與外界交流，而被遺忘於現代詩史的洪荒之中。

對比今昔，紙本詩刊詩集真的式微了嗎？也許並不如此，許多愛詩者視之如收藏的珍品。寫詩的人口減少了嗎？對於現代詩的熱情消退了嗎？從網路詩論壇、部落

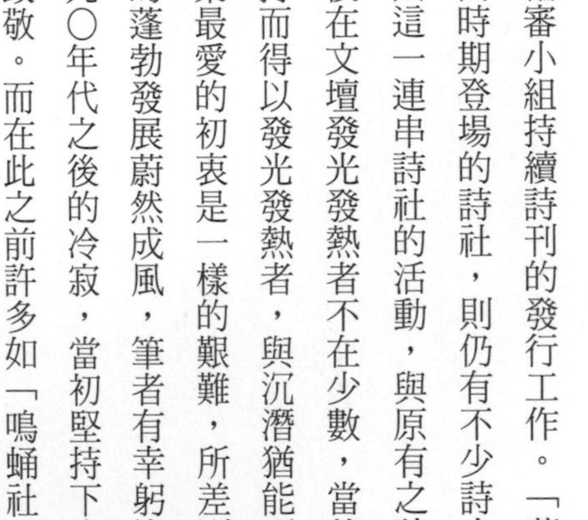

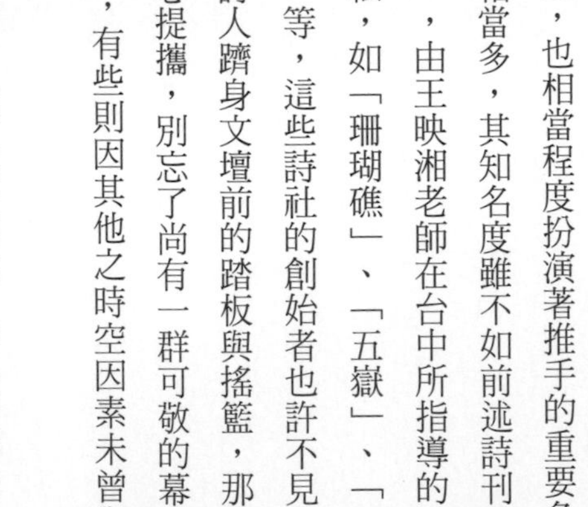

格、Facebook上的現代詩創作者看來，現代詩的前路依然可觀，但更多的發表空間以激勵詩人們的創作慾望是必須的。回首來時，八〇年代詩人展現對詩的狂熱，詩社詩刊一一萌發所創造出的榮景；七〇年代或更早之前的詩人們篳路藍縷開拓出來的詩路，在千禧年後的世代將再現風起雲湧的狂飆年代嗎？除了網路空間的詩作發表，紙本詩刊與詩集的出版發行，也許是另一個重要的觀察指標。

參考資料：

(1)《曼陀羅》詩刊創刊號。

(2)《薪火》詩刊創刊號。

(3)《握星》詩刊創刊號、第二期。

(4)《鳴蛹》一九八三年秋季號～一九八五年冬季號。

(5)《青年寫作》。

(6)《南風》、《四度空間》、《珊瑚礁》、《五嶽》、《季風》、《洛城》、《詩域》、《新陸》等詩刊。

附錄：一九八〇年代主要詩社詩刊創立年表

一九八〇年：

- 《大雨童詩刊》出於板橋創刊，為雙月刊，僅出兩期。
- 《風箏童詩刊》於屏東創刊，為半年刊，由陳國泰創辦並任社長。
- 《布穀鳥》童詩雜誌，由林煥彰、舒蘭發起創辦「布穀鳥」詩社。
- 《門神》詩刊創刊於高雄，社長簡簡，主編古能豪，掌門詩社發行。

一九八一年：

・《腳印》詩刊創刊於高雄，腳印詩社發行。

一九八二年：

・《漢廣》創刊，主編路寒袖，東吳大學漢廣詩社發行。

・《掌握》詩刊在嘉義創刊，由邱振瑞、林承謨、黃能珍等創辦。

・《詩人坊》台北創刊，發行人賈樂平，社長謝秀宗。

・《詩友》季刊於北港創刊，由陳建宇執編。

一九八三年：

・《心臟》詩刊創刊於高雄，主編朱沉冬。

・《田園》詩刊創刊於台北，發行人黃章明，社長吳紹華，主編劉麗芬。

・《台灣詩季刊》創刊，林佛兒獨資經營，計出刊八期後休刊。

・《詩人季刊》復刊，發行人李勤岸，社長蘇紹連，主編陳義芝。

一九八四年：

・《草原》創刊於台北泰山，總編輯南宇。

・《晨風》創刊於高雄市，主編侯皓。

・《春風》詩叢刊創刊，一、二集連遭查禁。

・《鍾山》創刊於台北，主編鍾雲如。

・《空間詩刊》創刊於台中，由東海大學寫作協會詩組出版。

一九八五年：

・《南風》創刊於台北，為東吳大學文藝社團刊物。

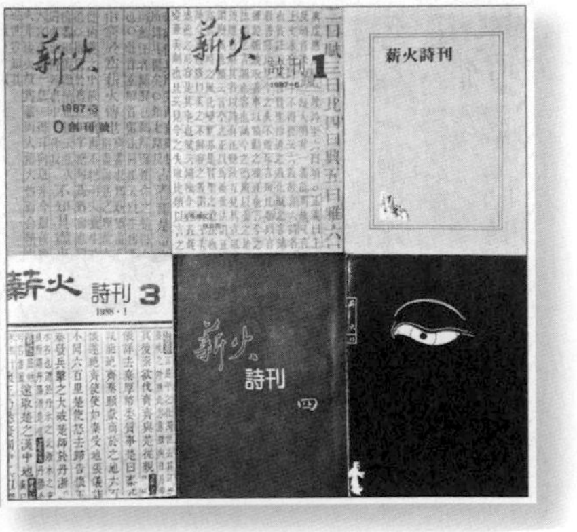

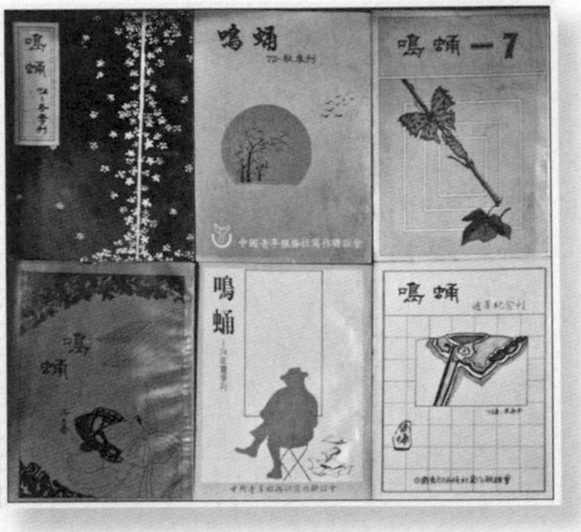

- 《四度空間》創刊，不定期刊，社長林婷，主編林美玲。
- 《地平線》詩刊實驗號以報紙全開型態在台北出版，總編輯許悔之。

一九八六年：

- 《珊瑚礁》詩刊於台北永和創刊，發行人李慕台，主編李忠憲。
- 《匯流》創刊於台北，同仁有吳明興、侯吉諒、田運良等。
- 《象群》創刊於台北，象群現代詩社發行，同仁有許悔之、林燿德、羅任玲等。
- 《季風》創刊於台中，同仁有張秋燕、張僑尹等。

一九八七年：

- 《新陸現代詩誌》
- 《新陸現代詩誌》創刊，編輯張國治等，新陸詩社發行。
- 《薪火》詩刊創刊於台北，社長李秋萍，主編陳皓，編輯顏艾琳、莊源鎮、侯湘玲等。
- 《曼陀羅》詩雜誌創刊，由《南方》和《象群》兩詩刊改組合併而成，採季刊發行。
- 《詩域》創刊於台南六甲。

一九八八年：

- 《長城詩刊》於台北創刊，社長涵珏，主編李渡愁。
- 《海風》創刊於桃園中壢。

一九八九年：

- 《詩壇》創刊於台北，發行人舒蘭，社長薛林，總編輯周延奎。
- 《五嶽詩刊》創刊於高雄，主編黃櫶雅。
- 《新詩學報》創刊，發行人鍾鼎文，主編綠蒂、劉菲，為新詩學會會刊。

（整理自網路：國家圖書館「台灣記行——百年台灣文學雜誌特展」）

幾件《風雲際會》之我事

田運良

那天回給王志堃很長一封信，說了謝謝他邀我加入他創立的「新陸詩社」、談了幾位同輩詩人的創作風格與近況、也講到要如何爭取年度優秀青年詩人獎的榮譽、連《風雲際會》的規格版型選刊的詩圖都所有勾勒……，但才沒多久報上竟報導了他不幸因公殉職的噩耗，仿如晴天霹靂、轟雷劈頂，霎時間所有的淑世壯志都煙消雲散，都無情地被埋在八〇年代社會版的陰暗一隅呀。

幾天後的喪禮上，沒有多少人出席陪他最後一程，很是感嘆，他弟弟特別說出事那天上午他還寫了信回給我才出門上班的，那是他在世的最後一封信。我嚎哭著、蹲跪著，拿著熱騰騰才出刊的《風雲際會》詩畫頁創刊號，仰天祭拜喃喃祝誦、點了火、燒給他看，向這位詩友分享我們曾經共有的大夢。青春的悵惘特別濃烈而深刻，我對詩的追思、對同屬六〇年代年紀的哀悼，充滿無法清晰辨認的迷惘，甚而有些憾恨與絕望，這都已是一九八八年十月的往事了。

一九八八年，我正在飛彈部隊的苗栗西湖基地服役，掌管數千萬美金的重要裝備而肩任重責。整個戰備週期，身為控射作戰官，鎮日緊盯著監看區域可以擴及大陸內地的天網螢幕，雷達上的游標線，一圈一圈掃瞄著我的戎旅生涯。而每每值勤高戰備時，雷達工作台旁總會伴著幾本詩刊詩集，還有紙筆草稿，以療漫漫長日的無聊與等待。然此就著微光，讀詩寫詩，我的第一本詩集《個人城市——田運良詩札》就是在此小小戰備空間裡所揮灑出的夢想實踐之作，甚至是長久醞釀創辦《風雲際會》詩畫頁的構思與企圖，都是在此慢慢萌芽、孵養而成的。

軍旅生涯的相關訓練，並未為我的詩創作有所助益，充其量在戰備之餘給了我塊狀的大量時間，讓我悠遊在閱讀與書寫中，一一認識了「詩之於我」的種種樣貌，隱隱觸發了我追求某種能和筆墨共同相濡以沫的文學悲歡。之後毅然退役，我努力走出八〇年代，走向萬象社會，同時走入詩，走入自我。

八〇年代，任何想為我們那個詩的風華世代有所建構或詮釋的論述評議，一定可以從《地平線》、《四度空間》、《曼陀羅》、《薪火》、《新陸》、《長城》等等接連創刊、百家爭鳴的詩刊中，抽繹出這些符碼：夢幻、迷惘、孤寂、匱乏、殘缺、鄉愁、憂患、苦痛、狂歡、破碎等等屬於我們青澀歲月的特有名詞，那是銜接著前十年亮麗榮景的楊澤、向陽、陳義芝、羅智成等人的青壯時代，那也是再上溯前前十年風華歲月的瘂弦、洛夫、羅門、余光中、商禽等人的盛年時代，而相承傳棒世襲呀。詩壇上他們烙下清晰的足跡、豎起高聳的圖騰，我們讀著他們的腳印、景仰著他們的光芒萬丈。

我們六〇年代這一批同志很努力地在練習、學習乃至複習，但避免複製、追隨乃至重返曾經的《創世紀》、曾經的《藍星》、曾經的《現代詩》、曾經的《陽光小集》、曾經的《龍族》、曾經的《草根》，我們立志要走自己的路。我們要走自己的

路，所以同儕們的執著、傻勁、憨膽、荒唐而擇詩固執，聚集一起很容易彼此就被感染、被激勵、被同化，我們恣意熱情奔放而瘋癲癡狂地編詩刊、創作詩、辦詩活動，挺直腰桿把玩筆桿、引吭高歌放浪青春，勇敢開拓自己這一代的詩世紀、闖蕩自己這一代的詩宇宙。

而《風雲際會》是我的詩宇宙裡唯一的恆星，那也是我的詩世紀中最精采的歷史一頁。我在《風雲際會》裡，想為讀者以一整本詩刊的遼闊原野，提供某種閱讀視野的特定風景、我在《風雲際會》裡，也為詩作者搭設各種類型議題的書寫舞台、我在《風雲際會》裡，甚至自私地想在現代詩史上，尋求著一兩句論評的文學定位。

《風雲際會》其實才出版四期，每一期都有主題、每一期我都以序詩來闡釋所訂主題之吾見：第一期推出「戰爭主題」，封面是現代火砲轟擊、驚受戰爭逃難之貌，封底是古代兵戎戰馬狂飆、刀戟揮軍之景，序詩之名為〈終究陰錯陽差鬧惹一場無所謂勝敗不關乎輸贏之筆墨戰事——「風雲際會」創刊棖觸〉；第二期則是較生活化的「兩性系列」，柔暖粉系色調及插圖搭配著詩句，緩緩訴說情愛慾性，序詩之名為〈他（她）問：「我曾經愛過妳（你）嗎？」——贅言兩性〉；第三期受陳克華《星球紀事》之啟發而選以「科幻」為書寫題旨，整張畫頁以九大行星圖鋪底，詩如行星般羅列盤據、相互爭輝，氣勢還真是磅礴，序詩之名為〈想看清宇宙，所以……——我與地球的潛意識獨白〉；第四期也是最後一期，也是改以騎馬釘裝訂方式呈現的唯一一期，主題是貼近當年時下熱門議題的「兩岸山水系列」，來自安徽黑龍江瀋陽北京湖南浙江廣州四川甘肅河南熱河的山水詩，與台北高雄南投的風景詩相互比美競麗，各擅其場、各殊其異，序詩之名為〈且把我一生所有的山水還您——兩岸情

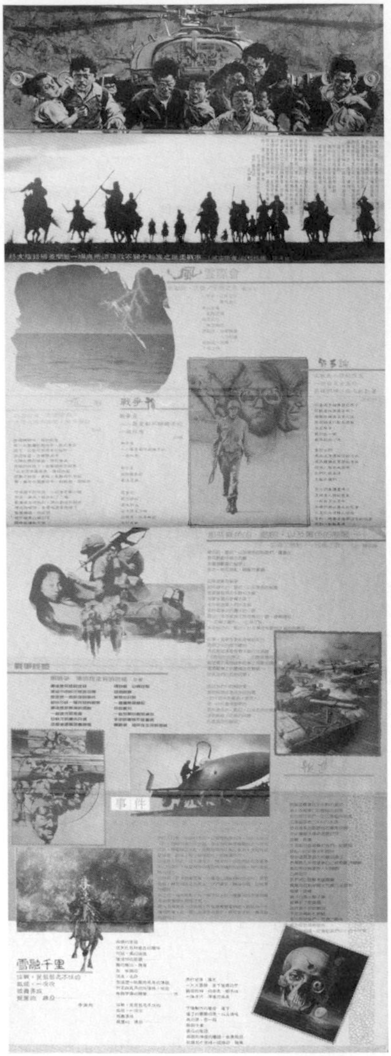

結〉。

在《風雲際會》圍成的小小詩國度裡，我規畫每一期都以主題書寫來擴展詩的集體力量，冀望每一期都可以開拓新一片疆域、新一片風景，漸漸將詩國度的邊界向外擴張，並且更具影響力及文學價值。然此用心用力，《風雲際會》的創刊並沒有在詩壇激起太大的波瀾，但其所撩撥的小小漣漪，已足以讓我在往後堅守的詩路途上，更有信心走遙遠長路。

第四期出刊之後，來自前輩與友朋的鼓勵和讚賞更多了，我也更雄心萬丈地欲投入倍數心力以回饋。但適值此刻，《風雲際會》卻遭人檢舉暗中通匪、敵前叛國，而被師部保防官無預警的突擊搜索。某一天中午，吉普車急駛殺進營區，下來一大票政戰高層，直闖進我的起居室，翻箱倒櫃大肆搜查，隨即查扣所剩的詩刊和所有來自對岸大陸、寫著簡體字的信函與稿件，滿滿裝了一大箱帶走，仿若逮獲槍擊要犯押返江洋大盜或斬首示眾拖屍遊街，山雨欲來風滿樓般的詭譎烏雲罩頂……，之後更是一連串的約談及思想審查，我清白以對、極力為詩辯護，終獲平反。然雖未致犯滔天大罪，軍旅生涯卻被塗上一大塊髒汙的印記，更差點賭氣而放棄文學創作之路，但令我百般遺憾的是《風雲際會》自此告離詩壇、訣別八〇年代，壯志熄滅了，夢也醒了。

時光如浩瀚潮水盪漾，漫漶過那段寫詩編詩玩詩的八〇年代歲月，想來真是繽紛多彩，若有隻字片語可寫進回憶的話，除了王志堃《新陸詩刊》外，還需再加上李渡愁《台北詩壇俱樂部》、《長城詩刊》，黃恆秋《匯流詩刊》，顏艾琳《薪火詩刊》，楊維晨《南風詩刊》、《曼陀羅詩刊》，許悔之《地平線詩刊》，黃智溶《象群詩刊》，林燿德《四度空間詩刊》等等同輩們詩生命的補述，這段青春回憶才會更完整而精采好看的。

時易物換，倏乎已近中年，引頸回首相望八〇年代那時，我還清晰記得貫流著六〇年代反骨血脈的我們，曾彼此相互取暖、打氣與共勉，曾熱血沸騰、義憤填膺地誓諾要完成「世代交替」的詩大業……。

裸露著神經如狼狂奔

唐捐

1

少年之書，總叫人難忘。國中剛畢業，我到書店給自己尋找一本暑假讀物。或許是被鋼筆手書的〈雙人床〉吸引吧，我帶回了《在冷戰的年代》（純文學），平生第一次擁有詩集。後來，在嘉義市區裡到處賃居，有一回住到某家廉價書店的樓上。店裡專賣一些便宜的回頭書或倒店貨，譬如遠景和大林。每本大概賣三十或四十吧，最便宜的幾近於三本五十元。於是不知不覺之中，我居然讀了大部分的七等生、王尚義，同時也遇到洛夫的《無岸之河》。

說真的，在這個時期，新詩並非我的絕對。我常翻讀的還有《杜甫評傳》和《李白評傳》，這兩本書輯錄了大量詩篇，也可以視為詩選。我一邊讀，一邊隨意背誦。像李白的〈來日大難〉：「來日一身，攜糧負薪。道長食盡，苦口焦唇」之類，不知為何，對我而言，偏有一股強烈的魅惑之力。於是夜裡，住在二樓的房東（即是書店主人）發出了緜長而渾厚的鼾聲，穿牆透壁，達於五樓，搖撼著我的耳目。而案上的〈跳遠選手退休了〉之類奇事怪句，和「嚼著煙草而把帽子仍然戴在昨天的那個地方的是他」之類異樣的詩行，以及跌宕的古典韻語，也輕輕撫按著我的心神。

我開始亂寫一些包含新詩在內的文字，比如：「翩翩了一個下午，才知道上午的兵荒馬亂，牆壁有點累了，椅子有點累了。」我永遠記得高一時得到校內文學獎的散文佳作，校刊社學長辜國塘，在教室門口喊我，然後讓我攤開手心，他很緩慢地依序放下十元硬幣，並且數著，一，二，三，四，五，六，就這樣，我得到第一筆稿費。

2

獨自提著一綑棉被（那是大哥唸五專住宿時用過的，純白而堅忍），到高雄去上大學。因為是公費，幾乎全系的男生都住宿舍，那些學長真是七俠五義飛天鑽地十八般武藝——寫毛筆字的也很會寫新詩和踢足球，下圍棋的也很會寫小說和打籃球——我什麼都不會，只會寫札記。但把圖書館裡的詩集讀得差不多的時候，我就覺得自己像是詩人了，職業初段，常常「遠離課室去追索一個問題的發凡」（楊澤句）。神龍見首不見尾，也是很自然的。

宿舍裡流傳著一捲校園演唱會的錄音帶，曲子大概都是王從文學長寫的——他這時已分發到澎湖教書（依照師範法則，那通常代表他有點混），卻也常回來找學弟們打屁喝酒。而歌詞，基本上都是詩，幾位學長自己寫的現代詩。因為是我們的歌，大家常唱，我的濡染也很深。特別是被稱為系歌的〈重逢〉：

下次再見到你　該在那青石街道的古城
那時已不矜持　只因為沒有愛情
當彩霞滿天　我們並肩看夕陽

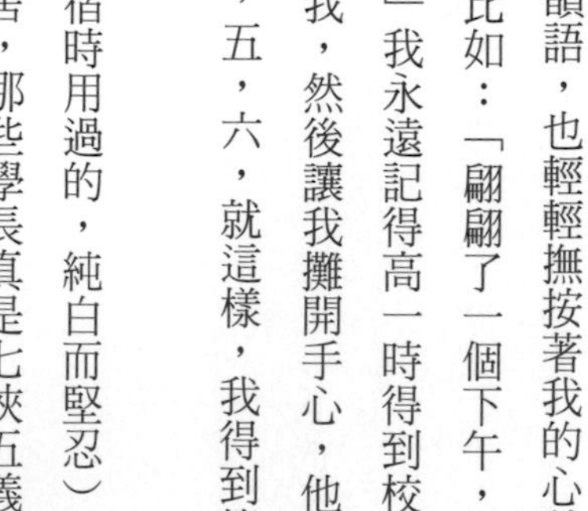

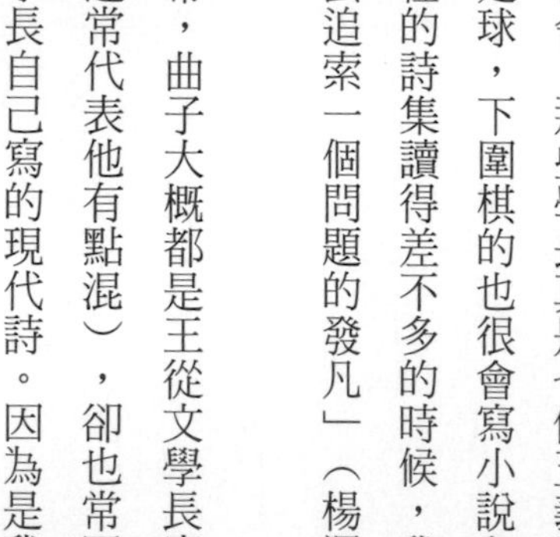

古典、溫婉而感傷，這便是我們引以為傲的風燈詩派，不同於一九八〇年代北部新興詩社的新銳張揚，在寧靜、狹小、老舊的校園裡，我們寫著一種「今人多不彈」的古調，看似落後，與世無爭，卻也額外得到一種神祕的報償。

大學中期，上完體育課的一個黃昏，和兩位同學騎著摩托車，展開了可堪紀念的盲目之旅。越過不知名的路、橋和村莊，夜宿於濱海小鎮、大禹嶺上的山莊、台東的小旅館，回到高雄，恰好趕上體育課。「血在發動機械狼的引擎，油在發動心臟。」──寂寞、頹廢而充實，裸露著神經如狼狂奔，那樣的青春。暑假前照例要把宿舍清空，讓給暑期進修的中學教師。有一年我不打算回家，便在宿舍的邊鄙處找到一個堆放雜物的房間（也不知是如何弄到鑰匙），偷偷住下。窗子上貼滿厚紙板，以免小小檯燈透出光亮──我清楚地記得自己在那裡，讀李商隱詩集，聽羅大佑，寫詩，像一隻地鼠啃著遠方叼回的食物。

3

風燈詩社有一盞紙糊的大燈籠，聚會的時候，大家在燈下唸詩，好像燈泡邊依偎取暖的三兩隻小雞。有一陣子，沒有社辦（或者太過簡陋），江聰平老師便把研究室借給我們。記得一位剛退伍的學長，有了更重要的人生理想，決定不再寫詩了（他做了剛才那首歌的詞），便把他擁有的詩集全捐給詩社，包含《魔歌》、《彷彿在君父的城邦》之類。像這樣，詩社累積了許多難得的詩集，還有歷代社課油印的講義。因此，詩社雖然人不太多，對我──身為第24代社長的我──而言，氣味彷彿是很濃的

（像在宗廟裡，你聞得到列祖列宗的氣味）。

江老師對一九六〇年代的現代詩學，體會精微，創作橫跨新體與舊體，兩兼其美。他講詩似乎最重聲音與情調，身上總是散發著尼古丁和古老而美好的詩的氣味。風燈早期學長如楊子澗，傳承了一種楊派風格，歷來社員多所效法。稍近（其實也已畢業八、九年了）的學長歐團圓則是一九七〇、八〇年代之交，備受矚目的新銳詩人，所作頗具都市與後現代精神，常帶著巧思與幽默。這些和那些，點點滴滴都是點燈的油脂。秋夜多風，如虎如豹，我們在燈下寫詩，排印一種未必有人看的小刊物。

歷代學長的名篇佳句，我到今天還能背出一些。特別是那捲卡帶裡的詩，溫婉之外，也有〈戰爭鳥〉、〈瓶中嬰〉（後來我有同題之作）這類特異的詩篇——它們就像一種魔力的音樂，錄存於我的腦海。到了大四那年，來了一個創作力很恐怖的學弟，宣稱要把詩生活掉，又要把生活詩掉。好像沒有特別鍊過，就隨便寫出一大堆閃亮亮的詩篇。他就是帶給我無限刺激的黃玠源，怕被他追過哪！江老師的詩集叫《窗上夜》，玠源鬼點子很多，居然給它惡搞了一下，寫了篇〈夜上窗〉。

臨別之際，照例要交畢業論文（給系辦做紀念）——我早就準備好了，厚厚一疊詩稿上面，寫著五個字：《唐詩三百首》（意思是，大學四年，唐捐得詩三百）。

4

台灣詩壇自一九八〇年代後半葉，進入另一波新興詩刊的黃金時期。《地平線》、《四度空間》、《象群》、《曼陀羅》、《新陸》、《薪火》等幾個詩刊，都凝聚了當時最年輕而有創意的詩人，形成一種新世代風潮。我知道自己暫時，彷彿是跟這種主流風潮無關的。——因為當時，我也沒怎麼接觸。南方的位置，和多少承自風燈詩派的血液，以及（至今仍然）對一九八〇年代詩美學近乎執迷的偏好，使我，白色小馬般的我，感覺到一種離群與脫節。微帶著恐慌（我彷彿沒有會籍），微帶著自信（我有職業初段的實力），祕密、堅忍而不無興奮地創造屬於自己的風格。

我參加文學獎，也向外面的詩刊投稿，幸運得到評審和主編的關注。像是《藍星詩刊》的向明先生，總是鄭重其事地鼓勵我推介我。不過，我認識的詩人還是不多，雖然我讀過的詩集不少。一九八〇年代初上台北領獎，怯生生地進入會場，我很快看到一個奇怪的辣太妹坐在高高的桌子上，搖晃著她彩色的雙腳，而且說：「你就是唐捐哦」。小鹿低頭吃草，遠方一種優雅的雪崩。——她就是後來我稱之為艾琳兄的那個人。

現在書架上還有兩個厚厚的資料夾，叫「高雄手稿Ⅰ」、「高雄手稿Ⅱ」，以及當時留下的十八本札記。我是遙遠年代裡默默寫詩的一個，我知道，深深浸潤到三疊四疊五疊詩集的底部，我將可以超越「現在」和「這裡」，到達一個神祕的境地。我的年輕是南方的，屬於植滿芒果的道路，屬於機車，屬於詩。

閱讀「六〇～八〇」，想像「七〇～九〇」

楊宗翰

由詩人顏艾琳策劃的一九六〇詩人展／一九八〇詩刊展，二〇一二年四月間於「永樂座」書店熱鬧登場。我有幸受邀參與其中一場三人座談，另外兩位對談者是皆於一九六四年出生的鴻鴻與劉三變。此系列活動共有四場座談，由策劃人邀約一群出生於六〇年代的「現代詩文青」，現身／獻聲說明他們在八〇年代對詩的熱情與夢想。這群詩人皆已年過四十，邁向五十，堪稱一路從文青走向文壯；更壯麗者應屬他們昔日擘畫的星圖，譬如「南風」、「薪火」、「長城」、「新陸」、「象群」、「地平線」、「曼陀羅」、「四度空間」……。對現在三十歲以下的青年學子來說，這些詩社或刊物太過陌生，比不上學校圖書館逐期訂閱、龜壽鶴齡的《笠》與《創世紀》。我生於一九七六，唯一加入過的詩社「植物園」活躍於九〇年代，怎麼看都像「六〇～八〇」的次一世代。但這次座談會中唯一不屬於「六〇～八〇」的我，卻一直羨慕六〇詩人的整齊筆陣、壯盛軍容，以及八〇詩刊所處之解嚴前後「最後革命年代」。

解嚴前後的動盪與激情，今日既難再（亦不必）重現。我以為現代詩自有其「詩的民主與正義」，不需動輒拿刀動槍、血肉相見。同樣是「革命」，詩人執筆與戰士

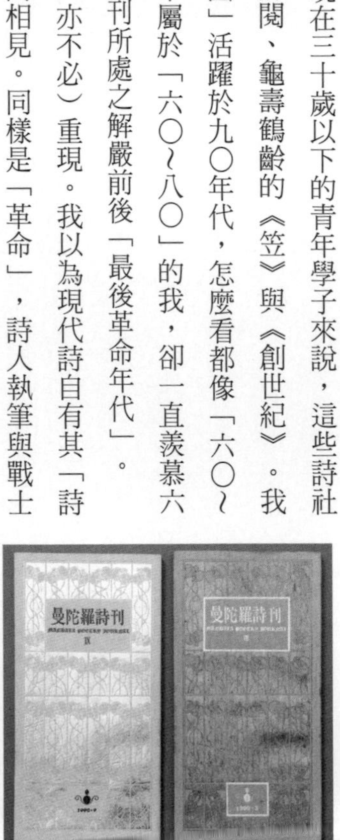

拔劍更應明確區隔，且革命氣質通常遠較革命口號更為動人。六〇世代詩人中最具此一「革命氣質」者，允以陳克華、林燿德、鴻鴻、唐捐、林群盛五人為代表。其中既有陳克華的外星狂想與性別試探、林燿德對四大主題（星球、戰爭、都市、性）的上下求索，亦有鴻鴻筆下詩與生活、自由的坦然連結。唐捐《意氣草》乍看低調，殊不知這靡花惡草竟誘惑我主動寫下生命中第一篇評論；一九六九年生的林群盛以動漫與遊戲為職志，處女作《超時空時計資料節錄集Ⅰ聖紀豎琴座奧義傳說》正是台灣詩史上最「卡通化」的詩集。比起同時期羅青的厲聲疾呼、Frederic Jameson及Ihab Hassan的特徵羅列，這五位六〇詩人作品中的另類視野與革命氣質，似乎更能進一步啟發我個人的「後現代想像」。

詩作如此張揚炫目，詩刊又豈甘於保持沈默？八〇詩刊的最重要推手，可以現在鮮少與詩壇互動的楊維晨為代表。以跨詩社模式集結各地青年詩人的「象群現代詩社」，於一九八六年九月推出文庫本大小的《象群》創刊號。楊維晨在〈莊嚴與幽默——象群創刊詞〉裡述說這群詩人：「一方面在創作主題風格上幾乎南轅北轍，一方面又分別盡是各個詩社的菁英與新銳，而卻共同組成了一個詩社，可不可能？」他還指出：「我們決定不『具體』地發展『象群』；『象群』的成立以及持續將只依於同仁們在藝術上的默契，而不是依於對任何詩學詩觀的認同或共識。換言之，我們將不主動舉辦任何對外的活動，也不會讓『象群』介入任何批評論戰的紛爭之中，除了藝術——『表現的美』的堅持之外，『象群』沒有任何風格。」

除了楊維晨，《象群》創刊時另有吳明興、黃靖雅、林燿德、胡仲權、許悔之、陳建宇、黃智溶、羅任玲等人以詩為援。一九八七年三月第三期問世後，《象群》

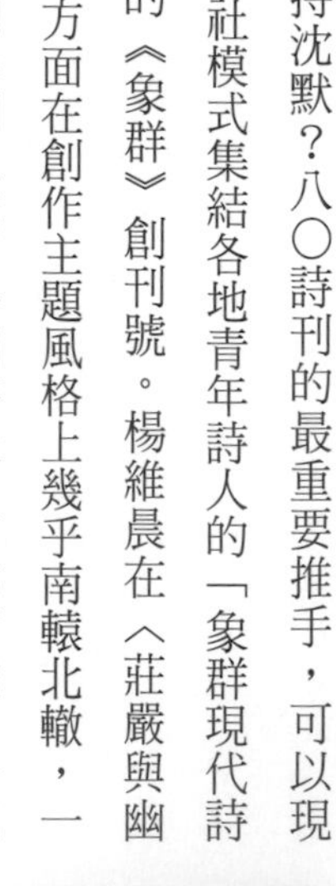

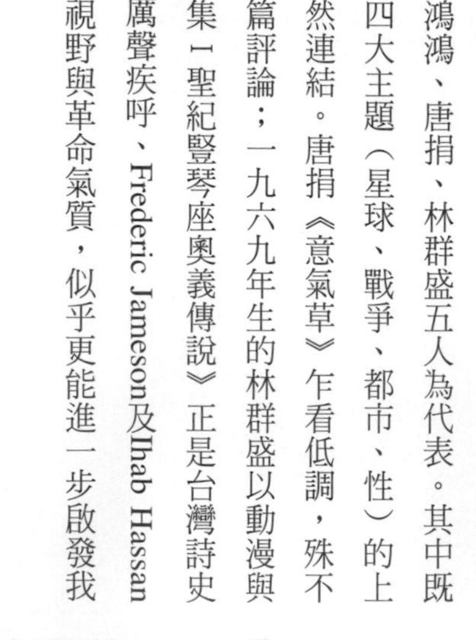

便與以東吳大學文藝研究社詩組為班底的《南風》合併，改組為八〇年代海峽兩岸最「豪華」的詩刊《曼陀羅》。因為得到豪友印刷負責人陳清敏的支持，在楊維晨主導下的《曼陀羅》，還一次推出了三本詩集：黃靖雅與楊逸鴻合著之《山月默默》、方飛白《阿拉伯的天空》，以及楊維晨自己的《無聲之聲》。台灣的詩刊／詩集封面罕見燙銀處理，內頁全採雪銅紙印刷更非常態，主張「追求精緻文化／享受完美人生」的《曼陀羅》出版品，問世後馬上引起矚目。

可惜《曼陀羅》的精緻華美，依然無法抵擋文化界的潛規則：市場是詩刊最大的敵人。先是最大的外援「豪友出版社」不堪虧損，楊維晨、方飛白諸君只好創辦「雲葉出版社」接棒。棒子還沒接穩，招牌卻換了不止一次（曼陀羅設計工作室、曼陀羅創意設計工作室、吉光片羽工作室），都是為了讓刊物存活下來。這趟求生之旅邁入第四年，《曼陀羅》才主動在第十期上宣布「我們喊了暫停」（楊維晨語）。這期間《曼陀羅》曾還推出鴻鴻《黑暗中的音樂》、楊維晨《無言歌》與羅任玲《密碼》這三本同仁詩集，再加上全套共三十二張的詩書籤。

因彼時的圖書館典藏制度並不健全，加上很多詩刊跟《象群》一樣只印三百五十份（甚至更少），與我同輩之「七〇～九〇」世代對這些「六〇～八〇」故事通常十分陌生。我一九九四年高中畢業、進入文化大學中文系文藝組前，曾特意四處蒐集「六〇～八〇」的刊物與詩集。經過一番「補課」閱讀，十期《曼陀羅》與六本同仁詩集很快就擄獲我的目光——雖然他們不曾戰勝市場，但至少願意靠近市場。至於楊維晨「青春期」的詩我個人雖感受不深，但無礙於讚賞他的胸中宏圖與頑固堅持。

《象群》的跨詩社集結模式，對我應該也有所啟發。一九九四年我與另外三十九個多為新鮮人的大學生，創辦「植物園現代詩社」與《植物園詩學季刊》，便採取了跨校際的方式。因社員分居全台各地，最遠一位家住馬公，連社名都得郵寄選票後才能確定。猶記得當年我提的「植物園」只以一票之差，險勝孫梓評所倡之「詩人有限公司」。且當年不知好歹冠上「詩學」兩字，竟也是偏愛詩歌評論的我「偷渡」而成。一九九八年六位「植物園」社員大學畢業，同時出版詩合集《畢業紀念冊：植物園六人詩選》，正式向青春歲月告別，自校園詩社「畢業」。曾為植物園同仁，後來又出版個人著作者有：林怡翠（現居南非，著有詩集《被月光抓傷的背》等多部）、陳思宏（現居德國，著有長篇小說《態度》、散文《叛逆柏林》等多部）、孫梓評（著有詩集《你不在那兒》等多部）、張耀仁（著有小說集《親愛練習》等多部）、黃永芳（著有小說集《尋找獨角獸》）、何雅雯（著有詩集《抒情考古學》）、邱稚亘（著有詩集《大好時光》）、洪書勤（著有詩集《廢墟漫步指南》）等。

現在回顧起來，與意氣風發的「六〇～八〇」世代相較，「七〇～九〇」催生的《植物園》雖然同享愛詩之心，但畢竟還是虛胖的——創作人數與作品數量皆然。一度備受期待的林思涵、邱稚亘、黃永芳、潘寧馨早已停筆，洪書勤二〇一一年印行之《廢墟漫步指南》多為舊作，何雅雯與我取得博士學位後更是只評詩而不寫詩。真正的「線上詩人」，似乎只剩孫梓評與林怡翠。但以兩人的筆力與才氣，豈甘囿於「現代詩」這單一文類？他們在小說與散文上繳出的成績，在「七〇～九〇」世代中更為突出。

閱讀「六〇～八〇」，想像「七〇～九〇」，便能深刻體會到詩社／詩刊的興衰只是一時，世代之間的傾軋更多為虛晃。往事縱然似夢如煙，至少還有詩留下些許殘痕，見證著我們曾經勃發的青春。

詩人簡介

一九六〇

阿鈍

本名林康民，一九六〇年生於台灣苗栗。中興大學園藝系學士，英國諾丁漢大學國際關係碩士。大學時受業羅青之英詩選課程，開始現代詩創作，同時亦受黃永武師的啓蒙，從此嗜讀中國古典詩歌，尤其鍾情杜甫的歷史感、李賀的詭奇風格和蘇東坡入乎日常又超脫塵凡的態度；對於清代進入大變革時代，詩人使氣縱情、大觀天下的歌行體，亦多所興會。個人的詩創作一直要到九〇年代中網路成為創作平台與利器後，才再度有所發表。經由現代詩網路聯盟的薦選，先獲一九九九年「詩路」網路詩人獎，再獲得二〇〇〇年中國時報文學獎新詩首獎。至二〇一〇年底由蘇紹連老師推薦秀威出版詩選集《在你的上游》，納入「吹鼓吹詩人叢書」。

一九六一

陳克華

一九六一年生於台灣花蓮市，山東省汶上口人，畢業於台北醫學院醫學系，獲美國哈佛醫學院博士後研究員，為台灣知名詩人作家，並跨足攝影、數位版畫、音樂創作與舞台劇領域。目前任台北榮民總醫院眼科主治醫師、國立陽明大學眼科副教授。曾獲中國時報文學、聯合報文學獎、台北文學獎、文建會台灣文學獎散文評審獎、教育部文藝創作獎等。出版詩集有《騎鯨少年》、《我撿到一顆頭顱》、《星球記事》、《與孤獨的無盡遊戲》、《我在生命轉彎的地方》、《別愛陌生人》等；出版散文集有《愛人》、《給從前的愛》、《無醫村手記》、《在城市中迷失的地圖》等。並出版小說《愛上一朵薔薇男人》以及多首著名的歌詞創作，如「台北的天空」、「蝶衣」、「九月高跟鞋」、「沉默的母親」等。

翁翁

翁翁，本名翁國鈞，一九六一年生於邊境離島金門，一九七六年後旅居台北。專職於平面設計領域，曾任職於報社、設計公司、出版公司、傳播公司、雜誌社等。曾替超過六千冊的書籍裝幀設計。創作領域包含平面視覺設計、攝影、插畫、文創開發、專案企劃及文字書寫等。二〇〇〇開始寫詩，著有《書的容顏》、《柴門輕扣》、《禁忌海峽　圖像詩》等書。

阿廖

牛罵頭人，淡江大學畢業，教書很多年又寫詩很多年。著有《狗樂府》、《無人歌唱會》、《美國時間》。http://www.wretch.cc/blog/liawst 無名部落、http://blackcircus.blogbus.com/ 博克大巴、http://www.youtube.com/user/liawst Y2亂畫。

一九六二

洪淑苓

台北市人，台灣大學中國文學研究所博士，現任台灣大學台灣文學研究所教授，兼台灣文學研究所所長，中文系合聘教授。曾任台大藝文中心主任。曾獲教育部文藝創作獎、優秀青年詩人獎、第六屆詩歌藝術創作獎。二○○二、二○○四、二○○七年參與「學院詩人群年度詩集」出版與朗誦發表會。二○○六年至二○一○年，擔任台大藝文中心主任期間，曾主辦台大校慶詩歌音樂會、台大杜鵑花詩歌節等活動。著有詩集《合婚》、《預約的幸福》、《洪淑苓短詩選（中英對照）》、《時間之岩》；散文集《深情記事》、《傳鐘下的歌唱》、《扛一棵樹回家》；評論集《現代詩新版圖》及學術專書多種。

謝昭華

九月生於馬祖列島，台北醫學院醫學系畢業，現執業於馬祖列島，為家庭醫學科醫師。曾獲聯合報文學獎新詩獎、聯合文學小說新人獎評審獎、台北市文學獎新詩評審獎、中國時報文學獎新詩評審獎等，並入選詩路網站網路詩人專輯。個人部落格《謝昭華詩密祭》（http://mypaper.pchome.tw/tse0125）。寫詩，就是探索最真誠的自我。作有：《伏案精靈》、《夢蜻蜓》兩本詩集，《離散九歌》(散文小品)、《群島》(六人詩合集)等。

曾淑美

台灣南投草屯人。輔仁大學哲學系畢業。詩人，1987年出版＜墜入花叢的女子＞，詩作量少質精，被選入華文區各重要詩選；二○○一年，和夏宇、零雨、鴻鴻、阿翁在台北成立〈現在詩〉社；二○一○年擔任文學大師楊牧紀錄片〈朝向一首詩的完成〉企畫編劇。資深創意人，長期任職台北與北京國際廣告公司執行創意總監，作品在台灣、法國、美國、日本均有獲獎，創意備受肯定。報導文學工作者，一九九二年出版《青春殘酷物語》，二○一二年出版〈救援的確信〉。

一九六三

羅任玲

台灣師範大學文學碩士，作品以詩、散文為主，兼及評論。著有詩集《密碼》、《逆光飛行》及二〇一二詩．攝影集《一整座海洋的靜寂》，散文集《光之留顏》，評論集《台灣現代詩自然美學》等。曾兩度獲得梁實秋文學獎散文獎，師大文學獎新詩獎第一名。作品曾入選《中華現代文學大系詩卷》、《九〇年代詩選》、《現代女詩人選集》、《新詩三百首》、《年度詩選》、《年度散文選》等重要選集。

楊小濱

生於上海，祖籍山東。耶魯大學文學博士。歷任上海社會科學院、密西西比大學、北京師範大學、中央研究院、國立政治大學等教授、研究職務。曾任《現代詩》、《現在詩》特約主編。著有詩集《穿越陽光地帶》（獲現代詩社「第一本詩集獎」）、《景色與情節》、《為女太陽乾杯》等，理論和評論專著《否定的美學：法蘭克福學派的文藝理論和文化批評》、《歷史與修辭》、《中國後現代：先鋒小說中的創傷與反諷》、《語言的放逐》、《迷宮．雜耍．亂彈》、《感性的形式》等。近年在北京和台北等地舉辦個展《後攝影主義：塗抹與蹤跡》。

一九六四

鴻鴻

詩人，劇場及電影編導。一九六四生於台南，國立藝術學院戲劇系畢業，現在國立台北藝術大學兼任教職。曾獲時報文學獎及聯合報文學獎新詩首獎、二〇〇八年度詩人獎、南瀛文學獎傑出獎。出版有詩集《土製炸彈》、《女孩馬力與壁拔少年》、《仁愛路犁田》等六種、散文《阿瓜日記——八〇年代文青記事》、《過氣兒童樂園》、小說《灰掐》、及劇本、評論等數種，並為唐山出版社主編【當代經典劇作譯叢】系列書籍。擔任過三十餘齣劇場、歌劇、舞蹈之導演。電影導演作品有《3橘之戀》、《人間喜劇》、《空中花園》、《穿牆人》及紀錄片《台北波西米亞》、《夏夏的聯絡簿》、《有人只在快樂的時候跳舞》、《為了明天的歌唱》，曾獲金馬獎最佳原著劇本獎、芝加哥影展國際影評人獎、南特影展最佳導演獎等。歷任《表演藝術雜誌》、《現代詩》、《現在詩》主編，二〇〇四迄今多次擔任台北詩歌節之策展人，致力於詩的跨領域交流。現主持出版社

「黑眼睛文化」及「黑眼睛跨劇團」。近作多反思全球化現象，鼓吹社會革命。更以二〇〇〇得年創辦的《衛生紙+》詩刊，持續號召現實性鮮明的寫作路向。

田運良

生於台灣台南，籍貫河南封邱。陸軍軍官學校機械系畢業，佛光大學文學碩士，目前攻讀淡大中文所博士，現居新北新莊。參與「四度空間」、「地平線」詩社，創辦《風雲際會》詩畫頁。曾任《聯合文學》企劃經理、總經理，現任《印刻文學生活誌》總經理。創作文類以詩及散文為主。曾獲陸軍文藝金獅獎、國軍新文藝金像獎、教育部文藝創作獎、全國優秀青年詩人獎、青溪文藝金環獎、臺北文學獎、府城文學獎、南瀛文學獎、佛光文學獎等獎項。於一九八五年初接觸現代詩，創造屬於自己的新形式，表達個人都市感覺，其散文創作，具有詩的密度。著有詩集《個人城市》（一九八八）、《為印象王國而寫的筆記》（一九九五）、《單人都市》（二〇〇〇）等詩集，散文書《有關愛情的種種美麗》（一九九六）、《值得山盟海誓》（一九九六）、《潛意識插頁》（二〇一一），書評集《密獵者人語》（一九九八）等約十餘冊。

劉三變

本名劉清輝，詩人、詞曲作家〈代表作——腳踏車〉。東吳大學中文系畢業。曾為《曼陀羅》詩刊同仁，現為《歪仔歪》詩社同仁。曾獲東吳大學雙溪文學獎現代詩首獎；並有組詩〈水的心事〉入選《中國當代大學生抒情詩》選集；也寫詩評，評論〈超自然的描繪——淺談林泠的「微悟」及其他〉被收錄在高中國文教師手冊（五）。曾任蘭陽文學獎評審、蘭陽文學叢書評審委員。作品散見《創世紀》、《藍星》、《笠》、《台灣詩學季刊》、《曼陀羅》等詩刊。著有詩集《情屍與情詩》、《誘拐妳成一首詩》。

一九六五

李進文

臺灣高雄人。曾任職編輯、記者，現任職明日工作室副總經理、未來書城總編輯。著有詩集《一枚西班牙錢幣的自助旅行》、《不可能；可能》、《長得像夏卡爾的光》、《除了野薑花，沒人在家》、《靜到突然》；散文集《蘋果香的眼睛》、《如果MSN是詩，E-mail是散文》；圖文詩集《油菜花寫信》、動畫童詩繪本《騎鵝歷險記》、美術詩集《詩與藝的邂逅》；編有《Dear Epoch——創世紀詩選一九九四~二〇〇四》等。曾多次獲時報文學獎、聯合報文學獎、中央日報文學獎、臺北文學獎、臺灣文學獎，以及林榮三文學獎新詩首獎，二〇〇六年度詩人獎、入選九歌版台灣文學三十年菁英選之新詩三十家、新聞局數位金鼎獎等。

黑芽

婚前從事廣告設計，婚後醉了生下一子，之後享受著自己動手做的生活。之後女紅之後寫詩之後畫畫之後品茶之後撫琴，之後醉在花園裡。不見不散。二〇一〇年，國立台灣大學藝文中心邀請展、杜鵑花詩歌節詩畫聯展；林本源園邸定靜堂、香玉簃邀請詩畫聯展；二〇一一年，入選《爾雅出版》現代女詩人選集；二〇一二年，金車文藝中心員山館邀請詩畫聯展、時空藝術會場手抄詩作邀請聯展。

一九六六

嚴忠政

臺灣臺中人。南華大學文學研究所畢業，逢甲大學中文博士候選人。著有詩集《黑鍵拍岸》、《前往故事的途中》、《玫瑰的破綻》，及文學評述集《風的秩序》。作品曾多次獲聯合報文學獎、時報文學獎等，並選入海內外多種文學選集。目前受聘於逢甲大學、南華大學、靜宜大學，並曾擔任國立嘉義大學駐校作家、市立惠文高中特約作家、《創世紀詩雜誌》編輯委員。

方群

本名林于弘，臺北市人。輔仁大學中文研究所碩士，臺灣師範大學國文研究所博士。曾任國小、國中、高職及大專教師，現為臺北教育大學語文與創作學系教授。學術專長為語文教學及當代臺灣文學，文學創作以新詩為主，並兼涉散文及傳統詩。一九八四年起正式在刊物發表作品，稍後與同好創辦「珊瑚礁詩刊」，現為「臺灣詩學季刊」同仁。作品曾獲：耕莘文學獎、中華文學獎、優秀青年詩人獎、全國學生文學獎、藍星詩社屈原詩獎、創世紀四十周年詩創作獎、吳濁流文學獎、臺灣省文學獎、聯合報文學獎、中央日報文學獎、時報文學獎等數十個重要獎項，並入選各種文學選集。著有詩集：《進化原理》、《文明併發症》、《航行，在詩的海域》及《縱橫福爾摩沙》，論著：《臺灣新詩分類學》、《九年一貫國語教科書的檢證與省思》、《初唐前期詩歌研究》、《光與影的對話：語文教學新論》、《我的第一堂作文課》，另編有《應酬文書》、《大專國文選》、《現代新詩讀本》等書。

一九六八

唐捐

十二月生於嘉義，台灣大學中國文學博士，曾任教於東吳大學，現為清華中文系副教授，台灣詩學學刊主編。曾獲五四獎之青年文學獎、年度詩獎、時報文學獎、聯合報文學獎、梁實秋文學獎等。著有詩集《意氣草》、《暗中》、《無血的大戮》、《金臂勾》、散文集《大規模的沉默》，編有《當代文學讀本》、《台灣軍旅文選》等。

紫鵑

莫名其妙的中年女子。愛生活、愛哭、愛旅行、愛美食、愛音樂、愛電影、愛所愛的一切。得獎記錄：二〇〇二年獲得優秀青年詩人獎、最佳廣播劇團體金鐘獎（劇本占二〇%）。二〇〇七年一月接任《乾坤詩刊》現代詩主編至今。二〇〇九年三月任北島主持網站的女性寫作版主。網站：台灣新浪「紫鵑的窩」、大陸詩生活專欄「我和我的影子在跳舞」。

陳謙

本名陳文成，台灣桃園縣人。當代詩人、劇作家、出版工作者、學院教授等多元身份。佛光大學文學系博士，南華大學出版事業管理碩士。曾任台視公司電視編劇，文化事業專業經理人兼總編輯（一九九六～二〇〇六）、中原大學景觀學系專案教師（二〇〇九～二〇一〇），現任博揚文化事業有限公司專案經理，兼任國立台北教育大學語創系、國立台灣海洋大學通識中心、國立台北藝術大學共同科等多校助理教授。詩作以寫實見長，並不忘吟詠詩歌抒情的本質，反映出時代環境與政治的變遷與轉折，是台灣當代一片後現代的雜音中，少見的寫實主義舵手。迄今出版專書十四種，作品曾獲吳濁流文學獎，文建會台灣文學獎，台北文學獎等十餘項。企劃主編有《書情詩選》、《閱讀與寫作——當代詩文選讀》、華成版「當代散文家」散文大系、華文網「童書舖」等數百種。

顏艾琳

台南下營人，輔仁大學歷史系畢、台北教育大學語文創作所肄業。年輕時玩過搖滾樂團、劇場、「薪火」詩刊社、地下刊物。目前擔任新北市政府顧問、耕莘文教院顧問、韓國文學季刊《詩評》台灣區顧問、大陸詩歌刊物顧問與網站專欄詩人；曾獲「出版優秀青年獎」、創世紀詩刊四十週年優選詩作獎、文建會新詩創作優等獎、全國優秀詩人獎、二〇一〇年度吳濁流新詩正獎、二〇一一年中國文藝文學類新詩獎章；並擔任重要文學獎評審與藝文講師、策劃人、主持人、諮詢委員，二〇一〇年與劉亮延合編並主演舞台劇《無色之色》。著有《顏艾琳的祕密口袋》、《已經》、《抽象的地圖》、《骨皮肉》、《晝月出現的時刻》、《漫畫鼻子》、《黑暗溫泉》、《跟天空玩遊戲》、《點萬物之名》、《讓詩飛揚起來》、《她方》、《林園詩畫光圈》、《微美》、《詩樂翩篇》十四本書；重要詩作已譯成英、法、韓、日文等，並被選入各種國語文教材。自二〇〇五年起以專業人士身份受聘元智、世新、清雲科大、北商大、原住民部落大學等講師，駐校跟駐地藝術家、讀書會老師。

一九六九

陳大為

出生於馬來西亞怡保市，台灣大學中文系、東吳大學中文所碩士班、台灣師範大學國文所博士班畢業，現任台北大學中文系教授。曾獲：台北文學年金、聯合報新詩及散文首獎、中國時報新詩及散文評審獎、中央日報新詩首獎及散文次獎、教育部文藝獎新詩首獎、新聞局圖書金鼎獎、星洲日報新詩及散文推薦獎、世界華文優秀散文盤房獎等重要大獎。著有：詩集《治洪前書》、《再鴻門》、《盡是魅影的城國》、《靠近羅摩衍那》，散文集《流動的身世》、《句號後面》、《火鳳燎原的午後》，論文集《亞洲閱讀：都市文學與文化》、《風格的煉成：亞洲華文文學論集》、《中國當代詩史的典律生成與裂變》，主編：《二十世紀台灣文學專題》、《馬華散文史讀本一九五七～二〇〇七》、《馬華新詩史讀本一九五七～二〇〇七》、《天下散文選一九七〇～二〇一〇》、《天下小說選一九七〇～二〇一〇》等選集。

林群盛

臺北市人。現代詩人，劇作家，插畫家。曾獲優秀青年詩人獎以及創世紀詩社三十五周年詩獎等等獎項。曾為地平線、薪火、華岡、耕莘詩黨詩社同仁。幻獸詩會社「朱雀詩團」發起人。MMORPG:World of Warcraft線上詩社「鑲金玫瑰」成員。著有詩集《超時空時計資料節錄集——聖紀豎琴座奧義傳說》、《超時空時計資料節錄集II星舞弦獨角獸神話憶》等等。

國家圖書館出版品預行編目(CIP)資料

生於60年代 : 兩岸詩選 / 顏艾琳, 潘洗塵主編
. -- 初版. -- 臺北市 : 文訊雜誌社, 2013.01
面； 公分

ISBN 978-986-6102-18-9 (平裝)

831.86 101026174

生於60年代兩岸詩選

出版者／ 文訊雜誌社
地址／ 10048臺北市中山區中山南路11號六樓
電話／ （02）2343-3142 2343-3143
傳真／ （02）2394-6013
網址／ http://www.wenhsin.com.tw

主編／ 顏艾琳・潘洗塵
校對／ 顏艾琳
美術設計／ 不倒翁視覺創意工作室

印刷／ 松霖彩色印刷公司
經銷展售／ 紅螞蟻圖書有限公司（02）2795-3656
台北市內湖區舊宗路二段121巷28號四樓
紀州庵文學森林（02）2368-7577
台北市中正區同安街107號

初版／ 2013年1月
定價／ 360元
ISBN／ 978-986-6102189

Printed in Taiwan

《生於60年代——兩岸詩選》

China
1960-1969

序

生於60，兩岸風雲

潘洗塵

始於上世紀七十年代末八十年代初的劇烈歷史嬗變，曾造就了一個前所未有的詩歌盛世。當時，詩歌的巨大魅力，吸引著整個年青一代的目光。「六十年代出生」的中國詩人，正是在這樣一個宏大的歷史開端上，集體地開始了青春與詩歌的激情碰撞。

在當時的漢語詩歌內部，反抗意識形態話語，曾是「朦朧詩」一代寫作的動力，但其語言方式也不可避免地沾染著另一種的「意識形態」。這對漢語詩歌寫作既是一種「憤怒的」打開，又帶來某種「潛在的」危機。而一批早慧的「六十年代出生」的中國詩人，不僅承接了「朦朧詩」一代所開創的道路，又勇敢地把寫作的重心拽回到各自的「語言個性」上來。正是他們，把詩的命運託付給了「個體生命」與「母語活力」的奇異相遇，他們用自己更豐富和更多元的寫作實踐詔示世界：漢語詩歌寫作已不再是「意識形態話語」的對抗性表達，而是對「語言潛能」的創造性妙用。

毫無疑問，經過了三十年的探索，作為當代中國詩壇最為龐大的一個寫作群體，「六十年代出生」的中國詩人們如今已成為了當代漢語詩歌領域當之無愧的中間力量。甚至可以毫不誇飾地說，「六十年代出生」的中國詩人們的寫作實踐，不僅代表著過去三十年漢語詩歌所取得的巨大成就，他們接下來的努力，也必將影響甚

至決定未來二十年漢語詩歌的走勢。

為了客觀、集中地展示六十年代出生的中國詩人橫跨三十年的寫作成就，為今後的文學史家研究從上世紀八十年代到新世紀十年這段歷史時期，中國文學尤其是中國詩歌的發展與嬗變提供一份較為翔實的史料，早在2008年初，我就開始著手編選這套原定名為《六十年代出生的中國詩人》的叢書，計畫中的這套叢書將包括詩歌作品卷、翻譯作品卷、理論作品卷、書信隨筆卷和影像記錄卷等。現在，計畫中的詩歌作品卷分《生於60年代：中國當代詩人詩選》（兩卷本，由潘洗塵、樹才主編）和《生於60年代：兩岸詩選》（由潘洗塵、顏艾琳主編）兩個部份分別於大陸和臺灣的先行出版，標誌著這項歷經數年籌備的巨大工程，已開始正式啟動。

早在這套叢書籌備編選之初，我就曾透過媒體並直接向國內百餘位從事詩歌寫作和研究的專家，發出了公開徵集六十年代出生的中國詩人名單和作品的信函。最後，在廣泛徵求意見的前提下，綜合出了一份400人的初選名單。現在大家看到的由我和樹才主編的《生於60年代：中國當代詩人詩選》，正是在那份400人名單的基礎上，最後確定的一個由123人的作品組成的一個選本；而由我和顏艾琳主編的這本《生於60年代：兩岸詩選》，大陸部份則正是在

《生於60年代：中國當代詩人詩選》的基礎上，再次遴選出了60人的部份作品，與由艾琳選定的臺灣部份合編而成。在此還需告訴讀者的是，整個編選過程對於編者來說，既興奮又遺憾。生於六十年代的這批中國詩人，他們寫作實踐的豐富性與多元性，以及由此給我們帶來的巨大閱讀享受，透過一首又一首作品撲面而來，始終讓編者陶醉其中，而要在一個甚至由遠不止400位優秀詩人組成的偉大群體中，因編選規模限制而必須進行再此遴選，最後只能留下這123人甚至60人的作品，作為編者，其內心的遺憾與痛苦更是無以言表。

《生於60年代：中國當代詩人詩選》和《生於60年代：兩岸詩選》所入選的詩人，基本依次遵循以下原則：一是在上世紀七十年代末八十年代初起步，而後三十年裡一直保持著旺盛創造力和較高水準的詩壇「老將」；二是在上世紀八十年代中後期開始步入詩壇，而後二十年裡始終能與漢語詩歌的實踐同步向前推進的詩人；三是成名於上世紀八十年代，中間因各種原因暫離詩壇而強勢回歸後又能繼續奉獻出較高水準詩歌文本的詩人；四是在上世紀八十年代盛名於詩壇，後因各種原因終止寫作至今的詩人。為了盡可能地全面展示六十年代出生的中國詩人在上世紀八十年代、九十年代和

新世紀以來不同時期所取得的成就，我們在編選時還對每位原入選詩人的作品，按創作的不同年代進行了一定的配置。需要特別指出的是，我們所提出的「六十年代」的概念，與任何流派學意義上的概念無關，因為六十年代出生的中國詩人的最大群體特徵，或者說其最大的史學價值，恰恰是在豐富性和多元性上。

《生於60年代：中國當代詩人詩選》和《生於60年代：兩岸詩選》正式出版之時，正值一年一度的「天問中國新詩新年峰會」在臺北召開之際。這項傳統的詩歌活動能從大陸辦到臺灣，還要感謝《生於60年代：兩岸詩選》的主編之一顏艾琳女士，正是因為有了我們在大理第七屆峰會上的相識，有了艾琳孤身一人在臺北長達一年的辛苦籌備，才得以使本屆也就是第八屆峰會能首度在臺灣順利舉辦。包括這本《生於60年代：兩岸詩選》，如果沒有艾琳的艱辛努力，在臺灣的出版也是不可想像的。

謝謝艾琳！謝謝在我們這些生於六十年代的中國詩人的肩頭，至今仍清晰可見的理想主義的光輝！

2012年9月2日

目次

大陸詩選

Taiwan 1960-1969

1960
呂德安 作品

沃角的夜和女人

沃角，是一個漁村的名字
它的地形就像漁夫的腳板
扇子似地浸在水裏
當海上吹來一件綴滿星雲的黑衣衫
沃角，這個小小的夜降落了

人們早早睡去，讓鹽在窗外撒播氣息
從傍晚就在附近海面上的幾盞漁火
標記著海底有網，已等待了一千年
而茫茫的夜，孩子們長久的啼哭
使這裏顯得彷彿沒有大人在關照

人們睡死了，孩子們已不再啼哭
沃角這個小小的夜已不再啼哭
一切都在幸福中做浪沫的微笑
這是最美夢的時刻，沃角
再也沒有聲音輕輕推動身旁的男人說
「要出海了」

1979

父親和我

父親和我
我們並肩走著
秋雨稍歇
和前一陣雨
像隔了多年時光

我們走在雨和雨
的間歇裏
肩頭清晰地靠在一起
卻沒有一句要說的話

我們剛從屋子裏出來
所以沒有一句要說的話
這是長久生活在一起造成的
滴水的聲音像折下一枝細枝條

像過冬的梅花
父親的頭髮已經全白
但這近似於一種靈魂
會使人不禁肅然起敬

依然是熟悉的街道
熟悉的人要舉手致意
父親和我都懷著難言的恩情
安詳地走著

1984

曼哈頓

如果在夜晚的曼哈頓
　和羅斯福島之間
一隻巨大的海鳥
　正在緩緩地滑翔，無聲

無息；如果這是一個
　又颳風又降雪的夜晚，
我不知道這隻迷惘的海鳥
　是不是一時衝動

這是兩個透亮的城市
　中間是不斷縮小的海
在夜晚，如果鳥兒
　僅僅是想適應一下如何

在一道道光的縫隙裏生存
　抑或借助光和雪
去追隨黑暗中的魚群
　那麼，但願它如願以償

如果我還驚奇地發現，這隻鳥
　翅膀底下的腋窩是白色的
我就找到了我的孤獨
　在曼哈頓和羅斯福之間

1991

漆畫家

啊，原來是一桶生漆
但是如果你打開它，看見它
起皺，黑洞洞的在空氣中凸現
你就看到了它的起源

嗅出它的孤獨，或者
它是房間裏一面潮濕的鏡子
美麗而無用，需要俯下身，
全心全意或用一根粗棍

將它從深處攪活，還原它
死一般的顏色，睡眠的顏色
但那是一種什麼顏色
或許還是一種黑洞洞的空白

這是兒時的印象，今天
我備好了瓦灰，水，牛角
製成的刮刀，以及古代的毛筆，
毛刷和金泊銀泊一張張，

如果可能還要有咒語——你知道
一切已呼之欲出，只欠東風
這先人的說法今天也適宜，無論你
身在異鄉或守在自己的山上

2005

1960
黑大春 作品

東方美婦人

1
當我在巨幅水墨畫般的暗夜揮灑白露的夢想
我那隱藏著的紅松樹幹般勃起的力量
使黑色的荊棘在以風中搖擺的舞姿漫入重疊的音響
而一頭臥在腹中的俊美猛獸把人性歌唱

當你在巨幅水墨畫般的暗夜袒露的桔紅色的月亮
就是那朵牡丹那朵展開花瓣大褶的牡丹炫耀你的痛傷
使描金的寶劍在以腰間懸掛的氣勢流傳不朽的風尚
而一個沒有肢體的黃種嬰兒把體外的祖國嚮往

2
啊！東方美婦人
啊！統治睡獅和夜色的溫順之王
在你楓葉般燃燒的年齡中，圓明園，秋高氣爽
並有一對桃子，壓彎了我伸進你懷中的臂膀

啊！東方美婦人
啊！體現絲綢與翡翠的華貴之王
在你白蠟般燃燒的肉體上，圓明園，迷人荒涼
並有一件火焰的旗袍高叉在大理石柱的腿上

3
即使你的孩子在紅漆的微笑下撥弄乳房的門環
但他卻不能發現那野外的廢墟就是坍塌在你內心的宮殿
而我一旦接受了你默默爬過來的情緒的藤蔓
我將用腳印砌起紫禁城的圍牆，走上一圈又一圈

即使你丈夫的脖子上繫著一只標本的彩蝶
但他怎能成為鷹的石雕守侯你啜泣的雪夜
而我一旦從你泡沫的杯中爬出猶如登上你心靈的海盜
我將拉低懸崖的帽檐將一滴悲愴的太平洋擦掉

1983

當我在晚秋時節歸來

當我在晚秋時節歸來
紛紛落葉已掩埋了家鄉的小徑
山峰像一群迷途難返的駱駝
胸前配著那只落日的銅鈴

背著空裹，心卻異常沉重
不過趁暮色回來要感到點輕鬆
這樣，路上的熟人就不會認出
我垂入晚霞中的羞愧的面容

目送一輛載滿石頭的馬車
吱吱啞啞地拐進一片灌木叢
那印在泥濘中的車轍使我想起
我所走過的暴風雨中的路程

在那些闖蕩江湖的歲月
我荒廢了田園詩而一事無成
從揮霍青春的東方式的華宴中
我只帶回貼在酒瓶上的空名

所以，我輕易不敢靠近家門
彷彿那是一塊帶著裂縫的薄冰
茅屋似的母親喲！我歎息
我就是你那盞最不省油的燈

已再不是無所顧忌的孩提時代
貪耍歸來，隨意抓起灶中大餅
現在，無論我是多麼疲乏
也不能鑽進羊皮襖的睡夢

於是，像怕弄出一點聲響的賊
我弓身溜出了籬笆的陰影
那只孤單的壓水機，鶴一般
沉緬在昔日的庭院之中

只有夜這翻著盲眼的占卜老人
在朝我低語：流浪已命中註定
因為，當我在晚秋時節歸來
紛紛落葉已掩埋了家鄉的小徑

1989

1960
蕭開愚 作品

北站

我感到我是一群人。
在老北站的天橋上，我身體裡
有人開始爭吵和議論，七嘴八舌。
我抽著烟，打量著火車站的廢墟，
我想叫喊，嗓子裡火辣辣的。

我感到我是一群人。
走在廢棄的鐵道上，踢著鐵軌的卷鏽，
哦，身體裡擁擠不堪，好像有人上車，
有人下車。一輛火車迎面開來，
另一輛從我的身體裡呼嘯而出。

我感到我是一群人。
我走進一個空曠的房間，翻過一排欄杆，
在昔日的檢票口，突然，我的身體裡
空蕩蕩的。哦，這個候車廳裡沒有旅客了，
站著和坐著的都是模糊的影子。

我感到我是一群人。
在附近的弄堂裡，在烟攤上，在公用電話旁，
他們像汗珠一樣出來。他們蹲著，跳著，
堵在我的前面。他們戴著手錶，穿著花格襯衣，
提著沉甸甸的箱子像是拿著氣球。

我感到我是一群人。
在麵店吃麵的時候他們就在我的面前
圍桌而坐。他們尖臉和方臉，哈哈大笑，他們有一點兒會計的

假正經。但是我餓極了。他們哼著舊電影的插曲，
跨入我的碗裡。

我感到我是一群人。
但是他們聚成了一堆恐懼。我上公交車，
車就搖晃。進一個酒吧，裡面停電。我只好步行
去虹口、外灘、廣場，繞道回家。
我感到我的腳裡有另外一雙腳。

1997

這麼多缺陷讚美著我

自尊的第一個印象我忧於接收因為感受概屬訂貨。
心臟擔任質檢但是心臟中市場著幾種高價的北京。
北京今年花了大錢做衛生。西寧有點髒，有些氣味。
出租司機推薦城郊的洗浴中心。我失望我找不到我
想要找到的青海原產紙。找不到想要找到的羊皮牛皮，
我疑惑牛羊的天才抗拒我的質感和尺寸。
儘管比例不對，落差不小，我比較得到，
失落西寧就像失落北京卡通更其苟且，卡車
膨脹著來回運送傢俱，而我吃藥、整頓心情，
看草。日月山，得翻幾番。倒淌河，大家撒尿。
橡皮山，我打了個盹。幾百公里的草長法不善，
拒絕我的選拔。我欽佩、模仿草的習慣，
吐有益的痰。我使勁抽煙認為自己很糟，
暗自往肚子裏啐。我加衣服如加惡習，
如在外國城市的齷齪裏，溫暖得想要

與街人像街邊房屋用燈光互踹，想要從德令哈
去老德令哈已撤銷的勞改農場，建議男犯
與女犯成家，看守兼作媒人並且接生。
既然草禁砍伐，山巒、湖泊和積雪，一切
需得像樣冒充。判決順利。我專注頭痛。
公路邊的高速製造接著縫合斷裂，地質複雜
而墮落，勉強聽話成多妻家庭中統一的附庸。
這樣，遠一點好，略過老德令哈去懷頭他拉，
賭氣地佈置我們的同意，儘管範圍稀釋品質。
戈壁中的檯球容易進袋，缺氧迫成對位。
飯後挨打痛快，飯生，捶我的手像氧氣袋。
這是我們冒犯的第幾個家庭？但願我們闖入沒有撞壞。
這是黨委過節，每一個人是一個民族和一瓶燒酒。
我急服幾顆救心丸，我的五臟搞五族共和。
湘菜館老闆學過電腦，他自覺不是本地
來歷雜亂而是他認識不清，他推測某公主懷孕
是某頭頭雇人證實她能生育。一個區別有一種考試。
無法將幾個坡度調配為一場登臨，就得用全套法制
品藻周圍沉陷。這樣的誠實過於嚴峻，以至
回爬爬過的山，降低海拔直到超標——舒適度
實指超支額度——到循化，我們個個像蒙古親王，
參觀庭院，評論行人，深夜吃魚，估計少年通宵賽跑
玩耍的就是目的，韓興旺的七個老婆連袂禮拜拱北。
實際上，我對黃河上了癮，咀嚼直到它變渾。
實際上，同行的三位一邊胡說一邊收發短信。
這邊鋁合金的月亮和街子，那邊雨中太陽和張尕，
回教和佛教，長老和學生，應付如做夢
真切而粘連。北京電話建議我們洗腳。在隆務寺，
在酥油燈耗盡稀疏的空氣的經堂裏面，

我突得重感。詩人更高才讓寫過什麼我不清楚，
他的日耳曼長相及驚歎使我聯想人種尋根。
我想起羌族，他們遷移和嫁接，羊留下。
更高的格西哥哥有年加錯辯經度日，其徒弟煮麵條。
我不清楚我是否想知道他是否做夢，什麼型號的夢。
我得到兩百年舊的唐卡，果洛的，年毛寺的。
回去西寧途中討論藏族中學撒拉族教師的抱怨，
評不上先進，層層拉裙帶關係，等等，我認為，
她不適合教政治。我認為，黃河競渡污染黃河，
高考狀元不如德欽仁次想當員警。小夥子沒錶，
失約太久司機老包等不及但願他沒有錯過警校。
他弟弟穿過他家的稻田和文都山給他送二百塊錢，
頂替他在郊外的東來順分店跑堂，在黃河摸魚，
我不清楚我是否想知道他的未來，治安或者密修。
我吃十種藥，為馴服身體，為高看黃河，
再別西寧有洗腦之輕逸。中午盤上河卡，
越過山崗，頭痛、心緊、踩空，尿也多情，
這時已知，海拔、缺氧和失重不算畸形，
在北京、紐約，更海拔、缺氧和失重，更頭痛、心緊和踩空，
速升速降也沒刺激，去北京的飛機升到一萬米又驟降一千米，
也沒起高原反應。
我納悶我嫉妒同行二位的結實和春睏。
納悶獨立。太獨容易出事就像平地總是翻車。
我騰空、待著和前去的其實都是車裏的座位，
我的存在就是兩三種坐姿。但是，到處壓力
皆不夠嘔吐，車到巴顏喀拉，坐著已經非法。
我裹上皮襖如裹上距離，我們下車飄飄然地，
我們中多出了兩個，我們拍照經幡旁的牧民，
我們估計他們離天堂較近他們的貢獻如雲團，

我們估計這裏離天空較遠這裏的能見度極佳。
我不想打聽他們的困難，我感到一陣滿足。
巴顏喀拉山口的冷清具有這顆星球的全部提醒。
和外地的忠告一樣，減少介入。玉樹而非內藏，
而是折衷，馬布芳沒錯，精華向結古鎮輻輳，
和尚抖擻法衣無限逛街，蟲草販子提著幾捆錢，
活佛的女兒從早晨結婚。幸運的是，預算解決，
我們住進玉樹賓館，少住一晚還不行。
我用兩副眼鏡看完螞蟻石。藏族退休幹部
舉止頗像我們，家中頗基本，老伴頗端正。
頭痛。我眯起眼睛和蒼蠅同吃一坨燒餅。
赤腳醫生就是好，帶我們繞過天葬臺和機場，
快到石渠邊界，解剖如何男人懶惰女人婦科。
二十五以下去上海和廣州，四十五以下成都，
以上拉薩和印度。磕頭，從物流的低岸開始。
我醒在失去。車中失去旁證我不能自信
山谷的空洞是真實的，這一忽然我不能自已。
在封閉的谷底，進入兩家合一的藏家，
聽磁帶（好大聲），吃乾肉（乾透的），看著他們
簡潔答問，我考證出來他們每一個都是我。
枯萎和深綠，長短是挑選的，穩定的高峰終年首肯。
我憋著冷汗，擔憂藏獒掙脫，過來驗收我的熱忱。
根據夜間降溫估計，他們的困頓不大不小，
與我的同樣專供依靠。這樣，我的工作結束，
任何地點都是世界的盡頭。也是世界的開頭，
他們繼續他們的折返，縱馬通過濕地檢閱承包。
不過這一個盡頭只是盡頭，記錄的自然的結尾。

2008

1960
莫非 作品

遺囑

生與死彷彿木橋與流水，相遇又錯過。這是命中註定的時刻。我沒有值得留下的遺產。連我的孩子也都在我的心中先後病死。我的最初的哭聲預言了我的一生。生存如此短暫，生活又是那樣漫長。忘掉我。我的墳前不要豎立墓碑。石頭會被風化。把我的祭日從掛曆上撕去。死亡如此清晰，生命卻是那樣模糊。人啊！你好像墳頭的輪廓！心啊！你彷彿墓穴的外景！至於我的葬禮需要開始那就開始好了。不要等我。真的，這是最後的請求。

1985

維特根斯坦

經受了烏合之眾的尖叫
但他害怕自己。一個幽靈
在哲學的園地上點亮樹木
機槍手背著與戰爭無關的筆記

繼續在火焰中勾畫天空
如同苦役犯，在被俘之前
邏輯就是他的監獄
終於逃走了。帶著迷宮的鑰匙

從山區小學到修道院
他傾聽詞典同植物的爭吵
世界的根基裂了縫，逼著他
上了建築工地。他開始清算

從前拋下的金子和瓦礫
付出比樓層更高的代價
他發現。他躲避。最後他說
他度過了如此美好的一生

1993

而且沒有徵兆

而且沒有徵兆。幸福的人更相信
幾片樹葉的脈絡。所有的不幸

就因為一切懷疑在先。那些蘋果
青的青紅的紅，誰也沒招惹誰

甚至節令的早晚，已經不能參照
愛與恨編織的簍子比諾言結實

屋頂上的草比屋頂結實。幸福的人
收拾書籍。彷彿天空被時間掏空

最初的藍，看著看著只剩下一片灰
過火的灌木林，給未來一個開端

大門的鎖沒用了。馬蹄鐵飛起來
幸福的人推著獨輪車，還在半路上

2008

偶然間的右上角

偶然間的右上角，積雪的右上角
比什麼都清澈，幾乎可以不比什麼

不比你也會知道，黃昏的小門墩兒
石頭的小獅子，泡桐和槐餵養著

對什麼都好奇。對什麼都對了
黑夜的臺階明月的屋簷，青的黃的

它們連接起來，像狗尾草的繩子
東面的窗東面亮，西邊的山西邊高

柏樹和柏樹的縫隙透著棗樹的枝椏
鏡子深處的鏡子，在濕潤中滑行

積雪彷彿一片酬勞，耽誤在路上
冬天有了門有了風也有了一串鈴鐺

2010

1961
李笠 作品

斯德哥爾摩的鴛鴦火鍋

大年初一。雪
停止給生活添加佐料。新買的火鍋唱著思鄉的民歌

「這是鴛鴦火鍋。鴛鴦是一種
形影不離的鳥
但它也叫陰陽火鍋，吃了可以滋陰……」
我向桌對面的妻子解釋。她微微一笑，像在看一則笑話

「這清白的，叫三鮮
這血紅的，叫麻辣」

「我不吃辣的！」她說
「我不吃辣的！」
「我不吃辣的！」
八歲的兒子和三歲的女兒跟著說

OK。選擇自由
你們可以吃不辣的，沒人強迫你們說漢語

同一個鍋，兩種語言
就像東西方文明
在地球兩邊

一種感覺：同床異夢
一對鴛鴦不能互相證明對方的悲歡
我說的是：怎樣與不吃麻辣的人分享麻辣的滋味？

打破界限？將它們混在一起？
但這樣就不再是陰陽，而是秦始皇的一統天下。專制
而這樣，厭惡血色的妻子
就會絕食；害怕麻辣的孩子就會嚎啕大哭

顧不上這些了。我把一塊麻辣鍋裏的豬肉
塞進嘴裏
「不用回國了！不用回國了！中國
就在這裏！
中國，就是這只縱情歡歌的火鍋！」

我往嘴裏又塞了一塊鮮美的豬肉

當然中國還有別的，比如長城。但現在
中國就是這只散發太陽熱的
火鍋
就是這讓我發熱發麻沉醉管它春夏與秋冬的冒煙的
太極圖

「我們井水不犯河水」
妻子突然冒出這麼一句
我如夢初醒。我手上血淋淋的勺子
正朝清湯伸去
煙霧浮出金髮碧眼，瞠目結舌的小孩
哦，你們要和我談西方人權？

但我很快冷靜下來。這熱鍋
不是中國。它是
麻和

辣
吃了讓你，一個中國人，覺得自己永遠而且僅僅是
一只貪吃的中國胃

來，嘗嘗這個！這是豆腐，中國的乳酪
不吃？
中國的豆腐是最好吃的！不吃？
不喜歡，但這個，這個叫
鴨血
中國人，尤其中國女人個個都愛吃鴨血
它是補血佳品，有「液體肉」之稱，適合
發育兒童，孕婦或哺乳期婦女。此外具有利腸通便……

你說什麼？噁心？
OK。那麼腐乳和芝麻醬
你們至少應該來一些， 要不然……
你皺眉。哦，你也不要。你說什麼，氣味怪異？
髒？像極權的
果實腐敗？

OK。選擇自由。我們現在是在一個
民主國家。但
我必須告訴你們
如果在中國你們
也這樣
那麼，不是侮辱
中國文化
也至少會挫傷中國人民的感情

井水不犯河水

他們吃著三鮮
我咀嚼麻辣世界打撈上來的牛肚。像推敲一行詩句

雪，又下了起來
雪天吃火鍋多美！火鍋
遠遠勝過油膩的法國菜單調的瑞典菜壽司義大利餡餅

「這是什麼？」
三歲的女兒
突然用走調的漢語問。她用叉子
指著盤子裏的年糕

「這是你，你哥哥，和你媽媽無法理解的中國！」

2007

病中想到父親

你也這樣躺著嗎？在晨光裏，和擴散的癌細胞
你翻身，剝一只橘子。天下著陰冷的雨
你看見月亮在挖你體內的墓……
我翻身。剝橘子。我多麼希望孩子能走來
並聽見「爸爸，你好了嗎？」的稚嫩的聲音
他們沒走入。他們從地下室
一直跑到閣樓。他們在捉迷藏。笑聲
從門縫擠入，天使的笑聲
你盯著牆——那是你生命最後的一夜
「父親臨死時還在等你！」姐姐說。那時
我正在紅海一月的沙灘上躺著，享受瑞典六月的陽光

2008

1961
駱一禾 作品

六月之歌

你看那些大飛翔裏的鳥群
它們低旋的翅膀
在長空中轉動著藍天的車輪
我停留在伐木場上
翹首南面　迎接純然的海風

原木破裂開來的巨響
好像一個黑人
　當原木轟然作響　鳥群們
在海水上撲動翅膀
白浪因此而更加飽滿
我被成塊地切開
掉落著尖利的　芳香的粉末
　　　粗糙的茬口
　　　被一陣風急速地抹淨

我愛那些起伏的鳥兒們
在海面上鳴叫
好像炎熱的夏天裏的玉米
我被晶瑩地切開，金黃的松脂
一塊塊地灑落四周
　　　一面飄揚的
在風中撕碎的旗子
翻動著那些永遠的鳥兒
它們歌聲敏銳　好像敏銳的海洋上
一隊狹長的唱針
撥著烈火的弦子　驕陽的弦子
風和我的弦子
光線靜默地渡過海面
我們如同明亮的渦輪，大樹的
葉片　依次上升
從茂林的冠頂
眺望著水邊的墓園：它
就像母親們擦拭過眼淚的手巾
伐木場上　我們的生活
像這個世界，像飛轉的鋸齒
不斷斫削著寶貴的青春
讓我們愛六月　讓時間在濃蔭裏
發出流逝的光芒

在晚霞如錦的時候
我洗淨雙手，走上瀕水大山
看松林在海風的撲襲中高高翻動
海面的響聲如同沉重的水銀
那是因為
六月在暗處，在天堂裏
回想起古時候廣大的帝國戰爭

1987

渡河

當年我隻身一人跋涉
我隻身一人渡河
石頭飄過面頰
向天空揮出水滴，有一些面頰
在空中默不作聲
時遠時近

我頭戴醴酒渡河
而今我又是
隻身一人
在青翠山梁上我看見淨土和影子
請容我在此坐下
懷念一會兒
激流變得更深

我已漸漸肅穆
聽水聲在石器外面激濺輾轉
白色羊皮淙淙滾動
一隻背糧的螞蟻
與我相識
放下身上的米粒
問我背著大地是否還感到平安

……呵　我感到熱風吹過面頰
烈日曬著平伏的傷口
在溫暖無邊的大地上回憶是這麼苛刻

1989

壯烈風景

星座閃閃發光
棋局和長空在蒼天底下放慢
只見心臟，只見青花
稻麥。這是使我們消失的事物
書在北方寫滿事物
寫滿旋風內外
從北極星辰的臺階而下
到天文館，直下人間
這壯烈風景的四周是天體
圖本和陰暗的人皮
而太陽上升
太陽作巨大的搬運
最後來臨的晨曦讓我們看不見了
讓我們進入滾滾的火海

1989

1961
吉狄馬加 作品

自畫像

風在黃昏的山崗上悄悄對孩子說話，
風走了，遠方有一個童話等著他。
孩子留下你的名字吧，在這塊土地上，
因為有一天你會自豪地死去。
——題記

我是這片土地上用彝文寫下的歷史
是一個剪不斷臍帶的女人的嬰兒
我痛苦的名字
我美麗的名字
我希望的名字
那是一個紡線女人
千百年來孕育著的
一首屬於男人的詩
我傳統的父親
是男人中的男人
人們都叫他支呷阿魯[1]
我不老的母親
是土地上的歌手
一條深沉的河流
我永恆的情人
是美人中的美人
人們都叫她呷瑪阿妞[2]
我是一千次死去
永遠朝著左睡的男人
我是一千次死去
永遠朝著右睡的女人
我是一千次葬禮開始後
那來自遠方的友情
我是一千次葬禮高潮時
母親喉頭發顫的輔音
這一切雖然都包含了我
其實我是千百年來
正義和邪惡的抗爭
其實我是千百年來
愛情和夢幻的兒孫
其實我是千百年來
一次沒有完的婚禮
其實我是千百年來
一切背叛
一切忠誠
一切生
一切死
啊，世界，請聽我回答
我—是—彝—人

1. 支呷阿魯，彝族創世史詩中傳說的英雄。
2. 呷瑪阿妞，彝族史詩中傳說的美女。

嘉那嘛呢石[1]上的星空

是誰在召喚著我們？
石頭，石頭，石頭
那神秘的氣息都來自於石頭
它的光亮在黑暗的心房
它是六字箴言的羽衣
它用石頭的形式
承載著另一種形式

每一塊石頭都在沉落
彷彿置身於時間的海洋
它的回憶如同智者的歸宿
始終在生與死的邊緣上滑行
它的傾訴在堅硬的根部
像無色的花朵
悄然盛開在不朽的殿堂
它是恒久的紀念之碑
它用無言告訴無言
它讓所有的生命相信生命
石頭在這裏
就是一本奧秘的書
無論是誰打開了首頁
都會目睹過去和未來的真相
這書中的每一個詞語都閃著光
雪山在其中顯現
光明穿越引力，藍色的霧靄
猶如一個飄渺的音階

每一塊石頭都是一滴淚
在它晶瑩的幻影裏
苦難變得輕靈，悲傷沒有回聲
它是唯一的通道
它讓死去的親人，從容地踏上
一條偉大的旅程
它是英雄葬禮的真正序曲
在那神聖的超度之後
山巒清晰無比，牛羊猶如光明的使者
太陽的贊詞淩駕於萬物
樹木已經透明，意識將被遺忘
此刻，只有那一縷縷白色的炊煙
為我們證實
這絕不是虛幻的家園
因為我們看見
大地沒有死去，生命依然活著
黎明時初生嬰兒的啼哭
是這片復活了的土地
獻給萬物最動人的詩篇

嘉那嘛呢石，我不了解
這個世界上還有沒有比你更多的石頭
因為我知道
你這裏的每一塊石頭
都是一個不容置疑的個體生命
它們從誕生之日起
就已經鐫刻著祈願的密碼

我真的不敢去想像
二十五億塊用生命創造的石頭
在獲得另一種生命形式的時候
這其中到底還隱含著什麼？

嘉那嘛呢石，你既是真實的存在
又是虛幻的象徵
我敢肯定，你並不是為了創造奇蹟
才來到這個世界
因為只有對每一個個體生命的熱愛
石頭才會像淚水一樣柔軟
詞語才能被微風千百次的吟誦
或許，從這個意義上而言
嘉那嘛呢石，你就是真正的奇蹟
因為是那信仰的力量
才創造了這超越時間和空間的永恆

沿著一個方向，嘉那嘛呢石
這個方向從未改變，就像剛剛開始
這是時間的方向，這是輪迴的方向
這是白色的方向，這是慈航的方向
這是原野的方向，這是天空的方向
因為我已經知道
只有從這裏才能打開時間的入口

嘉那嘛呢石，在子夜時分
我看見天空降下的甘露
落在了那些新擺放的嘛呢石上
我知道，這幾千塊石頭
代表著幾千個剛剛離去的生命
嘉那嘛呢石，當我矚望你的瞬間
你的夜空星群燦爛
莊嚴而神聖的寂靜依偎著群山
遠處的白塔正在升高
無聲的河流閃動著白銀的光輝
無限的空曠如同燃燒的凱旋
這時我發現我的雙唇正離開我的身軀
那些神授的語言
已經破碎成無法描述的記憶
於是，我彷彿成為了一個格薩爾傳人
我的靈魂接納了神秘的暗示

嘉那嘛呢石，請你塑造我
是你把全部的大海注入了我的心靈
在這樣一個藍色的夜晚
我就是一只遺忘了思想和自我的海螺
此時，我不是為吹奏而存在
我已是另一個我，我的靈魂和思想
已經成為了這片高原的主人
嘉那嘛呢石，請傾聽我對你的吟唱
雖然我不是一個合格的歌者
但我的雙眼已經淚水盈眶！

1.嘉那嘛呢石，即玉樹以嘉那命名的嘛呢石堆，石頭上均刻有藏族經文，其數量為藏區嘛呢石之最，據不完全統計，有二十五億塊嘛呢石。

1961
周亞平 作品

銀匠鋪子

叫聲師傅
打把鎖
送給我的妻子
顧紅柳

沒錯！

笑得只留下牙齒了。
哭得只留下眼睛了。
憂鬱得只留下臉了。
愛得只留下髒衣服了。

秘密花園

我和一群動物居住在一起
就我一個穿得乾乾淨淨。
它們走來走去
沒人嫌棄我的美麗。
遠處的烏雲走了，又來了
雷聲被壓抑著
總想在樓宇的縫隙中
尋求解放。
動物，走著
動物，走著
動物，還走著。

最後一隻大的動物
側臥在我的身旁，讓我用手
撫摸它冰涼的臉

1961
孟浪 作品

這一陣烏鴉刮過來

這一陣烏鴉刮過來
像紛飛的彈片。

我還是迎了上去
我的年輕的臉。

在這片土地上
我把剩下的最後一點勇敢用完。

我不帶一絲畏懼的眼瞳裏
只有小小的天空在盤旋。

這一陣烏鴉刮過來
像一片足夠用力的種子
在我身邊的土地上撒遍。

我是伏在土地上死去的農民
小小的天空在我頭頂盤旋
永不消散。

1989

當天空已然生銹

當天空已然生銹
我也終於用雙手摳出
一些雲的屍骸
這一夜，我將頭枕一朵白雲而眠。

紅太陽，愈來愈暗
紅領巾，無望地飄揚在舊時代
整個國家的紅藥水
淡得不能再淡──

有人向血庫又抬去幾臺吸泵
幾代人的動脈被統統切開。

山樑在抽搐、蠕動
我無法避開大地垂死者
擋在面前的脊背
啊，天上下起了數萬萬人的指甲蓋。

1993

1961
陳東東 作品

夏日之光

光也是一種生長的植物，被雨澆淋
入夜後開放成
我們的夢境

光也像每一棵芬芳的樹，將風收斂
讓我們在它的餘蔭裏
成眠

今晚我說的是夏日之光
雨已經平靜
窗上有一盆新鮮的石竹

有低聲的話語，和幾個看完球賽的姑娘
屋宇之下
她們把雙手伸進了夏天

她們去撫弄喧響的光，像撫弄枝葉
或者把花朵
安放在枕邊

她們的軀體也像是光，潤滑而黝黑
在盛夏的寂靜裏把我們
吸引

1986

雨中的馬

黑暗裏順手拿起一件樂器。黑暗裏穩坐
馬的聲音自盡頭而來
雨中的馬。

這樂器陳舊，點點閃亮
像馬鼻子上的紅色雀斑，閃亮
像樹的盡頭
木芙蓉初放，驚起了幾隻灰知更雀

雨中的馬也註定要奔出我的記憶
像樂器在手
像木芙蓉開放在溫馨的夜晚
走廊盡頭
我穩坐有如雨下了一天
我穩坐有如花開了一夜
雨中的馬。雨中的馬也註定要奔出
我的記憶
我拿過樂器
順手奏出了想唱的歌

時代廣場

細雨而且陣雨，而且在
鋥亮的玻璃鋼夏日
強光裏似乎
真的有一條時間裂縫

不過那不礙事。那滲漏
未阻止一座橋冒險一躍
從舊城區斑爛的
歷史時代，奮力落向正午

新岸，到一條直抵
傳奇時代的濱海大道
玻璃鋼女神的燕式髮型
被一隊翅膀依次拂掠

雨已經化入造景噴泉
軍艦鳥學會了傾斜著飛翔
朝下，再朝下，拋物線繞不過
依然鋥亮的玻璃鋼黃昏

甚至夜晚也保持鋥亮
晦暗是偶爾的時間裂縫
是時間裂縫裏稍稍滲漏的
一絲厭倦，一絲微風

不足以清醒一個一躍
入海的獵豔者。他的對像是
鋥亮的反面，短暫的雨，黝黑的
背部，有一橫曬不到的嬌人

白跡，像時間裂縫的肉體形態
或乾脆稱之為肉體時態
她差點被吹亂的髮型之燕翼
幾乎拂掠了歷史和傳奇

1998

桃花詩（寫給疼痛）

今天也已經變作往昔

——小林一茶

總有一枝不凋
憶想起，冷雨一鞭鞭
狂抽過後的椏杈之空

儘管空也能幻化桃花
腦穹窿下頑固的不凋
卻是被痙攣的思維

催生出疼痛
骨朵欲望的不止豔紅
不止開放般蔓延的血

這搖曳的不凋臆造
武陵人，緣溪忘路
曾經訪得完美的往昔

他的奇遇，有賴一瓣瓣
夢見了他的桃花之念
在你頭骨裏無眠著不凋

一枝所思又奈何武陵人
只一天盡享無限桃花
並不能死於淪喪時間的
好的絕境。武陵人於是
墜入此夜，重新忘路
斜穿大半座都市的憂愁

他站到一樹經不住冷雨
反復虐戀的烏有底下
承應你顱內

他的桃花
正因疼痛而一枝不凋
正因疼痛，你臆造他

為你去幻化
僅屬於你的無限桃花

2010

1961
韓東 作品

山民

小時候，他問父親
「山那邊是什麼」
父親說「是山」
「那邊的那邊呢？」
「山，還是山」
他不作聲了，看著遠處
山第一次使他這樣疲倦

他想，這輩子是走不出這裏的群山了
海是有的，但十分遙遠
他只能活幾十年
所以沒等到他走到那裏
就已死在半路上
死在山中

他覺得應該帶著老婆一起上路
老婆會給他生個兒子
到他死的時候
兒子就長大了

他不再想了
兒子也使他很疲倦
他只是遺憾
他的祖先沒有像他一樣想過
不然，見到大海的該是他了

有關大雁塔

有關大雁塔
我們又能知道些什麼
有很多人從遠方趕來
為了爬上去
做一次英雄
也有的還來做第二次
或者更多
那些不得意的人們
那些發福的人們
統統爬上去
做一做英雄
然後下來
走進這條大街
轉眼不見了
也有有種的往下跳
在臺階上開一朵紅花
那就真的成了英雄
當代英雄
有關大雁塔
我們又能知道什麼
我們爬上去
看看四周的風景
然後再下來

甲乙

甲乙二人分別從床的兩邊下床
甲在繫鞋帶。背對著他的乙也在繫鞋帶
甲的前面是一扇窗戶，因此他看見了街景
和一根橫過來的樹枝。樹身被牆擋住了
因此他只好從剛要被擋住的地方往回看
樹枝，越來越細，直到末梢
離另一邊的牆，還有好大一截
空著，什麼也沒有，沒有樹枝、街景
也許僅僅是天空。甲再（第二次）往回看
頭向左移了五釐米，或向前
也移了五釐米，或向左的同時也向前
不止五釐米，總之是為了看得更多
更多的樹枝，更少的空白。左眼比右眼
看得更多。它們之間的距離是三釐米
但多看見的樹枝都不止三釐米
他（甲）以這樣的差距再看街景
閉上左眼，然後閉上右眼睜開左眼
然後再閉上左眼。到目前為止兩只眼睛
都已閉上。甲什麼也不看。
甲繫鞋帶的時候
不用看，不用看自己的腳，先左後右
兩只都已繫好了。四歲時就已學會
五歲受到表揚，六歲已很熟練
這是甲七歲以後的某一天，
三十歲的某一天或
六十歲的某一天，
他仍能彎腰繫自己的鞋帶
只是把乙忽略得太久了。這是我們
（首先是作者）與甲一起犯下的錯誤
她（乙）從另一邊下床，面對一只碗櫃
隔著玻璃或紗窗看見了甲所沒有看見的餐具
為敘述的完整起見還必須指出
當乙繫好鞋帶起立，流下了本屬於甲的精液

溫柔的部分

我有過寂寞的鄉村生活
它形成了我生活中溫柔的部分
每當厭倦的情緒來臨
就會有一陣風為我解脫
至少我不那麼無知
我知道糧食的由來
你看我怎樣把清貧的日子過到底
並能從中體會到快樂
而早出晚歸的習慣
撿起來還會像鋤頭那樣順手
只是我再也不能收穫些什麼
不能重複其中每一個細小的動作
這裏永遠懷有某種真實的悲哀
就像農民痛哭自己的莊稼

1962
海男 作品

我像一隻野狐

再試一試我是如何變瘋的
繫著腰帶的影子，猛烈地迷失在廣場
或者西南方向的原始森林地帶
就像被一隻野狐訓練出了狂野的技能

利用爪子去觸摸，利用皮毛去溫柔地碰撞
利用牙齒隱藏帶毒的語詞；利用血液和骨頭間的
相互疼痛作出偽證；利用手、腳、頸之間的糾纏
然後再利用一隻野狐完整的身體去跳躍

我是時間，我也是時間中奔跑的狐
這是我狂野的一剎那間，因為赴約我會
失去將來的生，我在你面前變瘋的時間越長
我就失去了返回原始森林地帶的時間

親愛的黑麋鹿觸碰著我

在峽谷的底部，霧氣氤氳
夜復一夜，又到了我從死亡中復活的前一夜
親愛的黑麋鹿觸碰著我
展開了我四肢，從頭至尾親吻我的憂傷

像是觸碰到我的骨頭
那些不可以用柔軟征服的堅硬
可以在柔軟中折斷；像是觸碰到了我的血液
我像蘆葦似晃動，倒地，獲得了永恆的再生

像是撕開了清晨的窗幔
那些濃蔭覆蓋的冠頂多麼深不可測
親愛的黑麋鹿觸碰著我
膝頭以下的那些縱橫出去的詩篇

一天午夜，親愛的黑麋鹿觸碰著我
最漫長的一次長泣，在峽谷的底部

你給予了我狂野的姿態

從頭到腳，我都是你的詩人
那些放縱過我的時間，因你而開始節制
我懂得節制是在吻你的時候
在瀾滄江邊的火焰中翻滾著牛皮紙的時刻

我懂得節制的愛你，猶如我放慢的腳步
慢，多麼奢侈的等待，在越來越慢的時刻
你給予了我狂野的姿態，從瀾滄江的波浪中
翻滾出去，在波濤的中間，我們緩慢的接吻

最美的狂野姿態，似乎帶著神諭
可以帶給在祭祀中破碎中的一只陶罐
噢，一只愛巢，被候鳥們棲居過
我們進去了，我們到了裏面，在最深的尺度中相愛

親愛的，在最深的瀾滄江的深淵中
我們愛著，在波濤中，在水和血液的尺度中消失

1962
楊黎 作品

撒哈拉沙漠上的三張紙牌

一張是紅桃K
另外兩張
反扣在沙漠上
看不出是什麼
三張紙牌都很新
它們的間隔並不算遠
卻永遠保持著距離
猛然看見
像是很隨便的
被丟在那裏
但仔細觀察
又像精心安排
一張近點
一張遠點
另一張當然不近不遠
另一張是紅桃K
撒哈拉沙漠
空洞而又柔軟
陽光是那樣的刺人
那樣發亮
三張紙牌在太陽下
靜靜地反射出
幾圈小小的
光環

冷風景

獻給阿蘭・羅布
——格裏葉

這條街遠離城市中心
在黑夜降臨時
這街上異常寧靜

這會兒是冬天
正在飄雪

這條街很長
街兩邊整整齊齊地栽著
法國梧桐
（夏天的時候梧桐樹葉將整條整條街
全都遮了）

這會兒是冬天
梧桐樹葉
早就掉了

街口是一塊較大的空地
除了兩個垃圾箱外
什麼也沒有

雪
已經下了好久
街兩邊的房頂上

結下了薄薄一層
街兩邊全是平頂矮房
這些房子的門和窗子
在這個時候
全部緊緊關著

這時還不算太晚
黑夜剛好降臨

雪繼續下著
這些窗戶全貼上厚厚的報紙
一絲光線也透不出來

這是一條死街
街的盡頭是一家很大的院子
院子裏有一幢
灰色的樓房
天亮後會看見
黑色高大的院門
永遠關著

站在外面
看得見灰色樓房的牆灰脫落
好像窗戶都爛了
都胡亂敞開

院子圍牆上已經長了許多草

夜晚月亮照著
沒有一點反光

灰色樓房高高的尖頂
超過了這條街所有的
法國梧桐
（緊靠樓房的幾間沒有人住
平時也沒有誰走近這裏）

這時候卻有一個人
從街口走來

深夜時
街右邊有一家門突然打開
一股黃色的光
射了出來
接著「嘩」的一聲
一盆水潑到了街上

門還未關上的那一剎
看得見地上冒起
絲絲熱氣
最後門重新關死
雪繼續下著
靜靜的

這是條很長很長的街

沒有一盞路燈
異常的黑

記得夏天的晚上
街兩邊的門窗全都打開
許多黃光白光射出來
樹影婆娑
（夏天的晚上
人們都坐在梧桐樹下散涼）

夏天的中午
街口樹蔭下面
站著一位穿白色連衣裙的少女
（風微微一吹
白色連衣裙就飄動起來）
這會兒是冬天
正在飄雪

忽然
「嘩啦」一聲
不知是誰家發出

接著是粗野的咒罵
接著是女人的哭聲
接著是狗叫
（狗的叫聲來得挺遠）

有幾家門悄悄打開
射出黃光、白光
街被劃了好些口子
然後，門又同時
悄悄關上

過了好一會兒
狗不叫了
女人也不哭了
罵聲也停止了
雪繼續下著
靜靜的

這時候卻有一個人
從街口走來

當然
秋天不會有
秋天如果有人在這個時候走來
腳踏在滿街的落葉上
聲音太響

這會兒是冬天
正在飄雪

雪雖然飄了一個晚上
但還是薄薄一層
這條街是不容易積雪的

天還未亮
就有人開始掃地

那聲音很響
沙、沙、沙

接著有一兩家打開門
燈光射了出來

天快亮的時候
送牛奶的在外面喊
拿牛奶了

接著是這條街最熱鬧的時候
所有的門都打開
許多人都推著自行車
呵著氣
走向街口

這個時候
只有街的盡頭
依然沒有響動

天全亮後
這條街又恢復了夜晚的樣子
天全亮之後
這街上寧靜看得清楚
這時候有一個人
從街口走來
（穿一身紅色滑雪衫）

冬天

秋天是滿街落葉
春天樹剛長葉子
夏天樹葉遮完了這整條街

但這會兒是冬天
雖然雪停了
這會兒依舊是冬天

這會兒雖是冬天
但有太陽
街盡頭院子裏的灰色樓房
被太陽照著

這是一條很長很長的街
兩邊所有的房子
都死死地關著
這是一條很靜很靜的街

天全亮後
這條街又恢復了夜晚的樣子

天全亮之後
這條街上寧靜看得清楚

這時候
有一個人
從街口走來

1962
馬鈴薯兄弟 作品

年初二致洗塵

我在江南的角落發短信
窗外的陽光可亮了
它從一陣風中透過來
風走了
陽光還在

我往肇源發短信
肇源，北方之北
電視上說零下24度

地上有路嗎
天上有路嗎
我忽然擔心
這些飛在天上的文字
會因為嚴寒
而像一隻隻鳥
凍僵
雪粒一樣
掉下來

這些天
一直沒有你的消息
兄弟
你還好麼？

2010

兩個流浪的少年

少男用石塊把少女砸死
並把她藏在報紙下
在城北
那個低濕的橋洞

他十六歲
滿臉灰塵
洗淨後露出單純和惶然
他說
那個十五歲的女孩是他的老婆

——那你為什麼要砸死她？
——因為她的嘴太臭
——嘴臭就該被殺死嗎？
——不是的
　　　她老罵俺的娘
　　　她怎麼能罵俺娘
　　　俺娘又沒得罪她

事實是
他娘的確沒得罪那個姑娘
因為他五歲以後
再也沒見過自己的母親

2005

水果店的黃昏

水果店的老闆娘
又在擦拭她的柳丁
她挨個擦拭
動作
溫柔而優美
像在重溫
一種失落已久的
手上的感覺

她眼神渺遠
眼睛越過柳丁
的金光
感到有什麼
在皮膚內外
開始滾動

她擦拭柳丁
直到果皮乾澀
在黃昏的灰光下
發出引誘　而
甜蜜的氣息

她把最光潔
最圓潤的
放在最上面
然後
關上店門
身影
消失在寒冷
與黑暗中

1999

1962
唐亞平 作品

黑色眼淚

是誰家的孩子在廣場上玩球
他想激發我的心在大地上彈跳
彈跳著發出空撲撲的響聲
誰都像球一樣在地球上滾來跳去
我沒想到上帝創造了這麼多人
我沒想到這麼多人只創造了一個上帝
每個人都像上帝一樣主宰我
是誰懶洋洋地君臨又懶洋洋地離去
在破瓷碗的邊緣我沉思了一千個瞬間
一千個瞬間成為一夜
黑色寂寞流下黑色眼淚
傾斜的暮色倒向我
我的雙手插入夜
好像我的生命危在旦夕
對死亡我不想嚴陣以待
我憂慮萬分
我想扔掉的東西還沒有扔掉

1985

主婦

我的腰變粗，嗓門變大
一口碎牙咬破世界
嘮叨是家常便飯，有滋味
銀鐲子會耍手腕
圈子和圈子彼此壓扁，彼此無關
繫一條不乾不淨的圍裙
就該我繞著鍋邊轉
我鼠目寸光，兒女情長

雞毛蒜皮的事，說不盡做不完
唯有平庸使好日子過得長久
明天的明天會裝進罈罈罐罐
就這樣活到底

人能幹什麼
我們修房子，然後進進出出
我們造船開路，然後來來回回
我們壘砌臺階，然後上上下下
活一天算一天，折騰一生
腳趾甲的直覺沒錯

沒有我，你們何處安身
家是末日的土地
我在家裏出生人死
寸土不讓，寸土必爭
一堆散架的筆劃圍攏來
如墓穴裏散亂的骨頭
我把你們圍攏來，圍成家園

1988

自白

我有我的家俬
我有我的樂趣
有一間書房兼臥室
我每天在書中起居
和一張白紙悄聲細語
我聆聽筆的訴泣紙的咆哮
在一個字上嘔心瀝血
我觀看紙的笑容
蒼老的笑聲一片空寂

一張紙漂進河流
一張紙飄上雲空
此時我亮出雙掌
十個指頭十個景致
唯我獨有的符號洩露天機
十隻透明的指甲在門上舞蹈
我生來就不同凡響
我的皮膚是紙的皮膚
被山水書寫

我的臉紙一樣蒼白
我的表情漫不經心
隨手拋灑紙屑
一隻赤腳踏進草地
揮霍夢中的仙境
紙糊的面具狂笑不已
它已猜出紙上的謎語

我有一間書房兼臥室
窗上的月亮是我的家俬
我天生一張白紙
期待神來之筆
把我書寫
我有我的樂趣
我的天堂在一張紙上
我尋求神的聲音鋪設階梯
鋪平一張又一張白紙
抹去漢字的皺紋
在語言的荊棘中匍匐前行

1989

1962
林雪 作品

蘋果上的豹

有些獨自的想像，能夠觸及誰的想像？
有些獨自的夢能被誰夢見
一個黑暗的日子，帶來一會兒光

舞臺上的人物被頂燈照亮
一個懸空的中心，套著另一個中心
火苗的影子，掀起一隻巨眼

好戲已經開場。進入洞窟的人
睜大眼鏡睡眠。在睡眠中生長
三百年的夢境，醒來
和一條狗一起在平臺上依次顯現

一個點中無限奔逃的事物
裹挾著那匹豹。一匹豹
金屬皮上黃而明亮的顏色
形成回環。被紅色框住

一匹豹是人的屬性之一
在稠密的海水之上行走
水下的人群、礦脈、煙草的氣味
這樣透明而舒適。一些幽魂
火花飛濺的音樂還在繼續

我怎樣才能讀懂那些玫瑰上的字句
一只結霜的蘋果，想起無窮無盡
使我在一個夢裏醒來
或重新沉入另一次睡眠
這已經無關緊要

讚美這些每日常新的死亡
在一個時間裏，得到一個好運
在另一個時刻觀看豹
與蘋果。香氣無窮無盡

1987

一首詩有沒有前世？

一首詩有沒有自己的時間？
紀元意義的，或地質意義的時間？
一首詩有沒有自己的原子？
有沒有花？纖維？細胞或灰塵？

一首詩有沒有在河水兩次

漫上坡地的空當裏容身？
一首詩內部的石灰岩
有沒有結構了歷史？時間正在流逝

一首詩風化後，它的碎片
有沒有沐浴過雨水。有沒有
重生出一朵花？一朵花

有沒有結成榛果？一枚榛果
有沒有被一隻獾吃掉？

一隻獾，有沒有被獵人射中？

一首詩有沒有像鈣質沉澱到
獵人的骨頭裏。一首詩，有沒有
經歷了狩獵和農耕？有沒有

記錄饑饉或盛宴的年代？
有沒有革命？有沒有和流浪
或安居的人們一起祝禱？
直到獵人死去。一首詩有沒有
重新回到土地裏？一首詩也會靜靜腐爛
她析出的養分，有沒有
被一棵苜蓿草吸吮？
現在，我看見一首詩附在
赫圖阿拉草場一片最小的葉子上
葉子下有一枚鳥蛋。一首詩覆蓋了
完美的事物。這事物也許是蛋
也許是一處最為樸素的陰影

一首詩有沒有盡情地生活過？
有沒有經常的死去？一首詩
有沒有經常的遺忘？然後
重回到我們手上，再一次出生？

在甜美的白樺街你愛我的日子

我們並肩躺在公園深處一個破舊的長椅上
一隻螞蟻拖著一小片陰影
爬過你的肩胛。我用你的凹處來書寫
心血來潮的句子。咳！命運的暴雨總是
打濕我的書桌，沖走我的筆

你說，就寫在我胸口上吧！
趁它還溫熱
趁它還有力氣
把它當做一塊海難後的礁石

白樺街的街頭，一個最寧靜的部份
超音速飛機正飛過她的上空
一個穿白色襯衣的女子
向天空撒出一小片紙屑
她的身姿如此富有活力，又
如此哀豔動人

春風一年年把晾在繩子上的衣服吹乾
如今，那些微小的東西何在？
那身影和眼淚？那詩句
那承諾，那沙粒，和那塵埃？

2011

1962
龐培 作品

雨中曲

我在黃昏時到達
在另一個地方回想
邊回想邊到達
淋著雨
雨是真實的
我乘的車，桌子、椅子
我到達時的眼神
是真的
我聽見了雨聲。聽見
自己在世上到達的聲音
與你見面
這一切在我生命中
有如珍貴的童年
有如屋頂的微塵
我曾親見這一奇蹟
我曾在遙遠的地方
在遙遠的年代
與你擁抱
（哦！那到達的心跳、體溫……）
曾在一個落雨的黃昏
在雨中到達

長江

這裏
一滴水是我的出生地，
這裏的水流
擴展到我全身，
每一寸肌膚都有無數港灣、沉船；
錨鏈從我血管中「軋軋」升起，
帶上江底的污泥——

岩石變成漩渦，
波濤深入夢境。岸上吊臂
存放我久遠年代裏的呼喊——
渡輪離岸時的霜跡
染白了窗戶

而夕陽像一隻凝視著我出生地的眼球，
在朦朧、水天一色的遠方
慢慢剪斷它身下的臍帶……
（——痛苦的夜，湧向我的喉嚨！）
周圍藍色的江面
像血一樣噴湧出我不快的往昔，
我在陸地上的身世，
我古怪的童年。

1998

死亡片刻

我走到陌生人中間
吃飽飯
在一家街頭速食店
在店門口
曬太陽，聽店堂後面的蒸汽
油鍋吱吱響
十二月的寒流經過
我把頭放到吃光了的餐盤上
在油膩的地磚地，看了一會
兩名窮人家的小孩，亮晃晃
愜意的打鬧
此地沒有人認識我
我很好地享受了我的死亡

2004

往事

我曾在一間陰暗的舊宅
等女友下班回來
我燒了幾樣拿手的小菜
有她歡喜吃的小魚、豆芽
我用新鮮的青椒
做嗆口的佐料
放好了倆人的碗筷
可是——歲月流逝
周圍的夜色搶在了親愛的人的
腳步前面

如今
在那餐桌另一頭
只剩下漫漫長夜
而我的手上還能聞到
砧板上的魚腥氣……
我趕緊別轉過臉
到廚房的水池，摸黑把手洗淨

2003

1962

陸憶敏 作品

美國婦女雜誌

從此窗望出去
你知道，應有盡有
無花的樹下，你看看
那群生動的人

把髮辮繞上右鬢的
把頭髮披覆臉頰的
目光板直的、或譏誚的女士
你認認那群人，一個一個

誰曾經是我
誰是我的一天，一個秋天的日子
誰是我的一個春天和幾個春天
誰？曾經是我

我們不時地倒向塵埃或奔來奔去
挾著詞典，翻到死亡這一頁
我們剪貼這個詞，刺繡這個字眼
拆開它的九個筆劃又裝上

人們看著這場忙碌
看了幾個世紀了
他們誇我們幹得好，勇敢、鎮定
他們就這樣描述

你認認那群人
誰曾經是我
我站在你跟前
已洗手不幹

年終

記住這個日子
等待下一個日子
在年終的時候
發現我在日子的森林裏穿梭
我站在憂愁的山頂

正為應景而錯
短小的雨季正飄來氣息
沉著而愉快地
在世俗的領地飛翔
一生中我難免

點燃一盞孤燈
照亮心中那些字
在霧中升騰，被陽光熔化
彷彿黑木的梳子，燃妝臺
吞吐藍幽幽的火舌

到正午，空氣也充滿奇蹟
犧牲的激情再度君臨
無邊的山谷、廣場，那時
詩產生，傳播瘟疫

皇帝哥哥，孩子們鞭打的
陀螺，為言辭的確切受苦
在他的臉上，我讀出了
今天可怕的事實

因為流去的水，會流回來
逝去的靈魂，會再回轉
花瓶會破裂，在黃昏
在一千四百年後

出梅入夏

在你的膝上曠日漂泊
遲睡的兒子彈撥著無詞的歌
陽臺上閒置了幾顆灰塵
我閉上眼睛
撫摸懷裏的孩子
這幾天　正是這幾天
有人密謀我們的孩子

夜深人靜
誰知道某一張葉下
我儲放了一顆果實
誰知道某一條裙衣裏
我暗藏了幾公頃食物
誰知道我走出這條街
走出乘涼的人們
走到一個地方
蹲在歡快的水邊
裹著黑暗絮語　笑　哭泣
直到你找來
抱著我的肩一起聽聽兒子
咿嘰嘎啦的歌
並抱著我的肩回家

這一如常人夢境
這一如陽臺上靜態的灰塵
我推醒你
趁天色未明
把兒子藏進這張紙裏
把薄紙做成魔匣

1962
王寅 作品

想起一部捷克電影想不起片名

鵝卵石街道濕漉漉的
布拉格濕漉漉的
公園拐角上姑娘吻了你
你的眼睛一眨不眨
後來面對槍口也是這樣
黨衛軍雨衣反穿
像光亮的皮大衣
三輪摩托駛過
你和朋友們倒下的時候
雨還在下
我看見一滴雨水與另一滴雨水
在電線上追逐
最後掉到鵝卵石路上
我想起你
嘴唇動了動
沒有人看見

靠近

我終於得以回憶我的國家
七月的黃河
毀壞了的菁華

為了回憶秋天，我們必須
再一次經過夏天
無法預料的炎熱的日子
我們開始死亡的時節

必須將翅膀交給馭手
將種子交給世界
像雨水那樣遷徙
像蜥蜴那樣哭泣
像鑰匙那樣
充滿淒涼的寓意

我終於得以回憶我的國家
我的麂皮手套和
白色風暴
已無影無蹤

送斧子的人

送斧子的人來了
斧子來了

低飛的繩索
緩緩下降的磚瓦木屑
在光榮中顫慄
送斧子的人來了
斧子的微笑
一如四季的輕轉

歲月的肌膚
被抹得油亮

被繩索鎖住的嗚咽
穿過恐懼
終於切開夜晚的鏡面

送斧子的人來了
斧子被歌曲中斷在它的使命中

送斧子的人來了
我們的頭來了

1962～2010
張棗 作品

鏡中

只要想起一生中後悔的事
梅花便落了下來
比如看她游泳到河的另一岸
比如登上一株松木梯子
危險的事固然美麗
不如看她騎馬歸來

面頰溫暖
羞慚。低下頭，回答著皇帝
一面鏡子永遠等候她
讓她坐到鏡中常坐的地方
望著窗外，只要想起一生中後悔的事
梅花便落滿了南山

何人斯

究竟那是什麼人？在外面的聲音
只可能在外面。你的心地幽深莫測
青苔的井邊有棵鐵樹，進了門
為何你不來找我，只是溜向
懸滿乾魚的木樑下，我們曾經
一同結網，你鍾愛過跟水波說話的我
你此刻追蹤的是什麼？
為何對我如此暴虐

我們有時也背靠著背，韶華流水
我撫平你額上的皺紋，手掌因編織
而溫暖；你和我本來是一件東西
享受另一件東西；紙窗、星宿和鍋
誰使眼睛昏花
一片雪花轉成兩片雪花
鮮魚開了膛，血腥淋漓；你進門
為何不來問寒問暖
冷冰冰地溜動，門外的山丘緘默

這是我鍾情的第十個月
我的光陰嫁給了一個影子
我咬一口自己摘來的鮮桃，讓你
清潔的牙齒也嘗一口，甜潤的
讓你也全身膨脹如感激
為何只有你說話的聲音
不見你遺留的晚餐皮果
空空的外衣留著灰垢
不見你的臉，香煙嫋嫋上升——
你沒有臉對人，對我？
究竟那是什麼人？一切變遷
皆從手指開始。伐木叮叮，想起
你的那些姿勢，一個風暴便灌滿了樓閣
疾風緊張而突兀
不在北邊也不在南邊
我們的甬道冷得酸心刺骨

你要是正緩緩向前行進
馬匹悠懶，六根轡繩積滿陰天
你要是正匆匆向前行進
馬匹婉轉，長鞭飛揚

月開白花，你逃也逃不脫，
你在哪兒休息
哪兒就被我守望著。你若告訴我
你的雙臂怎樣垂落，我就會告訴你
你將怎樣再一次招手；你若告訴我
你看見什麼東西正在消逝
我就會告訴你，你是哪一個

父親

1962年，他不知道該怎麼辦。他，
還年輕，很理想，也蠻左的，卻戴著
右派的帽子。他在新疆餓得虛胖，
逃回到長沙老家。他祖母給他燉了一鍋
豬肚蘿蔔湯，裡邊還漂著幾粒紅棗兒。
室內燒了香，香裏有個向上的迷惘。

這一天，他真的是一籌莫展。
他想出門遛個彎兒，又不大想。

他盯著看不見的東西，哈哈大笑起來。
他祖母遞給他一支煙，他抽了，第一次。
他說，煙圈彌散著「咄咄怪事」這幾個字。
中午，他想去湘江邊的橘子洲頭坐一坐，
去練練笛子。
他走著走著又不想去了，
他沿著來路往回走，他突然覺得
總有兩個自己，
一個順著走，
一個反著走，
一個坐到一匹錦繡上吹歌，而這一個，
走在五一路，走在不可泯滅的真實裏。

他想，現在好了，怎麼都行啊。
他停下。他轉身。
他又朝橘子洲頭的方向走去。
他這一轉身，驚動了天邊的一只鬧鐘。
他這一轉身，搞亂了人間所有的節奏。
他這一轉身，一路奇妙，也
變成了我的父親。

燈芯絨幸福的舞蹈

1
「它是光」，我抬起頭，馳心
向外，「她理應修飾。」
我的目光注視舞臺，
它由各種器皿搭就構成。
我看見的她，全是為我
而舞蹈，我沒有在意

她大部分真實。臺上
鑼鼓喧天，人群熙攘；
她的影兒守捨身後，
不像她的面目，襯著燈芯絨
我直看她姣美的式樣，待到
天涼，第一聲葉落，我對

近身的人士說；「秀色可餐。」
我跪下身，不顧塵垢，
而她更是四肢生輝。出場
入場，聲色更達；變幻的器皿

模稜兩可；各種用途之間
她的燈芯絨磨損，陳舊。

天地悠悠，我的五官狂蹦
亂跳，而舞臺，隨造隨拆。
衣著乃變幻：「許多夕照後
東西會越變越美。」
我站起，面無愧色，可惜
話聲未落，就聽得一聲歎喟。

2
我看到自己軟弱而且美，
我舞蹈，旋轉中不動。

他的夢，夢見了夢，明月皎皎，
映出燈芯絨——我的格式
又是世界的格式；
我和他合一舞蹈。

我並非含混不清，
只因生活是件真事情。
「君子不器」，我嚴格，
卻一貫忘懷自己，
我是酒中的光，
是分幣的企圖，如此嫵媚。

我更不想以假亂真；
只因技藝純熟（天生的）
我之於他才如此陌生。
我的衣裳絲毫未改，
我的影子也熱淚盈盈，
這一點，我和他理解不同。

我最終要去責怪他。
可他，不會明白這番道理，
除非他再來一次，設身處地，
他才不會那樣挑選我
像挑選一只鮮果。
「唉，遺失的只與遺失者在一起。」
我只好長長歎息。

生於60年代——兩岸詩選
大陸詩人

1962
丁當 作品

房子

你躲在房子裏
你躲在城市裏
你躲在冬天裏
你躲在自己的黃皮膚裏
你躲在吃得飽穿得暖的地方
你在沒有時間的地方
你在不是地方的地方
你就在命裏註定的地方
有時候饑餓
有時候困倦
有時候無可奈何
有時候默不作聲
或者自己動手做飯
或者躺在床上不起

或者很衛生很優雅的出恭
或者看一本傷感的愛情小說
給爐子再加一塊煤
給朋友寫一封信再撕掉
翻翻以前的日記沉思冥想
翻翻以前的舊衣服套上走幾步
再坐到那把破木椅上點支煙
再喝掉那半杯涼咖啡
拿一張很大的白紙
拿一盒彩色鉛筆
畫一座房子
畫一個女人
畫三個孩子
畫一桌酒菜
畫幾個朋友
畫上溫暖的顏色
畫上幸福的顏色
畫上高高興興
畫上心平氣和
然後掛在牆上
然後看了又看
然後想了又想
然後上床睡覺

1984

與一個陽臺的距離

對面的陽臺常常發出一種聲音
我伸出腦袋卻無處可尋
懷疑這聲音起自我的內心
回頭看看仍空無一物

這是八月的一個無雨的日子
我站著，酷似啤酒瓶的形狀
一有動靜，就豎起兩只耳朵
彷彿意外的東西就要降臨

一個陽臺被安放在我的對面
之間的距離讓我感受到它的樣子
剛剛發生過什麼的樣子
即將要發生什麼的樣子

對它的一切，我無能為力
甚至我像是另一個陽臺
一個光滑的少女在上邊進進出出
我僅僅能猜想她可能發出了什麼聲音
其餘的一切都藏而不露
無雨的空氣沉悶、不安
對面的陽臺上露出柔美的胳膊
聽聽，究竟是什麼聲音

1963
陳陟雲 作品

夢囈

當是某生某世。一個春意酣然的下午
松間竹影，一幢回形的房子，庭榭環繞
我只走一側
桃花在遠處於開與未開之間被我移入腦中
光照曖昧，萬年青的葉子晃動
彷彿一晃萬年

我和你的相遇這一回該不是夢囈了吧
婢女款款而至
但時間的密碼遺落在歷代，牆牆林立
銅鏡悲情而嘶啞
一尊光滑的柱子，被刻上難懂的圖案
失憶總是常態
我的體內，在期待之中盛開溫暖的年輪

言辭氾濫的年代，
敘述只為某種無從把握的情緒
你我之間，水面遼闊，安靜而透明
只有虛構寒光凜冽
只有流水擦亮憂傷
一生何其短暫，一日何其漫長

2007

事物的確定性

「事物的性質在於其確定性，」
你說這話時，風塵僕僕，活脫脫的一陣風
撲在我懷裏。
面容如此確切，嘴角的絨毛清晰可見
甚至心跳的節奏也是確定的。
但誰能摟住一陣風？
轉身之處，我在空無一人的草地
撿起一枚葉子，如捏住一條想像的線索
虛構的形影無法觸摸

事實上，形影無需虛構，形體更無需
你來時，總是循著葉脈，走進我的血管
每一滴血液，都是你的形體
就像你從每一只酒杯上拍攝到我的形體一樣
當然，酒杯可以是不存在的
正如夜晚的不存在，甚至你，或我的不存在
酒精是一群鱗光四射的魚
游離在言辭與言辭之間的幻景
「沒有幻景，」
你嘮起嘴，目光狡黠而堅定：
「事物的性質就在於沒有幻景的確定性！」

2010

1963
李亞偉 作品

中文系

中文系是一條撒滿鉤餌的大河
淺灘邊，一個教授和一群講師正在撒網
網住的魚兒
上岸就當助教，然後
當屈原的秘書，當李白的隨從
當兒童們的故事大王，然後，再去撒網

有時，一個樹樁船的老太婆
來到河埠頭——魯迅的洗手處
攪起些早已沉滯的肥皂泡
讓孩子們吃下。一個老頭
在講桌上爆炒《野草》的時候
放些失效的味精
這些要吃透《野草》的人
把魯迅存進銀行，吃他的利息

在河的上游，孔子仍在垂釣
一些教授用成綹的鬍鬚當釣線
以孔子的名義放排鉤釣無數的人
當鐘聲敲響教室的階梯
階梯和窗格蕩起夕陽的水波
一尾戴眼鏡的小魚還在獨自咬鉤

當一個大詩人率領一夥小詩人在古代寫詩
寫王維寫過的那些石頭
一些蠢鯽魚或一條傻白鰱
就可能在期末漁汛的尾聲
挨一記考試的耳光飛跌出門外

老師說過要做偉人
就得吃偉人的剩飯背誦偉人的咳嗽
亞偉想做偉人
想和古代的偉人一起幹
他每天咳著各種各樣的聲音從圖書館
回到寢室

一年級的學生，那些
小金魚小鯽魚還不太到圖書館
及茶館酒樓去吃細菌，常停泊在教室或
老鄉的身邊，有時在黑桃Q的桌下
快活地穿梭

詩人胡玉是個老油子
就是溜冰不太在行，於是
常常踏著自己的長髮溜進
女生密集的場所用鰓
唱一首關於晚風吹了澎湖灣的歌
更多的時間是和亞偉
在酒館的石縫裏吐各種氣泡

二十四歲的敖歌已經
二十四年都沒寫詩了
可他本身就是一首詩
常在五公尺外愛一個姑娘

節假日發半價電報
由於沒記住韓愈是中國人還是蘇聯人
敖歌悲壯地降下了一年級，他想外逃
但他害怕爬上香港的海灘會立即
被員警抓去考古漢語

萬夏每天起床後的問題是
繼續吃飯還是永遠不再吃了
和女朋友賣完舊衣服後
腦袋常吱吱地發出喝酒的信號
他的水龍頭身材裏拍擊著
黃河憤怒的波濤，拐彎處掛著
尋人啟示和他的畫夾

大夥的拜把兄弟小綿陽
花一個月讀完半頁書後去食堂
打飯也打炊哥
最後他卻被蔣學模主編的那枚深水炸彈
擊出淺水區
現已不知餓死在哪個遙遠的車站

中文系就是這麼的
學生們白天朝拜古人和王力和黑板
晚上就朝拜銀幕或很容易地
就到街上去鳳求凰兮
這顯示了中文系自食其力的能力
亞偉在露水上愛過的那醫專
的桃金娘被歷史系的瘦猴賒去了很久
最後也還回來了亞偉
是進攻醫專的元勳他拒絕談判
醫專的姑娘就有被全殲的可能醫專
就有光榮地成為中文系的夫人學校的可能

詩人楊洋老是打算
和剛認識的姑娘結婚，老是
以鯊魚的面孔遊上賭飯票的牌桌
這根惡棍認識四個食堂的炊哥
卻連寫作課的老師至今還不認得
他曾精闢地認為紡織廠
就是電影院就是美味的火鍋
火鍋就是醫專就是知識
知識就是書本就是女人
女人就是考試
每個男人可要及格啦

中文系就這樣流著
教授們在講義上喃喃遊動
學生們找到了關鍵的字
就在外面畫上漩渦
畫上教授們可能設置的陷阱
把教授們嘀嘀咕咕吐出的氣泡
在林蔭道上吹到期末

教授們也騎上自己的氣泡

朝下漂像手執丈八蛇矛的
辮子將軍在河上巡邏
河那邊他說「之」河這邊說「乎」
遇著情況教授警惕地問口令：「者」
學生在暗處答道：「也」

根據校規領導命令
學生思想自由命令學生
在大小集會上不得胡說八道
校規規定教授要鼓勵學生創新
成果可在酒館裏對女服務員彙報
不得污染期終卷面

中文系也學外國文學
重點學鮑狄埃學高爾基，有晚上
廁所裏奔出一神色慌張的講師
他大聲喊：同學們
快撤，裏面有現代派

中文系在古戰場上流過
在懷抱貞潔的教授和意境深遠的月亮
下邊流過，河岸上奔跑著烈女
那些石洞裏坐滿了忠於杜甫的寡婦
和三姨太，坐滿了秀才進士們的小妾
中文系從馬致遠的古道旁流過
以後置賓語的身份
被把字句提到生活的前面

中文系如今是流上茅盾巴金們的講臺了

中文系有時在夢中流過，緩緩地
像亞偉撒在乾土上的小便像可憐的流浪著的
小綿陽身後那消逝而又起伏的腳印，
它的波浪
正隨畢業時的被蓋卷一疊疊地遠去

1984

1963
車前子 作品

四張黑白照片

五個孩子，五個孩子，瞧！螞蟻。
爬過五個孩子中最小的
一個，他用手背擦著眼睛。
「誰說他是最小的一個？」

風在瓦礫堆上，
從房屋拆下的碎片。
風還小，
還沒長到拆出的椽子高度。

他舉起瞭望遠鏡，在瓦礫堆上：
一個小水手馳進藍天。
一頭只有骨頭的山羊在藍天上，
箴言般——繼續吃著蘆葦。

五個孩子只剩下一個，
一個不大不小的孩子，
沖著照相機做鬼臉。
底片把她身後的房屋帶走了。

1997

頂上的心

逝者會想到我們。

想到我們，逝者就安排一個夢，
讓我和他見面。逝者想到我們，
會比我們想到他們的時候，要多。
我們在俗世張羅晚宴，
逝者則靜靜地安排一個夢，
我們到夢裏。
他有這個能力。
逝者和我說幾句話，
或者託我——力所能及。逝者從不過分。
而晚宴的嬉戲之中，
你對我要求太高，太高了，
我常常無法完成愛。
有時候逝者什麼也不說，
安排下一個夢，
就為了看看；
祖母站在面前，望著我，
她往手腕纏繞念珠，
彷彿滴水，
包圓天光雲景，
源源不斷，敞開的內壁，
抵達頂上的心。嘀噠，就走了。
我知道她回到那裏。
我也不是對每個逝者都有時間。

水沒有使他們淡忘。

2011

極樂完蛋世界

極樂完蛋世界的標題，
是非文字，

文字是非之中，

這梯！裝飾性，
一個個濕潤放映孔，
一個又一個漏洞，

疊羅漢，疊著上述羅漢。

停下快進，停，
女人在洞裏剪輯小孩，
讓女人在洞裏剪輯完殘疾的孩子，

不多的回聲，

不總與心靈有關，
牧人配音深奧，
洞中，羊角盤問，

交纏的雙行詩，

大地是佔有陰影的斑點，
（只有這一行嗎？）
沒有對話，
你標題。
洞臉出現，
棒打圓桌上的絲繭，

棒打圍坐圓桌邊的染紅絲繭，

慘叫吧，喜慶，
硬腿追不上這草地起伏的呼吸，

剪掉指甲，

我才允許你撫摸，
人類的歸宿，猴山，
洞口交於成群結隊的妻妾，

身體斷成鮮綠兩截，流著樹液，

直到淹沒佔有陰影的斑點，
孩子們，拿著斑點
往宇宙的窗玻璃上一陣猛砸，

極樂大地是佔有陰影的極樂斑點。

2011

1963
何小竹 作品

夢見蘋果和魚的安

我仍然沒有說
大房屋裏就一定有死亡的蘑菇
你不斷地夢見蘋果和魚
就在這樣的大房屋
你叫我害怕

屋後我寫過的黑森林
你從來就沒去過
你總在重複那個夢境
你總在說
像真的一樣

我們不會住很久了
我要把所有的門都加上鎖
用草莖鎖住魚的嘴巴
一直到天亮

你還會在那個雨季
用毯子蒙住頭
傾聽大房屋
那些腐爛的聲音嗎

觀音

我喊出你的名字
在二月這個曖昧的月份
其實在別的月份我也一樣
想喊你

我有求於你
但是我卻膽怯著，或者隱藏著
因為我深深地知道
你的名字一旦喊出
就再也沒有退路

1963
梁曉明 作品

各人

你和我各人各拿各人的杯子
我們各人各喝各的茶
我們微笑相互
點頭很高雅
我們很衛生
各人說各人的事情
各人數各人的手指
各人發表意見
各人帶走意見
最後
我們各人各走各的路

在門口我們握手
各人看著各人的眼睛
下樓梯的時候
如果你先走
我向你揮手
說再來
如果我先走
你也揮手
說慢走
然後我們各人
各披各人的雨衣
如果下雨
我們各自逃走

1984

玻璃

我把我的手掌放在玻璃的邊刃上
我按下手掌
我把我的手掌順著這條破邊刃
深深往前推
刺骨錐心的疼痛，
我咬緊牙關血，

鮮紅鮮紅的血流下來

順著破玻璃的邊刃
我一直往前推我的手掌
我看著我的手掌在玻璃邊刃上
緩緩不停地向前進

狠著心，我把我的手掌一推到底
手掌的肉分開了
白色的肉和白色的骨頭

純潔開始展開

1989

1963
黃梵 作品

中年

青春是被仇恨啃過的，佈滿牙印的骨頭
是向荒唐退去的，一團熱烈的蒸汽
現在，我的面容多麼和善
走過的城市，也可以在心裏統統夷平了

從遙遠的海港，到近處的鐘山
日子都是一樣陳舊
我擁抱的幸福，也陳舊得像一位烈婦
我一直被她揪著走……

更多青春的種子也變得多餘了
即便有一條大河在我的身體裏
它也一聲不響。年輕時喜歡說月亮是一把鐮刀
但現在，它是好脾氣的寶石
面對任何人的詢問，它只閃閃發光……

2004

繁體與簡體

繁體適合返鄉，簡體更適合遺忘
繁體葬著我們的祖先，簡體已被酒宴埋葬
繁體像江山，連細小的灰塵也要收集
簡體像書包，不願收留課本以外的東西
繁體扇動著無數的翅膀，但不發出一點雜訊
簡體卻像脫韁之馬，只顧馳騁在亂發脾氣的平原

當繁體攙扶著所有走得慢的名詞和形容詞
簡體只顧建造動詞專用的高鐵

簡體會說，繁體長得像半死不活的碑文
會譏諷，繁體還穿著旗袍、蹬著三寸金蓮、戴著民國的假睫毛
會把繁體的安靜、低調，說成是不善辭令
會把自己臉上的色斑，說成是福痣
當繁體把話題交給上半身
簡體的夢已卡在下半身，無法拔出
忙碌中，簡體像霧氣，從不想排隊

而繁體相信，排隊的耐心能造一把好斧子，能寫一本好哲學

簡體已砍去多少枝條，就已留下多少傷口
繁體每多一道彎，就多一條路
就多了前世和來世，不像簡體，只能把自己捐給今生
瞧，簡體把最重的擔子已卸給繁體，生怕被快樂拋棄
但簡體不知，繁體身上的鏽跡，也是奪目的鱗片
繁體身上的寂靜，也是動人的歌聲
當我，被夾在繁體和簡體之間
我就像最後一個知情者，日夜承受著秘密的負重

2011

1963
法鐳 作品

為女太陽乾杯

不過，當太陽蹲下來噓噓的時候，
我才發現她是女的。

她從一清早就活潑異常。
樹梢上跳跳，窗戶上舔舔，有如
一個剛出教養所的少年犯。

她渾身發燙。她好像在找水喝。
我遞給她一杯男冰啤：
「你發燒了，降降溫吧。」

她反手掐住我脖子不放：
「別廢話，那你先喝了這口。」
她一邊吮吸我，一邊吐出昨夜的黑。

「好，那我們乾了這杯。」

瞬間，她把大海一口吸乾，
醉倒在地平線上：
「世界軟軟的，真拿他沒辦法。」

2010

赤佬十四行（滬語詩）

赤佬拿外灘吃下去了伊講。先咪一口
黃浦江，再吞一粒東方明珠伊講。
中國銀行忒硬，嚼勿動伊講。赤佬
霓虹燈當葡萄酒吃醉忒了伊講。

額骨頭挺括，徐家匯胖篤篤像羅宋麵包伐？
赤佬勿歡喜甜味道，情願去舔
像塊臭豆腐個城隍廟伊講。

花露水濃，淮海路濕嗒嗒像奶油濃湯伐？
赤佬吃勿慣西餐，情願去咬
像盤紅燒烤麩個靜安寺伊講。赤佬

大世界吃了忒漲，吐得來一天世界伊講。
哎，赤佬戇有戇福，屁股野歪歪，
饞唾水湯湯點，吃相勦忒難看，
拿鈔票當老壂搓出來含了嘴巴裏伊講。

2011

1963
李元勝 作品

給我坐在屋裏

手卻在大牆的外面
摸尋著這個秋天最後一片樹葉

牆外只有一棵樹
它沉默的時候很像我
它從樹幹裏往外看的時候很像我

它幾乎每分鐘都在長樹葉
我們在一起的時候它長樹葉
我們不在一起的時候它也長樹葉
但兩種樹葉絕不相同
這你不知道
你想我的時候它長樹葉
沒想我的時候它也長樹葉
但兩種樹葉絕不相同
這就我知道

它幾乎每分鐘都在長樹葉
然後把它想說的從樹枝上掉下來
落在離我的手不遠也不近的地方
就在你向這邊走來的時候
那片樹葉
落在離我的手不遠也不近的地方

1986

景象

一隻鴿子在黃昏面前飛著
像一小塊白色橡皮，而且越擦越小

在一本翻開的書裏
時間以崩潰的速度運行

像是推著什麼在奔跑
笨重的齒輪，緊緊咬住我們的身體

終日閱讀的人們，像過度使用的剎車片
在春天裏迅速發熱、消耗

2002

1963
黃燦然 作品

黑暗中的少女

一張瓜子臉。生輝的額、烏亮的髮
使她周圍的黑暗失色，她在黑暗中
整理垃圾，堅定、從容、健康，
眼裏透出微光，隱藏著生活的信仰。
她的母親，一臉憂邑，顯然受過磨難
並且還在受著煎熬，也許丈夫是個賭棍
或者酒徒，或者得了肺癆死去了，
也許他在塵土裏從不知道自己有個女兒。

每天凌晨時分我下班回家，穿過小巷，
遠遠看見她在黑暗中跟母親一起
默默整理一袋袋垃圾，我沒敢多看她一眼，
唯恐碰上那微光，會懷疑起自己的信仰。

1996

杜甫

他多麼渺小，相對於他的詩歌；
他的生平捉襟見肘，像他的生活，
只給我們留下一個襤褸的形象，
叫無憂者發愁，痛苦者堅強。

上天要他高尚，所以讓他平凡，
他的日子像白米，每粒都是艱難。
漢語的靈魂要尋找恰當的載體，
而這個流亡者正是它安穩的家。

歷史跟他相比，只是一段插曲；
戰爭若知道他，定會停止干戈；
痛苦，也要在他身上尋找深度。

上天賦予他不起眼的軀殼，
裝著山川、風物、喪亂和愛，
讓他一個人活出一個時代。

1998

來自黑暗

我來自黑暗、鬱悶和疾病，
不是我如今享受到黎明的黑暗，
也不是到郊外散散心
就能消除的鬱悶，或吃了藥
休息幾天就痊癒的疾病。

對生活在光明中、歡愉中
和健康中的人們，我的嚮往
是無保留的，我走在他們中間，
經過他們身邊，坐在他們對面，
欣賞他們，內心讚美他們。

但我仍生活在陰影裏，
部分是我過去的陰影，更多

是周圍那些在黑暗中、鬱悶中
和疾病中的人們投來的
巨大的陰影——

它時刻提醒我（我甚至
聽見它低語）：「你的世界
已被光明和黑暗分割，現在
你就像一棵樹，雖然也仰望天空，
但永遠屬於大地。」

2005

生於60年代——兩岸詩選
大陸詩人

1963
胡冬 作品

我想乘上一艘慢船到巴黎去

我想乘上一艘慢船到巴黎去
去看看凡高看看波特萊爾看看畢加索
進一步查清楚他們隱瞞的家庭成份
然後把這些混蛋統統槍斃
把他們搞過計畫要搞來不及搞的女人
均勻地分配給你分配給我
分配給孔夫子及其徒子徒孫

我想乘上一艘慢船到巴黎去
去看看盧浮宮凡爾賽宮其他雞巴宮
是否去要回唐爺爺的茶壺宋奶奶的
擀麵棒
不，我不，法國人也有恥辱
我要走進蓬皮杜總統的大肚子
把那裏的收藏搶劫一空
然後用下流手段送到故宮
送到市一級博物館送到每個中國人家裏

我想乘上一艘慢船到巴黎去
去凱旋門去巴黎聖母院去埃菲爾鐵塔
去星形廣場偷一輛真正的雪鐵龍
然後直奔滑鐵盧大橋
活動安排在一天完成
我要在巴黎的各個名勝
刻上方塊字刻上某君某日到此一遊

我想乘上一艘慢船到巴黎去
去看看公社社員牆看看貝爾拉雪茲公墓
去看看每個偉人每個無名藝術家的墓地
去看看一七八九年死難烈士的紀念塔

我要穿得乾乾淨淨，在死者墓前默哀
親手獻上一束中國紅月季
我要選一個良辰吉日
親自去慰問死者的大妻二妻及小妻若干

我想乘上一艘慢船到巴黎去
去看看唐吉老爹，捎去一瓶最熱烈的大麯
我要敲開在巴黎工作的每個中國人的房門
送去一張獎狀，希望他們再接再厲
我要收集巴黎全部右派分子的錯誤言論
並向最老的巴黎市民
打聽喬治桑劫持繆塞劫持蕭邦的確切細節
據此我要召開數次萬人大會
請所有中國兒童參加

我想乘上一艘慢船到巴黎去
去看看貝多芬的三平方米房產
去揍扁用幾顆土豆換走舒伯特小夜曲的老闆
揍扁帕格尼尼的全部敵人
我要用手槍頂住紅鼻子員警
命令他立即帶路去巴黎市政廳
我要在那裏集合至少十個以上的市長副市長
辦一個學習班，把他們送進巴士底獄
我要向兩千萬巴黎人遞交措詞強硬的抗議書
抗議他們迫害知識份子的暴行

我想乘上一艘慢船到巴黎去
去看看超級市場看看巴黎百貨公司
所有巴黎土特產我都要帶走
包括上等的巴黎墨水巴黎白蘭地
這一切我以一個中國佬的智慧獲得
我要統計巴黎健在的傑出人物
採取收買和沒收的政策
把他們分門別類
用掛號郵包寄到中國

我想乘上一艘慢船到巴黎去
把臭襪子和中山服
把裏裏外外的臭火藥
高價賣給那裏的收藏家
我要把精湛的烹調技術午眠技術
把精湛的嗑瓜子技術傳授給巴黎人民
看到越來越多的蠢驢上當我心頭暗喜
我還要去公園圖書館查閱詳細資料
去走訪居委會走訪街道辦事處
熟諳巴黎的內部結構
然後組織一支龐大的第五縱隊
配合聖誕夜發動的突襲

我想乘上一艘慢船到巴黎去
去最好的醫院作矯正手術
切除導致不良情緒的盲腸
去最好的療養地享受日光浴蒸氣浴
去最好的花店買一大捧鬱金香
我要穿上最新式的卡丹時裝
然後帶著興奮帶著黃種人的英俊面容
坐快班直接回到長江黃河流域
我要擁抱母親擁抱姐妹擁抱我的好兄弟

這一刻我也沒有半點眼淚
骨節相當粗大完整的朋友們
會心地拍拍我的肩頭

我想乘上一艘慢船到巴黎去
我算過這大約需要十萬分鐘
沿途將經過七大洲五大洋
經過我知道的全部外國
沿途我將認識印度人、阿拉伯人
美國人加拿大人以及其他什麼有趣的蠻夷
我們將討論共同關心的公家問題私人問題
我會同每個國家的領導發生爭吵
會違反任何地方的交通規則
印度公安局埃及公安局甚至美國公安局
都會派出成打成打密探跟蹤我

我想乘上一艘慢船到巴黎去
沿途我將同每個國家的少女相愛
不管是哪國少女都必須美麗
她們還將為我生下品種多樣的兒子
這些小混蛋長大後也會到處流竄
成為好人壞人成為傑出的人類
無論走到哪裡人們都會注意他們
他們的眼睛會是黑漆漆的顏色
從滾滾的人流從任何場合
我也會加倍提防這些雜種他們是誰
他們是我的兒子我的好兒子

知音

沒有比流水更四川的了。
我指的不是出門遇到老鄉，
也不是異國的同行——
曾幾何時，琴聲放縱於政治，

英雄煮酒，
所以它斷了，在意氣的春秋。

阿諛的餘音，格外動聽，
適合炎黃的子孫。

倖存，既不是小人，更不是老人，
是從久仰中逃生的

人，對應生疏的明月，
園林中，漠然而憂鬱的心靈。

沒有比高山更峨嵋的了。
嘯吟的人，抱琴，登臨——

哪裡有詩，哪裡便不會有知音。

1963
潘洗塵 作品

六月　我們看海去

看海去看海去沒有駝鈴我們也要去遠方
小雨劈劈啪啪打在我們的身上和臉上
像小時候外婆絮絮叨叨的叮嚀我們早已遺忘
大海啊大海離我們遙遠遙遠該有多麼遙遠
可我們今天已不屬於童稚屬於單純屬於幻想

我們一群群五顏六色風風火火我們年輕
精力旺盛總喜歡一天到晚歡歡樂樂匆匆忙忙
像一臺機器迂迴於教室書館食堂我們和知識苦戀
有時對著髒衣服我們也嘻嘻哈哈發洩淡淡的優傷

常常我們登上陽臺眺望遠方也把六月眺望
風撩起我們的長髮像一曲《藍色多瑙河》飄飄蕩蕩
我們我們我們相信自己的腳步就像相信天空啊
儘管生在北方的田野影集裏也要有大海的喧響

六月　看海去看海去我們看海去
我們要枕著沙灘也讓沙灘多情地撫摸我們赤裸的情感
讓那海天無邊的蒼茫回映我們心靈的空曠
撿拾一顆顆不知是丟失還是扔掉的貝殼我們高高興興
再把它們一顆顆串起也串起我們閃光的嚮往

我們我們我們是一群東奔西闖狂妄自信的探險家呵
總以為生下來就經受過考驗經受過風霜
長大了不信神不信鬼甚至不相信我們有太多的幼稚
我們我們我們就是不願意停留在生活的坐標軸上

六月是我們的季節很久我們就期待我們期待了很久
看海去看海去沒有駝鈴我們也要去遠方

1983

飲九月初九的酒

千里之外　九月初九的炊煙
是一縷綿綿的鄉愁
揮也揮不去　載也載不動
我看見兒時的土炕　和半個世紀的謠曲
還掛在母親乾癟的嘴角
搖也搖不動的搖籃　搖我睡去
搖我醒來
我一千次一萬次地凝視
母親　你的眉頭深鎖是生我時的喜
　　　你的眉頭深鎖是生我時的憂

千里之外　九月初九的炊煙
是一群不歸的候鳥
棲在滿地枯葉的枝頭
我看見遍野的金黃　和半個世紀的老繭
都凝在父親的手上
三十年了　總是在長子的生日
飲一杯樸素的期待

九月初九的酒　入九月初九老父的愁腸
愁　愁老父破碎的月光滿杯
愁　愁老母零亂的白髮滿頭

飲九月初九的酒
飲一縷綿綿的鄉愁
飲一輪明明滅滅的新月
圓也中秋
缺也中秋

1993

鹽鹼地

在北方
松嫩平原的腹部
大片大片的鹽鹼地
千百年來沒生長過一季莊稼
連成片的艾草也沒有
春天過後　一望無際的鹽鹼地上
與生命有關的
只有散落的野花
和零星的羊隻

但與那些肥田沃土相比
我更愛這平原裏的荒漠
它們亙古不變　默默地生死
就像祖國多餘的部分

2009

去年的窗前

逆光中的稻穗　她們
彎腰的姿態提醒我
此情此景不是往日重現
我　還一直坐在
去年的窗前

坐在去年的窗前　看過往的車輛
行駛在今年的秋天
我伸出一隻手去　想摸一摸
被虛度的光陰
這時　電話響起
我的手　並沒有觸到時間
只是從去年伸過來
接了一個今年的電話

2010

1963
西川 作品

在哈爾蓋仰望星空

有一種神秘你無法駕馭
你只能充當旁觀者的角色
聽憑那神秘的力量
從遙遠的地方發出信號
射出光來，穿透你的心
像今夜，在哈爾蓋
在這個遠離城市的荒涼的
地方，在這青藏高原上的
一個蠶豆般大小的火車站旁
我抬起頭來眺望星空
這對河漢無聲，鳥翼稀薄
青草向群星瘋狂地生長
馬群忘記了飛翔
風吹著空曠的夜也吹著我
風吹著未來也吹著過去
我成為某個人，某間
點著油燈的陋室
而這陋室冰涼的屋頂
被群星的億萬隻腳踩成祭壇
我像一個領取聖餐的孩子
放大了膽子，但屏住呼吸

牆角之歌

我把一隻烏鴉逼到牆角
我要它教給我飛行的訣竅
它唱著「大爺饒命」同時卸下翅膀
然後掙脫我，撒開細爪子奔向世俗的大道

我把一個老頭逼到牆角
我要他承認我比他還老
他掏出錢包央求「大爺饒命！」
我稍一猶豫，他薅下我的金項鏈轉身就逃。

我把一個姑娘逼到牆角
我要她讚美這世界的美好
她哆嗦著解開扣子說「大爺饒命！」
然後把自己變成一只200瓦的燈泡將我照耀

我把一頭狗熊逼到牆角
我要牠一口把我吃掉
牠血口一張說「大爺饒命！」
我一掌打死牠，並且就著月光把牠吃掉

2002

虛構的家譜

以夢的形式，以朝代的形式
時間穿過我的軀體。時間像一盒火柴
有時會突然全部燃燒
我分明看到一條大河無始無終
一盞盞燈，照亮那些幽影幢幢的河畔城

我來到世間定有些緣由
我的手腳是以誰的手腳為原型？
一隻鳥落在我的頭頂，以為我是岩石
如果我將它揮去，它又會落向
誰的頭頂，並回頭張望我的行蹤？

一盞盞燈，照亮那些幽影幢幢的河畔城
一些閒話被埋葬於夜晚的蕭聲
繁衍。繁衍。家譜被續寫
生命的鐵鏈嘩嘩作響
誰將最終沉默，作為它的結束

我看到我皺紋滿臉的老父親
漸漸和這個國家融為一體
很難說我不是他：謹慎的性格
使他一生平安他：很難說
他不是代替我忙於生計，委曲逢迎

他很少談及我的祖父。我只約略記得
一個老人在煙草中和進昂貴的香油
遙遠的夏季，一個老人被往事糾纏

上溯300年是幾個男人在豪飲
上溯3000年是一家數口在耕種

從大海的一滴水到山東一個小小的村落
從江蘇一份薄產到今夜我的枱燈
那麼多人活著：文盲、秀才
土匪、小業主⋯⋯什麼樣的婚姻
傳下了我，我是否遊蕩過漢代的皇宮？

一個個刀劍之夜。販運之夜
死亡也未能阻止喘息的黎明
我虛構出眾多祖先的名字，逐一呼喊
總能聽到一些聲音在應答；但我
看不見他們，就像我看不見自己的面孔

1964～1997
海子 作品

日記

姐姐，今夜我在德令哈，夜色籠罩
姐姐，今夜我只有戈壁
草原盡頭我兩手空空
悲痛時握不住一滴眼淚
姐姐，今夜我在德令哈
這是雨水中一座荒涼的城
除了那些路過的和居住的
德令哈……今夜
這是唯一的，最後的，抒情。
這是唯一的，最後的，草原。
我把石頭還給石頭
讓勝利的勝利
今夜青稞只屬於自己
一切都在生長
今夜我只有美麗的戈壁　空空
姐姐，今夜我不關心人類，我只想你

面朝大海，春暖花開

從明天起，做一個幸福的人
餵馬，劈柴，周遊世界
從明天起，關心糧食和蔬菜
我有一所房子，面朝大海，春暖花開

從明天起，和每一個親人通信
告訴他們我的幸福
那幸福的閃電告訴我的
我將告訴每一個人

給每一條河每一座山取一個溫暖的名字
陌生人，我也為你祝福
願你有一個燦爛的前程
願你有情人終成眷屬
願你在塵世獲得幸福
我只願面朝大海，春暖花開

四姐妹

荒涼的山崗上站著四姐妹
所有的風只向她們吹
所有的日子都為她們破碎

空氣中的一棵麥子
高舉到我的頭頂
我身在這荒蕪的山崗
懷念我空空的房間，落滿灰塵

我愛過的這糊塗的四姐妹啊
光芒四射的四姐妹
夜裏我頭枕卷冊和神州
想起藍色遠方的四姐妹
我愛過的這糊塗的四姐妹啊

像愛著我親手寫下的四首詩
我的美麗的結伴而行的四姐妹
比命運女神還要多出一個
趕著美麗蒼白的奶牛　走向月亮形的山峰

到了二月，你是從哪裡來的
天上滾過春天的雷，你是從哪裡來的
不和陌生人一起來
不和運貨馬車一起來
不和鳥群一起來

四姐妹抱著這一棵
一棵空氣中的麥子
抱著昨天的大雪，今天的雨水
明天的糧食與灰燼
這是絕望的麥子

請告訴四姐妹：這是絕望的麥子
永遠是這樣
風後面是風
天空上面是天空
道路前面還是道路

春天，十個海子

春天，十個海子全都復活
在光明的景色中
嘲笑這一野蠻而悲傷的海子
你這麼長久地沉睡到底是為了什麼？

春天，十個海子低低地怒吼
圍著你和我跳舞、唱歌
扯亂你的黑頭髮，騎上你飛奔而去，
塵土飛揚
你被劈開的疼痛在大地瀰漫

在春天，野蠻而復仇的海子
就剩這一個，最後一個
這是黑夜的兒子，沉浸於冬天，
傾心死亡
不能自拔，熱愛著空虛而寒冷的鄉村
那裏的穀物高高堆起，遮住了窗子
它們一半用於一家六口人的嘴，吃和胃
一半用於農業，他們自己繁殖

大風從東吹到西，從北刮到南，
無視黑夜和黎明
你所說的曙光究竟是什麼意思。

1964
趙野 作品

有所贈

難得一次相逢，落葉時節
庭院裏野草深深
扇子擱在一旁，椅子們
促膝交談，直到風有涼意
我割開水果，想到了詩的生成
無數黃葉在空中翻飛

酒杯玲瓏，互相說著平安
和即將到來的節日
你瘦削、挺拔，衣袖飄飄
我知道了風波的險惡
白馬越過冰河，你還要走
你還回不回來，再論英雄

月光清澈，星辰隱去
風暴從北方來，鳥兒飛向南方
你抬起左手，清風陣陣激蕩
多年的心事一瀉無遺
唉，長劍，長劍，銹蝕了牆壁
甚至斬不斷一根稻草

好朋友，我為你放歌一曲
我為你寬懷而激越
明月皎皎，言辭上了路
我知道你的胸懷，鐵馬金戈
明月朗朗，言辭上了山
你知道我的一生，悄然將虛度

1988

漢語

1.
在這些矜持而沒有重量的符號裏
我發現了自己的來歷
在這些秩序而威嚴的方塊中
我看到了漢族的命運
節制、彬彬有禮，彷彿
霧中的樓臺，霜上的人跡
使我們不致遠行千里
或者死於異地的疾病

2.
祖先的語言，載著一代代歌舞華筵
值得我們青絲白髮
每個詞都被錘煉千年，猶如
每片樹葉每天改變質地
它們在筆下，在火焰和紙上
彷彿刀鋒在孩子的手中
魚倒掛樹梢，鳥兒墜入枯井
人頭雨季落地，悄無聲息

1990

歸園

1.
半世漂泊，我該怎樣
原宥詩人的原罪

像哈姆萊特，和自己
開一個形式主義玩笑

山水進入冬天
蠶蛹沉思起源
多年前，我一語中讖
成為詩歌不幸的注腳

2.
O型血集體狂奔向
她唇上的閃電
螢火蟲把美學課
講到香樟深處

斜陽一次次失眠
歷史如鄰村寡婦
多年後，帝國的憂傷
紅杏般開在牆頭

3.
畫棟裏的農業時代
和朱簾上的萬古孤獨
泛起陣陣霜意
讓我哭泣

漢族就這樣了
一切都在分崩離析
池塘上漂浮著
靈魂的剩餘物

4.
屠城的鳥繞著屋簷
尋找童年的樓臺
高堂鏡子早讀出了
這場豪賭的結局

這個世界，我終究
要與你達成和解
我會謙卑地為這斷垣
添加幾片瓦礫

5.
俱往矣，數天下兄弟
就在咫尺
每個月圓的午夜
還有清歌一曲

天上撒野，雲端縱酒
歸園做白日夢
蝴蝶飛過花叢
也是一生

2007

注：歸園是安徽詩人周墻所建園林，傳為賽金花故居，2006年底在此舉辦了「第三代」二十周年紀念詩會。

1964
臧棣 作品

新詩的百年孤獨

關於你的詩——
我猜想，它比你本人
更適應這裏的自然環境。
它繞開了遺傳這一關。

它吸收營養時，像一株晃動的玉米，
它睡覺時，像一隻懷孕的野狗。
它散步時，像一條小河流過
橫匾般的鐵路橋。

它解雇了語言，
理由是語言工作得太認真了。
它煽了服務對像一巴掌。它褪下了
格律的避孕套。它暴露了不可能。

它就像一把木勺在不沾鍋裏指揮
豌豆的不宣而戰。
這些豌豆儘管圓潤，飽滿，
但還不是詞語。

關於我和你的關係，
你的詩是一幢還沒有租出去的房子，
現場如此空蕩，
就好像戒指是在別的地方揀到的。

它甚至結出了美味的絲瓜，
和我從早市上買回的，
一樣鮮嫩，一樣適合於色情的小掌故。
它是生活中的生活。
它驚異於你回來的次數，
而我，儘量避免打聽你曾去過哪裡。
這就是你的詩。
是的，有一瞬間，它幾乎不是你寫的。

2002

重見天日協會

最深處的東西，它確實
和從東到西有關。我以為一件樂器
能幫我們固定住它，
你同意但是你不喜歡
這樣的幫助。你喜歡
會移動的典故。比如，升起時，
它是圓的，
但不保證落下去的時候，
它也是圓的。所以，在我們這裏，
從東邊到西邊，大多數時候，
是從右到左。講對應，身體頑固於肉體，
你越特殊，你中有我就越頑固。
但是，我覺得有一天，我們都會受益於
微妙的頑固。因為最深處的東西
始終對應著你我的靈感。
你的靈感頑固於你比我更微妙，
所以，好的身體一定是一個好例子。

我不和你討論我們的靈感
是否出於神授：這主要是基於
螞蟻的靈感很黑，它正爬上
我的手臂。
天鵝的靈感很白，但它可以局部在
你的影子裏。很明顯，我的靈感受雇於
一首詩的最忠實的觀眾有可能是
陌生的死者。有一天，你會陌生於你的。
所以，看，講究的是新生。

未名湖叢書

星期一早上。它像被風吹落的封條。
辯護詞長出尾巴，在桶裡弄出
幾番響動。你提著桶，走在岸上，
幻想著這些魚就是金色的禮物。
星期二。美麗的黃昏如同一個圓環。
它把反光丟給現實。它移動著
剛洗過的碟子。你真的要吃
帶翅膀的晚餐嗎？星期三下午，
變形記給命運下套。它擔心你
太政治，於是，便用各種倒影迷惑
前途和結局。星期四。早飯是玉米粥。
記憶從未向任何人散發出
如此強烈的暗香。你從往事裏取出
一對彈簧，練習就地蹦極[1]。
一百米的情感。帶鰭的衝刺。
每個吻，都消耗過一萬年。
星期五。清晨再次變得友好。
慢跑很微妙。幾圈下來，甚至連陰影
也跟著出大汗。只要摟一下，
你就是頭熊，渾身油亮，可愛如
有人就是沒吃過魚頭芋頭。星期六傍晚，
還剩下很多調味品。冷水浴。
秘密療法不針對他者。疊好的信仰
就像一塊毛巾。蜂蜜替代鹽水，
就好像一陣叮囑來自微風。星期天上午。
積極如永恆的波紋。剃掉雜毛，修剪一下
希望之花。精力好的話，再稱一稱生活。
幾兩問題。或是直接回到底線：
取多少自我，可加熱成一杯無窮的探索？

2007

[1] 蹦極：高空彈跳。

1964
潘維 作品

蘇小小墓前

一
年過四十，我放下責任，
向美作一個交待，
算是為靈魂押上韻腳，

也算是相信罪與罰。
一如月光
逆流在鮮活的湖山之間，
嘀嗒在無限的秒針裏，

用它中年的蒼白沉思
一抔小小的泥土。
那裏面，層層收緊的黑暗在釀酒。

而逐漸渾圓、飽滿的冬日，
停泊在麻雀凍僵的五臟內，
尚有磨難，也尚餘一絲溫暖。

雪片，冷笑著，掠過虛無，
落到西湖，我的婚床上。

二
現在蘇堤一帶已被寒冷梳理，
桂花的門幽閉著，
憂鬱的釘子也生著鏽。

只有一個戀屍癖在你的墓前
越來越清晰，行為舉止
清狂、豔俗。衣著，像婚禮。

他置身於精雕細琢的嗅覺，
如一個被悲劇抓住的鬼魂，

與風雪對峙著。
或許，他有足夠的福份、才華，
能夠穿透厚達千年的墓碑，
用民間風俗，大紅大綠的娶你，

把風流玉質娶進春夏秋冬。
直到水一樣新鮮的臉龐，
被柳風帶走，
像世故帶走憔悴的童女。

三
陪葬的鐘聲在西冷橋畔
撒下點點虛榮野火，
它曾一度誘惑我把帝王認作鄉親。

愛情將大赦天下，
也會赦免，一位整天
在風月中習劍，並得到孤獨
太多縱容的絲綢才子。

當，斷橋上的殘雪
消融雷峰塔危險的眺望；
當，一座準備宴會的城市

把錨拋在輕煙裏；

我並不在意裹緊人性的欲望，
踏著積雪，穿過被讚美、被詛咒的喜悅：
恍若初次找到一塊稀有晶體，
在塵世的寂靜深處，
在陪審團的眼睛裏。

2004 給宋柟

短恨歌

把恨弄短一點吧，
弄成釐米、毫米，
弄成水光，只照亮鮭魚背上的旅行；
弄成早春的鳥叫，
離理髮師和寡婦的憂鬱很近。

不要像白居易的野火，
把雜草塗改成歷史。
也不要學長江的兔尾，日夜竄逃不息。
更不要騎蝸牛下江南，纏綿到死。

把恨弄短一點，
就等於把苦難弄成殘廢，
就等於床榻不會清冷。

在恐怖紛飛的柳絮下，
愛情是別人的今生今世，
即便我提前到達，也晚了；
即便玉環戴上無名指，
恨，也不關國家的事。

2006

今夜，我請你睡覺

永遠以來，光每天擦去鏡上的灰塵，
水無數遍洗刷城鎮，
但生活依舊很黑，
我依舊要過夜。
茫茫黑夜，必須通過睡眠才能穿越。

西湖請了宋詞睡覺；
廣闊請了塔克拉瑪干沙漠睡覺；
月亮，邀請了嫦娥奔月；
死亡，編排了歷史安魂曲；
非人道的愛情睡得比豬更香甜。

睡覺，如苦艾酒化平淡為靈感；
如肥料施入日曆，撫平紊亂；
使陰陽和諧，讓孤獨強大；
一種被幸福所代表。

可沒有人請我睡覺。
為什麼？！為什麼
在這比愚昧無知還弱小多倍的地球上，
居然沒有人請我睡覺。
我，潘維，漢語的喪家犬，
是否只能對著全人類孤獨地吠叫：
今夜，我請你睡覺。

2009 給張道通

1964
默默 作品

木偶的貞操

漫長的冬天繼續著喪失風度的縮影
雪形的臉，陷阱的眼神，冰窟的對話
零下三十度的呼吸，三十歲活透了自己
天不高，雲不淡，心不平，神不寧
腳印的方向指示共同的墳墓
梅花的微笑隱隱約約
啊，隱隱約約，木偶的貞操

靜是死，展示無邊的毀滅
今冬留了一頭灰燼一樣的髮式
追憶燃燒，冰雕的城市接受寒風的鼓勵
全球的寒風代替天籟
瘋狂的天書翻閱者，恭敬的抄襲者
重回聖母的子宮，克制著掙扎
啊，重回了，拒絕再生

季節的系統故障，冬天的暴政
天堂為另一個盜火者慶功
睜著胭脂的眼睛，彼此為彼此化妝
都習慣在任何場合傾聽彼此對彼此的傾訴
集體的舉手投足撥彈罕見的古箏
啊，罕見了，人人的風度

接受了，放棄了，木偶的貞操
沉甸甸了，瘋狂的沉默
凍紅的手掌拍不響一個時代的掌聲

1990

懶死懶活

心懶得跳
脈懶得博
血懶得流
躺下懶得坐起來
坐下懶得站起來
站起來懶得走

閉著眼睛懶得看
張著嘴懶得說
吸一口氣懶得再呼
冷得哆嗦懶得添衣
嗜酒如命懶得喝

終於見到夢中的情人
懶得說一聲愛
勃著陰莖懶得作愛
渾身是傷懶得疼
已經是英雄懶得承認

1992

1964
娜夜 作品

獨白

被稱之為女人
在這世上
除了寫詩和擔憂紅顏易老
其他
草木一樣
順從

1994

起風了

起風了　我愛你　蘆葦
野茫茫的一片
順著風

在這遙遠的地方　不需要
思想
只需要蘆葦
順著風

野茫茫的一片
像我們的愛　沒有內容

1998

睡前書

我捨不得睡去
我捨不得這音樂　這搖椅　這蕩漾的天光
佛教的藍
我捨不得一個理想主義者
為之傾身的：虛無
這一陣一陣的微風　並不切實的
吹拂　彷彿杭州
彷彿正午的阿姆斯特丹　這一陣一陣的
恍惚
空
事實上
或者假設的：手——

第二個扣子解成需要　過來人
都懂
不懂的　解不開

2009

青海

我們走了
天還在那兒藍著

鷹　還在那兒飛著

油菜花還在那兒開著——
藏語大地上搖曳的黃金
佛光裏的蜜

記憶還在那兒躺著——
明月幾時有
你和我　缺氧　睡袋挨著睡袋

你遞來一支沙龍：歷史不能假設
我遞去一支雪茄：時間不會重來

百年之後
人生的意義還在那兒躺著——
如果人生
有什麼意義的話

2010

生於60年代——兩岸詩選
大陸詩人

1965 樹才 作品

極端的秋天

秋天寧靜得
像一位厭倦了思想的
思想者。他仍然
寧靜而痛切地
沉思著。

秋天乾淨得
像一隻站在草原盡頭的
小羊羔。她無助
而純潔，令天空
俯下身來。

樹葉從枝丫上簌簌飄落。
安魂曲來自一把斷裂的
吉他。思想對於生命，
是另一種憐憫。

所幸，季節到了秋天，
也像一具肉身，
開始經歷到一點點靈魂。

秋天總讓人想起什麼，想說什麼。
樹木顫抖著，以為能挽留什麼，
其實只是一天比一天地
光禿禿。

秋天是一面鏡子。我把著它
陷入自省，並吶吶地
為看不見的靈魂祈禱。

1992

母親

今晚，一雙眼睛在天上，
善良，質樸，噙滿憂傷！
今晚，這雙眼睛對我說：「孩子，
哭泣吧，要為哭泣而堅強！」

我久久地凝望這雙眼睛，
它們像天空一樣。
它們不像露水，或者葡萄，
不，它們像天空一樣！

止不住的淚水使我閃閃發光。
這五月的夜晚使我閃閃發光。
一切都那麼遙遠，
但遙遠的，讓我終生難忘。

這雙眼睛無論在哪裡，
無論在哪裡，都像天空一樣。
因為每一天，只要我站在天空下，
我就能感到來自母親的光芒。

1990

單獨者

這是正午！心靈確認了。
太陽直射進我的心靈。
沒有一棵樹投下陰影。

我的體內，冥想的煙散盡，
只剩下藍，佛教的藍，統一……
把塵世當作天庭照耀。

我在大地的一隅走著，
但比太陽走得要慢，
我總是遇到風……

我走著，我的心靈就產生風，
我的衣襟就產生飄動。
鳥落進樹叢。石頭不再拒絕。

因為什麼，我成了單獨者？

在陽光的溫暖中，太陽敞亮著，
像暮年的老人在無言中敘說……
傾聽者少。聽到者更少。

石頭畢竟不是鳥。
誰能真正生活得快樂而簡單？
不是地上的石頭，不是天上的太陽……

1994

這枯瘦肉身

我該拿這枯瘦肉身
怎麼辦呢？

答案或決定權
似乎都不在我手中。

手心空寂，如這秋風
一吹，掌紋能不顫動？

太陽出來一曬，
落葉們都服服貼貼。

牽掛這塵世，只欠
一位母親的溫暖——
比火焰低調，比愛綿長，
挽留著這枯瘦肉身。

任你逃到哪裡，房屋
仍把你囚於四牆。

只好看天，漫不經心，
天色可由不得你。

走著出家的路，
走著回家的路……

我該拿什麼來比喻
我與這枯瘦肉身的關係呢？

一滴水？不。一片葉？
不。一朵雲？也不！

也許只是一堆乾柴，
落日未必能點燃它，

但一個溫暖的眼神，
沒準就能讓它燒起來，

燒成灰，燒成塵，
沿著樹梢，飛天上去……

2010

1965
小海 作品

必須彎腰拔草到午後

男孩和女孩
像他們的父母那樣
在拔草

男孩的姑媽朝臉上擦粉
女孩正哀悼一隻貓

有時候
他停下來
看手背
也看看自己的腳跟

那些草
一直到她的膝蓋
如果不讓它們枯掉
誰來除害蟲

男孩和女孩
必須彎腰拔草到午後

1988

北淩河

五歲的時候
父親帶我去集市
他指給我一條大河
我第一次認識了北淩河
船頭上站著和我一般大小的孩子

十五歲以後
我經常坐在北淩河邊
河水依然沒有變樣

現在我三十一歲了
那河上
鳥仍在飛
草仍在岸邊出生、枯滅
塵埃飄落在河水裏
像那船上的孩子
只是河水依然沒有改變

我必將一年比一年衰老
不變的只是河水
鳥仍在飛
草仍在生長
我愛的人
會和我一樣老去

失去的僅僅是一些白晝、黑夜
永遠不變的是那條流動的大河

1996

精神病院訪客

惡魔在睡夢中輕聲低語
像落入陷阱
夢觸犯身體
發出刺耳的雜訊
一種天生的女性氣質
使他就範
看上去不適合
他可以走過來走過去
像聊齋中的女狐
哪怕他什麼也聽不出
這個高大的化了淡妝的男人
你可以嘗試把手放在他肩上
輕輕拍打
對世界完全喪失了耐心的人兒
閃爍不足，如這個星球上
拯救者的臉
他的反抗如此強烈
又極端疲倦、虛弱

反省、抵抗、錯誤
慢慢又回復到過去

一個人夢中會如此深入而無助
不斷地模仿和學習新生事物
清潔、善良和美德
——黑暗大地上的匿名朋友
有多少悲傷粉碎了
不是僅僅審視一下便能輕輕躡足而過

稻草人之歌

（詩劇《大秦帝國》片斷）

一群向北的斑頭雁家族說
「認識它吧，不可停留此地」
兩隻下雪前閒逛的烏鴉說
「瞧，它還活著」

每個稻草人
都先在天空中助跑後再落地
——從地平線上歸來

冬天來臨前
有人會來給它點上一把火
讓它安安靜靜燃燒
一夜之間
平原上稻草人軍隊
消失得無影無蹤

踏著十二月的初雪
影子一樣蒙著面
稻草人翻過田埂和籬笆
孩子們列隊歡呼：
「打！打倒！稻草人，稻草人」

2009

1965
龔學敏 作品

九寨藍

所有至純的水，都朝著純潔的方向，草一樣地
發芽了。藍色中的藍，如同冬天童話中戀愛著的魚
輕輕地從一首藏歌孤獨的身旁滑過……

九寨溝，就讓她們的聲音，如此放肆地
藍吧。遠處的遠方
還是那棵流浪著的草，和一個典雅而別致
的故事。用水草的藍腰舞蹈的魚
朝著天空的方向飄走了。

朝著愛情和藍色的源頭去了。

臨風的樹，被風把玉的聲音渲染成一抹
水一樣的藍。倚著樹詩一般模樣的女子
在冬天，用傷感過歌聲的淚
引來了遍野的雪花和水草無數的哀歌，然後

天，只剩下藍了。

《紫禁城》午門：頌朔

天氣就這樣定下來了。一雙若隱若現的手，穿行在
那些姓氏不同的大地和念想一致的心靈之間。如同雲天中的
鶴，和水中漢白玉的鴛鴦。

所有的日子都被整齊地裝訂在黃色封面的書中。冊。
一棵只能用空曠來敘述的大樹
坐楠木抽象的椅子中央，讓遍地可以和雲一樣
行走的草，無法生長出空曠之外。
誰是她們的水。和盛水的器皿，以及一些新鮮的傳說。

門，一旦洞開。鋪天而來的是朝霞們景象中紅色的極致。
其實，城牆上那些冰涼的紅，正在浸透，廣場的腳印中
那些隱姓埋名的血液。讓他們天色一樣地寂靜下來。
讓他們仰望那隻透明的雞，並且，用祖傳的鳴叫走動，
步履們，慢且輕地滯留在黃金的鐘聲裏。然後，
一味地消失。
然後，用僅存的一襲身影，一襲來自天際，已經無法分清
天和水的那一抹紅，
一動不動，成為影子自己的影子。
直到城門，洞開。
直到廣場上鋪張的石頭，從中可以長出的草，伸進
已是紙一樣恍惚和泛白的念想。

然後，用想像的血精心製作的紙，城牆一樣開始紅了。
然後，用就要凝滯的血打造而成的馬車，在無法再遠
的遠方，開始走動了。
黎明的紅，穿過市井小巷賣漿者遍地的名字，霞一樣紅的
那盞燈了。

就這麼，把今後的日子送出去了。讓他們一日日認真地活著。
一聲咳嗽，被碩大的衣袖，城門一樣漫長的洞，
放大成一些雨，一些露，一些抹不去的雷霆。

就這麼，把日子捧在了手中。開花的日子就在書中遍種芍藥。
娶妻的日子，就讓花轎芬芳四鄰，然後在，在書隱秘的角落
點上紅燭。

……城門合上了。與洞開相反的方向和思考，在一雙
若隱若現的手中，開始製作
新的日子。

成都。冬日影像之唯有梅

那人要來了。我在些許著水意的信箋上，用走過的寒，
聽見了空空如也的庭，和几上寂寥的燈盞。

在成都觸手可及的柔和裏，冬日的燈籠，
在只能靠想像生長的風中游手好閑。

錦江中那尾與錦繡的漢字息息相關的魚，想隨千里之外的
夕陽，將那麼多的紅，開在他們未經風霜的水路上。

那人要來了。我在昨晚三百眼叫做唐詩的井中，情有獨鐘。
聽見雪一樣的薛，和她箋上的那些情色。

可以掌燈了。我在他們遺棄的姿色中，用詩歌在水上結冰，
並且，一絲不掛。

在大氣的唐中望江的竹影，是薛姓的女子飄浮的衣袂，
一波，讓那人在我要寫的梅中駐足，四處張望，打點散落的詩歌。
再一波，節氣們情不自禁，想要成那草芥狀的
芯。
在成都線裝的詩歌中晝伏夜出的，是與我在唐的錦江邊飲過酒水的詩人。
他們行裝的聲色，貌似梅花。長髮和漫不經心灑落的字，
還是貌似梅花。

在2010年，我和梢頭的詩歌一樣，除了與梅花有關的鹿鳴之外，
一無所有。我用來款待詩歌和詩人的，
就唯有梅了。

1965
沈葦 作品

向西

向西！一塊紅布、兩盞燈籠帶路
大玫瑰和向日葵起立迎接

向西！一群白羊從山頂滾落
如奢侈的祭品撤離桌臺

向西！臉上晝夜交替
一半是冰，一半是火，中間是咬緊的牙

向西！沙漠傍依天山
像兩頁傷殘的書簡

向西！姑娘們騎上高高的白楊
留下美麗的屍骨，芬芳襲人

向西！墳塋的一只只乳房
瞄準行走的風景

向西！眾鳥高過大地
翅膀如金屬葉片撒滿山谷

向西！公馬脫去皮膚、血液、骨頭
留下一顆閃電的心臟，賓士

向西！寒風吹向無助的靈魂
那姍姍來遲的援軍名叫虛空

向西！孤身上路，日月從口袋掏出
像兩只最亮的眼睛高高掛起

向西！鼓點咚咚，持續到天明
赴死的死亡迎向蜃樓奇景

向西！崑崙諸神舉起荒路巨子
啜飲他並造就他

1991

陽臺上的女人

在乾旱的陽臺上，她種了幾盆沙漠植物
她的美可能是有毒的，如同一株罌粟
但沒有長出刺，更不會傷害一個路人
有幾秒鐘，我愛上了
包括她臉上的倦容，她身後可能的男人和孩
並不比一個浪子或酒鬼愛得熱烈、持久
這個無名無姓的女人，被陽臺虛構著
因為抽象，她屬於看到她的任何一個人
她分送自己：一個眼神，一個攏髮的動作
彎腰提起絲襪的姿勢，迅速被空氣蒸發
似乎發生在現實之外，與此情此景無關
只要我的手指能觸撫到她內心的一點疼痛
我就轟響著全力向她推進
然而她的孤寂是一座堅不可摧的城堡
的身體封閉著萬種柔情
她的呼吸應和著遠方、地平線、日落日升
莫非她僅僅是我胡思亂想中的一個閃念？
但我分明看見了她，這個陽臺上的女人
還有那些奇異、野蠻的沙漠植物
她的性感，像吊蘭垂掛下來，觸及了地面
她的乳房，像兩頭小鹿，翻過欄杆
她的錯誤可能忽略不計
她的墮落擁有一架升天的木梯
她沉靜無語，不發出一點鳥雀的嘰喳
正在生活溫暖的巢窩專心孵蛋
或者屏住呼吸和心跳，準備展翅去飛

2000

1965
張執浩 作品

與父親同眠

夜晚如此漆黑。我們守在這口鐵鍋中
像還沒有來得及被母親洗乾淨的兩支筷子
再也夾不起任何食物
一個人走了，究竟能帶走多少？
我細算著黏附在胃壁裏的粉末
大的叫痛苦，小的依舊是

中午時分，我們埋葬了世上最大的那顆土豆
從此，再也不會有人來嘮叨了
她說過的話已變成了葉芽，她用過的鋤頭
已經生銹，還有她生過的火
滅了，當我哆嗦著再次點燃，火
已經從灶膛裏轉移到了香案上

再也不會有人挨著你這麼近睡覺
在漆黑而廣闊的鄉村夜色中，再也不會
睡得那麼沉。我們堅持到了凌晨
我說父親，讓我再陪你一會兒吧
話音剛落，就倒在了母親騰給我的
空白中

我小心地觸摸著你瘦骨嶙峋的大腳
從你的腳趾上移，依次是你的腳踝和膝蓋
最後又返回到自己的胸口
那裏，一顆心越跳越快，我聽見
狗在窗外狂叫，接著好像認出了來人
悻悻地，哀鳴著，嗅著她

無力拔出人世的腳窩
我又一次顫抖著將手伸向你，卻發現
你已經披衣坐在床頭。多少漆黑的斑塊
從蒙著塑膠薄膜的窗口一晃而過
再也沒有你熟悉的，再也沒有我陌生的
刮鍋底的聲音

2003

終結者

你之後我不會再愛別人。
不會了，再也不會了
你之後我將安度晚年，重新學習平靜
一條河在你腳踝處拐彎，你知道答案
在哪兒，你知道，所有的浪花必死無疑
曾經潰堤的我也會化成畚箕，鐵鍬，或
你臉頰上的汗水、熱淚
我之後你將成為女人中的女人
多少兒女繞膝，多少星宿雲集
而河水喧嘩，死去的浪花將再度復活
死後如我者，
在地底，也將踝骨輕輕挪動

2005

被代表的人

蜷在被窩裏聽清晨的鳥鳴
很有意思
一隻鳥可以是一群
一隻鳥，你不認識牠但不妨礙
你懂鳥語
高音。低音。或清或濁
一隻鳥說話表達出所有鳥的想法
一隻鳥自問自答
你突然聽見自己的名字
被叫了出來
你突然發現內心的想法
被牠猜到
你突然不想做人
星月曖昧，似春非春
送奶工叮噹著由近及遠
這時候
你的孩子梳洗完畢代表著一代人
已經梳洗完畢
你的妻子已經備好早餐代表著
所有的家庭開始升溫
只有你，繼續蜷著
代表我沉淪，從鏡面到背面

2010

1966
伊沙 作品

車過黃河

列車正經過黃河
我正在廁所小便
我深知這不該
我應該坐在窗前
或站在車門旁邊
左手叉腰
右手做眉簷
眺望　像個偉人
至少像個詩人
想點河上的事情
或歷史的陳帳
那時人們都在眺望
我在廁所裏
時間很長
現在這時間屬於我
我等了一天一夜
只一泡尿功夫
黃河已經流遠

1988

餓死詩人

那樣輕鬆的　你們
開始複述農業
耕作的事宜以及
春來秋去
揮汗如雨　收穫麥子
你們以為麥粒就是你們
為女人迸濺的淚滴嗎
麥芒就像你們貼在腮幫上的
豬鬃般柔軟嗎
你們擁擠在流浪之路上的那一年
北方的麥子自個兒長大了
它們揮舞著一彎彎
陽光之鐮
割斷麥杆　自己的脖子
割斷與土地最後的聯繫
成全了你們
詩人們已經吃飽了
一望無際的麥田
在他們腹中香氣瀰漫
城市最偉大的懶漢
做了詩歌中光榮的農夫
麥子　以陽光和雨水的名義
我呼籲：餓死他們
狗日的詩人
首先餓死我
一個用墨水污染土地的幫兇
一個藝術世界的雜種

1990

春天的乳房劫

在被推進手術室之前
你躺在運送你的床上
對自己最好的女友說
「如果我醒來的時候
這兩個寶貝沒了
那就是得了癌」
你一邊說一邊用兩手
在自己的胸前比劃著

對於我——你的丈夫
你卻什麼都沒說
你明知道這個字
是必須由我來簽的
你是相信我所做出的
任何一種決定嗎
包括簽字同意
割除你美麗的乳房

我忽然感到
這個春天過不去了
我怕萬一的事發生
怕老天爺突然翻臉
我在心裏頭已經無數次
給它跪下了跪下了
請它拿走我的一切
留下我老婆的乳房

我站在手術室外
等待裁決
度秒如年
一個不識字的農民
一把拉住了我
讓我代他簽字
被我嚴詞拒絕

這位農民老哥
忽然想起
他其實會寫自個的名字
問題便得以解決
於是他的老婆
就成了一個
沒有乳房的女人

親愛的，其實
在你去做術前定位的
昨天下午
當換藥室的門無故洞開
我一眼瞧見了兩個
被切除掉雙乳的女人
醫生正在給她們換藥
我覺得她們仍然很美
那是我已經做好了準備

2006

1966
雷平陽 作品

瀾滄江在雲南蘭坪縣境內的三十 七條支流

瀾滄江由維西縣向南流入蘭坪縣北甸鄉
向南流1公里，東納通甸河
又南流6公里，西納德慶河
又南流4公里，東納克卓河
又南流3公里，東納中排河
又南流3公里，西納木瓜邑河
又南流2公里，西納三角河
又南流8公里，西納拉竹河又南流4公里，東納大竹菁河
又南流3公里，西納老王河
又南流1公里，西納黃柏河
又南流9公里，西納羅松場河
又南流2公里，西納布維河
又南流1公里半，西納彌羅嶺河
又南流5公里半，東納玉龍河
又南流2公里，西納鋪肚河
又南流2公里，東納連城河
又南流2公里，東納清河
又南流1公里，西納寶塔河
又南流2公里，西納金滿河
又南流2公里，東納松柏河
又南流2公里，西納拉古甸河
又南流3公里，西納黃龍場河
又南流半公里，東納南香爐河，西納花坪河
又南流1公里，東納木瓜河
又南流7公里，西納幹別河
又南流6公里，東納臘鋪河，西納豐甸河
又南流3公里，西納白寨子河

又南流1公里，西納兔娥河
又南流4公里，西納松澄河
又南流3公里，西納瓦窯河，東納核桃坪河
又南流48公里，瀾滄江這條
一意向南的流水，流至火燒關
完成了在蘭坪縣境內130公里的流淌
向南流入了大理州雲龍縣

殺狗的過程

這應該是殺狗的
唯一方式。今天早上10點25分
在金鼎山農貿市場3單元
靠南的最後一個鋪面前的空地上
一條狗依偎在主人的腳邊，牠抬著頭
望著繁忙的交易區，偶爾，伸出
長長的舌頭，舔一下主人的褲管
主人也用手撫摸著牠的頭
彷彿在為遠行的孩子理順衣領
可是，這溫暖的場景並沒有持續多久
主人將牠的頭攬進懷裏
一張長長的刀葉就送進了
牠的脖子。牠叫著，脖子上
像繫上了一條紅領巾，迅速地
竄到了店鋪旁的柴堆裏……
主人向牠招了招手，牠又爬了回來
繼續依偎在主人的腳邊，身體
有些抖。主人又摸了摸牠的頭
彷彿為受傷的孩子，清洗疤痕
但是，這也是一瞬而逝的溫情
主人的刀，再一次戳進了牠的脖子
力道和位置，與前次毫無區別
牠叫著，脖子上像插上了
一桿紅顏色的小旗子，力不從心地
竄到了店鋪旁的柴堆裏
主人向牠招了招手，牠又爬了回來
——如此重複了5次，牠才死在
爬向主人的路上。牠的血跡
讓牠體味到了消亡的魔力
11點20分，主人開始叫賣
因為等待，許多圍觀的人
還在談論著牠一次比一次減少
的抖，和牠那痙攣的脊背
說牠像一個回家奔喪的遊子

母親

我見證了母親一生的蒼老。在我
尚未出生之前，她就用姥姥的身軀
擔水，耕作，劈柴，順應
古老塵埃的迴圈。她從來就適應父親
父親同樣借用了爺爺衰敗的軀體
為生所累，總能看見
一個潛伏的絕望者，從暗處
向自己走來。當我長大成人
知道了子宮的小
乳房的大，心靈的苦
我就更加懷疑自己的存在
更加相信，當委屈的身體完成了
一次次以樂致哀，也許存神
在暗中，多給了母親一個春天
我的這堆骨血，我不知道，是它
從母親的體內自己跑出來，還是母親
以另一種方式，把自己的骨灰擱在世間
那些年，母親，你背著我下地
你每彎一次腰，你的脊骨就把我的心抵痛
讓我滿眼的淚，三十年後才流了出來
母親，三歲時我不知道你已沒有
一滴多餘的乳汁；七歲時不知道
你已用光了汗水；十八歲那年
母親，你送我到車站，我也不知道
你之所以沒哭，是因為你淚水全無
你又一次把自己變成了我
給我子宮，給我乳房
在靈魂上為我變性
母親，就在昨夜，我看見你
坐在老式的電視機前
歪著頭，睡著了
樣子像我那九個月大的兒子
我祈盼這是一次輪迴，讓我也能用一生的
愛和苦，把你養大成人

窮人啃骨頭舞

我的洞察力，已經衰微
想像力和表現力，也已經不能
與怒江邊上的傈僳人相比
多年來，我極盡謙卑之能事
委身塵土，與草木稱兄道弟
但誰都知道，我的內心裝著千山萬水
一個驕傲的人，並沒有真正地
壓彎自己的骨頭，向下獻出
所有的慈悲，更沒有抽出自己的骨頭
讓窮人啃一啃。那天，路過匹河鄉
是他們，幾個喝得半醉的傈僳兄弟
攔住了我的去路。他們命令我
撕碎通往天堂的車票，坐在
暴怒的怒江邊，看他們在一塊
廣場一樣巨大的石頭上，跳起了
《窮人啃骨頭舞》。他們拼命爭奪著
一根骨頭，追逐、鬥毆、結仇
誰都想張開口，啃一啃那根骨頭
都想豎起骨頭，抱著骨頭往上爬
有人被趕出了石頭廣場，有人
從骨頭上摔下來，落入了怒江
最後，又寬又高的石頭廣場之上
就剩下一根誰也沒有啃到的骨頭……
他們沒有謝幕，我一個人
爬上石頭廣場，拿起那根骨頭道具
發現上面佈滿了他們爭奪時
留下的血絲。在我的眼裏
他們洞察到了窮的無底洞的底
並住在了那裏。他們想像到了一根
無肉之骨的髓，但卻難以獲取
當他們表現出了窮人啃骨頭時的
貪婪、執著和猙獰，他們
又免不了生出一條江的無奈與陰沉
——那一夜，我們接著喝酒
說起舞蹈，其中一人脫口而出
「跳舞時，如果真讓我嘗一口骨髓
我願意去死！」身邊的怒江
大發慈悲，一直響著
骨頭與骨頭，彼此撞擊的聲音

1966 余怒 作品

守夜人

鐘敲十二下，當，當
我在蚊帳裏捕捉一隻蒼蠅
我不用雙手
過程簡單極了
我用理解和一聲咒罵
我說：蒼蠅，我說：血
我說：十二點三十分我取消你
然後我像一滴藥水
滴進睡眠
鐘敲十三下，當
蒼蠅的嗡鳴：一對大耳環
仍在我的耳朵上晃來蕩去

1992

一件東西

我喜歡一件東西剛開始它在
我的腦中形成。你來時
它剛形成，像你一樣。它總是
小心翼翼，走路從來
不用腿，讓腿成為自我否定
的一種形式。你站在那兒
一個勁地搖頭，我知道
你的意思。我撫摸它是因為
欲望，它是什麼我不管。我找來
一個工匠按它的樣子
製造，我想將它
製造出來以嘲弄你。但我現在還
不知道它是什麼，現在何處
它是一件東西可它不是任何事物

2005

輕信之年

昨晚睡得不好，今天早晨，
感覺身體懸掛在一幅畫裏。
還好，還算正常，不是太糟糕。

胳膊和手之間，有一個金屬棒，
喔，現在仍能活動。
我還能肯定自己。

也不是說無所謂。
瞧瞧，有人對橡皮泥抱有幻想，
有人乾脆望著山毛櫸樹不說話。

當人們對我說「冰塊裏的水珠」時
我心裏一驚。我一直沒有懷疑過
存在我這麼個人。

2008

1967
西渡 作品

死亡之詩

……這時候我所嚮往的另一半是死亡
在故鄉的天空下重新回到泥土
把最後一份財富分給貧窮的兒童
瘦弱的臂膊上搭著最後一名
雙目失明的民歌手，走下水中
在背陰的山坡後面徹底消失
這時候我還能看到最後的
寶石之光、在靜止不動的水面上……

1992

一個鐘錶匠人的記憶

詩歌是一種慢
──臧棣

一
我們在放學路上玩著跳房子遊戲
一陣風一樣跑過，在拐角處
世界突然停下來碰了我一下
然後，繼續加速，把我呆呆地
留在原處。從此我和一個紅色的
夏天錯過。一個梳羊角辮的童年
散開了。那年冬天我看見她
側身坐在小學教師的自行車後座上
回來時她戴著大紅袖章，在昂揚的
旋律中爬上重型卡車，告別童貞

二
在世界的快和我的慢之間
為觀察留下了一個位置。我滯留在
陽臺上或一扇窗前，其間換了幾次窗戶
裝修工來了幾次，陽臺封上了
為觀察帶來某些不同的參照：
當鑼鼓喧鬧把我的玩伴分批
送往鄉下，街頭只剩下沉寂的陽光
彷彿在謀殺的現場，血腥的氣味
多年後仍難以消除。彷彿上帝
歇業了，使我和世界產生了短暫的一致

三
幾年中她回來過數次，黃昏時
悄悄踅進後門，清晨我剛剛醒來時
匆匆離去。當她的背影從巷口消失
我猛然意識到在我和某些偉大事物
之間，始終有著無法言喻的敵意
很多年我再沒見她。而我為了
在快和慢之間楔入一枚理解的釘子
開始熱衷於鐘錶的知識。在街角
出售全城最好的手藝：在我遇上
我的慢之前，那裏曾是我童年的後花園

四
在我的顧客中忽然加入了一些熟悉
的臉龐，而她是最後出現的：憔悴、衰老

再一次提醒我快和慢之間的距離
為了安慰多年的心願，我違反了職業
的習慣，撥慢了上海鑽石錶的節奏
為什麼世界不能再慢一點？我夜夜夢見
分針和秒針邁著芳香的節奏，應和著
一個小學女生的呼吸和心跳。而她是否
聽到？
玷污了職業的聲譽，失去了最令人懷戀
的主顧：
我多麼願意擁有一個急速的夜晚！

五

之後我只從記者的鏡頭裏看到她
作為投資人為某座商廈剪綵，出席
頒獎儀式。真如我盜竊的機謀得逞
她在人群中楚楚動人，彷彿在倒放的
鏡頭中越走越近，隨後是我探出舌頭
突然在報上看到她死在旅館的寢床上
死於感情破產和過量的海洛因：
一個相當表面的解釋
我知道她事實上死於透支，
死於速度的衰竭
但為什麼人們總是要求我為他們的
時間加速？為什麼從沒人要求慢一點？

六

這是我的職業生涯失敗的開始
悲傷的海洛因，讓我在鐘錶的滴答聲裏
聞到生石灰的氣味：一個失敗的匠人
我無法使人們感謝我慷慨的饋贈
在夏天爬上腳手架的頂端，在秋天
眺望：哪裡是紅色的童年，哪裡又是
蒼白的歸宿？下午五點鐘，在幼稚園
孩子們急速地奔向他們的父母，帶著
童貞的快樂和全部的嚮往：從起點到終點
此刻，我同意把速度加大到無限

1998

1967
徐江 作品

關於青春

我在想　我正在寫
你們認為落伍的一首詩
有關葉子從四季的某個角落
旋轉著
落下
然後潮濕地
貼在馬路上

有關
你們遺落的戀人以及人生
第一次對窘境　第二次……

我寫著　有時自己
把前邊的一頁翻過來　看看
連自己都驚訝——我記得那麼真切
那些　你們認為不存在的東西
又朝氣蓬勃　站在了紙上
關於飛鳥
蟬鳴
郊外校園草叢裏的露水
黃昏時分　操場上入球的歡呼
我重新寫出來

今夏的每一個夜晚
我家的窗外都傳來青蛙
響亮的叫聲　還有壁虎
趴在紗窗上吞食蚊子
白肚皮一動一動的　有些嚇人
妻子對我說：「該趕走它們。」
我說算了　留著吃蚊子吧
現在我想的　正是這件事

關於青春
你們總不停地去趕它們
而我則把那些留下來
去吃今天的大隊蚊子

1995

豬淚

聽過豬叫，見過豬跑
也吃肉，我沒有見過
豬淚

一周前，在四號路市場
看見賣熟食的桌案上
有什麼東西閃光
走近才知道，一個豬頭
眼眶下有兩道冰痕

它們透明著
一點不像凍住的淚水

也怪，熟得發白的豬臉
冰痕像淚水流淌
那時路燈
天哪，路燈是那麼暗
甚至比不上
一瞥間我頭頂的星星
夜晚，我看見豬淚流淌

而我不是
一個素食主義者
那一瞬，我走了過去
我想
也許有什麼出了錯

1996

半首朗誦詩

在黃昏臨近時
寫一首模仿之詩
夕陽下的空氣溫暖
天地昏黃宛如
沙塵暴駕臨金秋
我忘了我聲音的原樣
和第一個召喚我的聲音
所有第二位第三位的聲音

現在請讓我喝一口水開始說
艾略特是偉大的因為他
辨認著戒律且呼籲遵守它
金斯堡是偉大的因為他藐視戒律
並對另外一些不成形的戒律卑躬屈膝
同時歌頌了手淫和母親
布考茨基是偉大的因為他更粗鄙
並從這裏出發走向了真正的高貴

王維是偉大的因為他沒有比陶淵明更加偉大
李白因為杜甫的崇拜而偉大
杜甫偉大因為在漫長的歲月裏一度沒什麼人
選他的詩還想把他從唐朝驅逐出去
李商隱是偉大的因為他樸實的
把《錦瑟》放在了詩集的第一首
屈原是偉大的因為我們吃著粽子而顧不上
他的委屈和詩
蘇東坡偉大是因為他的嘯他的傲他的鐵砧把句子敲出

銀質的潤澤還有街邊那些酒樓附會的紅燒肉

普希金偉大因為他歧視自己的階級而且讓一些
仇恨這種歧視的中國人厚顏無恥地崇拜
歌德是偉大的因為他老奸巨滑小心翼翼在泥流中
沒有弄髒自己貼身的內衣他的詩心
聶魯達是偉大的因為他多變幼稚卻沒有像馬雅可夫斯基那樣
死在獨裁者的陣營裏他為自己選對了死
魯勃佐夫是偉大的歌手沒有死於酒但死於老婆的麵杖
他讓一闕抒情變得雄渾粗壯起來
雅姆艾呂雅普雷維爾是偉大的他們曾讓我初近詩歌的天空
充滿了金子一樣富足的華彩

帕拉索列斯庫是偉大的因為他們是另外的伊沙
傅立特是偉大的因為他平靜口語更囂張和挑釁
策蘭是偉大的因為他讓北島和家新吵
其實他可能比他們吵得還有略微偉大
但這不等於說他就比巴赫曼漢特克高級
詩歌史是偉大的因為同樣偉大的名字你不可能數清
而且那些偉大的私生子還在源源不斷地被生出來
詩人也只能是語言的私生子
他們像卡通片裏的寶寶讓觀眾看著彆扭但看看也就習慣了
更偉大的是詩歌雖然高高在上它卻只是文學的一部分
文明的一小角智慧和昏聵的寄居殼

你不會一下子看到花甚至有人死上八輩子也照樣看不到
我說的是他們這些人這些世界只要他們還有一天心無和諧

2009

1967
桑克 作品

我年幼的時候是個傑出的孩子

我年幼的時候是個傑出的孩子
我被公眾孤立。我站在校舍操場邊的楊樹林裏
目睹同齡的男孩子女孩子歌唱
我想死去的姐姐，在薄薄的被窩裏摟著我
青青的頭髮，藍色花朵的書包
我知道在我身體裏面住著
不止一個人，他們
教我許多誰也不懂的遊戲

陽光有著三色蛋糕一樣的層次，我為什麼看不見？
我蹲在高高的窗臺下，我的旁邊是吃魚骨的貓咪
我捏著針狀的罌粟花葉放入嘴裏
我感到印字硬糖一樣的甜

1990

母親十四行

遠離母親，我們當真以為我們遠離母親？
後園的荒草多麼深邃，仙子的恩寵遠若星辰
當暮色環合，回家的路湮沒於巨大的暗影
我們哭了，我們當真以為我們有一位母親？

她活在某處，膝下有兩個和我們長相酷似的子女
他們將愛享受，而我們在暗中
嫉妒——我們這些被代替的孩子

我們當真以為我們在嫉妒那些不存在的幻影？

她聆聽我們的哭訴，她的淚珠超過
這個世界的高度
我們虛幻的母親伸出溫柔的虛幻的手

默默地領取吧
這默默之中究竟有多少人所不知的事物？
艱辛、冷酷、危險、屈辱

1990

雪的教育

「在東北這麼多年，
沒見過乾淨的雪。」
城市居民總這麼沮喪。
在鄉下，空地，或者森林的
樹杈上，雪比礦泉水
更清潔，更有營養。
它甚至不是白的，而是
湛藍，彷彿墨水瓶打翻
在熔爐裏鍛煉過一樣
結實像石頭，柔美像模特兒。
在空中的T形臺上
招搖，而在山陰，它們
又比午睡的貓更安靜。
風的爪子調皮地在它的臉上
留下細的紋路，它連一個身
也不會翻。而是靜靜地
摟著懷裏的草芽
或者我們童年時代
的記憶和幾近失傳的遊戲。
在國防公路上，它被擠壓
彷彿輪胎的模特兒。
把它的嘎吱聲理解成呻吟
是荒謬的。它實際上
更像一種對強制的反抗。
而我，嘟嘟囔囔，也
正有這個意思。如果
這還算一種功績，那是因為
我始終在雪仁慈的教育下。

1999

憤怒

我越來越憤怒。
我一天比一天憤怒。
我一秒比一秒憤怒。
我不想憤怒，我不願憤怒。
我恨不得滿牆寫滿制怒。
我恨不得變幻出一千雙手，
伸到自己的胳肢窩中。
恨不得扯開自己的嘴角，
讓它露出一丁點兒的笑容。
我不想憤怒，我不願憤怒。
我只想快樂，只願快樂的聲音
伴隨我的餘生。
然而我越來越憤怒。
一天比一天憤怒，一秒比一秒憤怒。
為這些謊言，為這些柔軟的暴力，
為這些用盡全世界的粗口也不能傾瀉乾淨的人與事，
為這個冬天——只有它讓我稍微安靜一會兒，
只有它讓我按下憤怒的暫停鍵。
然後放聲大哭。

2010

1967
陳先發 作品

前世

要逃，就乾脆逃到蝴蝶的體內去
不必再咬著牙，打翻父母的陰謀和藥汁
不必等到血都吐盡了。
要為敵，就乾脆與整個人類為敵。
他嘩地一下脫掉了蘸墨的青袍
脫掉了一層皮
脫掉了內心朝飛暮倦的長亭短亭。
脫掉了雲和水
這情節確實令人震悚：他如此輕易地
又脫掉了自已的骨頭！
我無限眷戀的最後一幕是：他們縱身一躍
在枝頭等了億年的蝴蝶渾身一顫
暗叫道：來了！
這一夜明月低於屋簷
碧溪潮生兩岸

只有一句尚未忘記
她忍住百感交集的淚水
把左翅朝下壓了壓，往前一伸
說：梁兄，請了
請了——

2004

中年讀王維

「我扶牆而立，體虛得像一座花園」。
而花園，充斥著鳥籠子
塗抹他的不合時宜，
始於對王維的反動。
我特地剃了光頭並保持
貪睡的習慣，
以紀念變聲期所受的山水與教育——

街上人來人往像每只鳥取悅自我的籠子。
反復地對抗，甚至不惜寄之色情，
獲得原本的那一、兩點。
仍在自己這張床上醒來。
我起誓像你們一樣在籠子裏，
篤信泛靈論，愛華爾街乃至成癖——
以一座花園的連續破產來加固
另一座的圍牆。

2008

1967
侯馬 作品

種豬走在鄉間路上

陽光
這一杯淡糖水
灑在冬日的原野
種豬走在鄉間的路上

它去另一個村莊
忙
種豬遠近聞名
子孫遍佈三鄉

這鄉間古老的職業
光榮屬於種豬
羞辱屬於種豬

而養豬人
愛看戲的漢子
腰裏吊著錢袋
緊跟種豬的步伐

自認為和種豬有著默契
他把鞭子掖在身後
在得錢的時候
養豬人也得到了別的

一個人永難真正懂得
種豬的生活
養豬人又是歡喜
又是惶恐疑慮

這時一輛卡車
爬過鄉間土路
種豬在它的油箱上
順便吻了一下

一代人的集體無意識

一九八五年某一天
我們一位老師的孩子
從六樓的電梯間
一腳踏空
直摔到
地下機房

他的喊聲
把遠處教室裏的我們
嚇得面無人色

自此
這代人
坐電梯
總是衝在最前面
在門打開時
先看電梯在不在

國家

一九八五年某天
我從外省一個小城
來到北京上大學
碰到第一個
北京女孩
就向她打聽
國慶大典的事情
令我難以置信的是
她還真的
就參加了慶典的遊行
裝扮成一名維吾爾少女
載歌載舞
從天安門前走過

法律

在出版家的飯局上
我碰到一位退休的法院院長
由於某種機緣
他要寫一本關於聶紺弩的書
老人的話很少　斷斷續續
回憶了這麼一件事：
有個人
曾經向他要一支毛筆
他給了，但是不久人家退回來了
說是不要新的
要老院長用過的
他不解　那人解釋說
是一位領導要的
這位領導　有個政敵
此公相信
用院長的毛筆
就是在判決公告上
寫過此布　姓名　然後
劃一個紅色對勾的毛筆
寫下敵人的姓名
該人自然嗚呼哀哉
神不知鬼不覺
掃清前進路上一切障礙

1967
藍藍 作品

野葵花

野葵花到了秋天就要被
砍下頭顱。
打她身邊走過的人會突然
回來。天色已近黃昏，
她的臉，隨夕陽化為
金色的煙塵，
連同整個無邊無際的夏天。

穿越誰？穿越蕎麥花的天邊？
為憂傷所掩蓋的舊事，我
替誰又死了一次？

不真實的野葵花。不真實的
歌聲。
紮疼我胸膛的秋風的毒刺。

詩人的工作

一整夜，鐵匠鋪裏的火
呼呼燃燒著。

影子掄圓胳膊，把那人
一寸一寸砸進
鐵砧的沉默。

2005

哥特蘭島的黃昏

「啊！一切都完美無缺！」
我在草地坐下，辛酸如腳下的潮水
湧進眼眶。

遠處是年邁的波浪，近處是年輕的波浪。
海鷗站在礁石上就像
　　腳下是教堂的尖頂。
當它們在暮色裹消失，星星便出現在
我們的頭頂。

什麼都不缺：
微風，草地，夕陽和大海。
什麼都不缺：
和平與富足，寧靜和教堂的晚鐘。

「完美」即是拒絕。當我震驚於
沒有父母和孩子
沒有我家樓下雜亂的街道
在身邊——如此不潔的幸福
擴大著我視力的陰影……

彷彿是無意的羞辱——
對於你，波羅的海圓滿而堅硬的落日
我是個外人，一個來自中國
內心陰鬱的陌生人。

哥特蘭的黃昏把一切都變成噩夢。

是的，沒有比這更寒冷的風景。

2009

天黑了

天黑了。高過樹枝的鳥叫
落回在低處的巢中。

你的大女兒在刷碗。小女兒
收拾桌子。
幸福的路人看到了祝福
不幸的人卻看到了悲苦——

溫暖的光透出你家的窗戶。

2010

1967
楊鍵 作品

慚愧

像每一座城市愧對鄉村，
我零亂的生活，愧對溫潤的園林，
我惡夢的睡眠，愧對天上的月亮，
我太多的欲望，愧對清徹見底的小溪，
我對一個女人狹窄的愛，愧對今晚
疏朗的夜空，
我的輪迴，我的地獄，我反反復復的過錯，
愧對清淨願力的地藏菩薩，
愧對父母，愧對國土
也愧對那些各行各業的光彩的人民。

1993

古別離

什麼都在來臨啊，什麼都在離去，
人做善事都要臉紅的世紀，
我踏著塵土，這年老的妻子
延續著一座塔，一副健康的喉嚨。

什麼都在來臨啊，什麼都在離去，
我們因為求索而發紅的眼睛，
必須愛上消亡，學會月亮照耀
心靈的清風改變山河的氣息。

什麼都在來臨啊，什麼都在離去，
一個人情欲消盡的時候
該是多麼蔚藍的蒼穹！
在透明中起伏，在靜觀中理解了力量。

什麼都在來臨啊，什麼都在離去，
從清風中，我觀看著你們，
我累了，群山也不能讓我感動，
而念出落日的人，他是否就是落日!?

1995

荒草不會忘記

人不祭祀了，
荒草仍在那裏祭祀。
大片大片的荒草，
在一簇簇野菊花腳下犧牲了。
你總不能阻止荒草祭祀吧，
你也無法中斷它同蒼天
同這些野菊花之間由來已久的默契，
為了說出這種默契，
荒草犧牲了，
人所不能做到的忠誠，
由這些荒草來做。
荒草的蒼古之音從未消失……

2002

母親

母親保留了她當年扛煤炭時穿過的一雙球鞋，
上面共有二十一個補丁，
乾乾淨淨（難以想像的乾淨）
呆在鞋櫃裏。
母親好像從來沒有年輕漂亮過，
她是如何從割麥子的女孩變成在長江邊砸礦石，
在解放牌卡車上運水泥的婦女？
她一生做過十三種臨時工，
為什麼離開泥土一切都變成臨時的？
她做夢都想變成正式工，
但一生也沒有做成。
我想起成群結隊的在長江邊砸礦石的婦女，
其中就有我的母親
用那種藍色的帆布做的帽子，裹著頭髮。
剛剛來臨的工業把她們圈在混濁的
長江之邊。
她們大都是從鄉村，
同她們的男人一起來的。
我記得父母親好像從來沒有快樂過，
我們兄弟三個也沒有，
為什麼沒有快樂也會遺傳？
我保留了兩張照片，
一張是我們全家的，
一律的呆滯、迷惘。
一張是我曾祖的，
表情肅穆、恭敬，只能來自於君主時代。
我凝視著這張照片，
久久不忍放手。
窗外的雨水再大
也引不起我的注意，
免得稍一走神，
又被捲入你的河流之中。

2002

1968
周瓚 作品

灰喜鵲

她總是聽見牠們的談話
她破譯著　像傳說中的公冶長
牠們中的一個從遠方歸來
興致勃勃　講述牠的歷險
其他的夥伴們爭著嚷嚷　相信或
懷疑　拖長著音調　無比輕蔑呀
講述者的聲音不再歡快　好像
被揭穿了底似的　或者是累了　啊
是不屑於　不屑於同無知者囉嗦
而媽媽總是罵她　說話的擔子
閉嘴吧　灰喜鵲
你個子小　也挑不動擔子
而某一天　一隻灰喜鵲
死在高大的槐樹下　像是從
睡眠的窩巢中跌下
尖嘴閉得緊緊　而她
年齡太小　破譯不了死的沉默

2000

翼

有著旗幟的形狀，但她們
從不沉迷於隨風飄舞
她們的節拍器（誰的發明？）
似乎專像用來抗拒風的方向
顯然，她們有自己隱秘的目標。
當她們在我們軀體的暗處
（哦，去他的風車的張揚癖！）
她們要用有形的弧度，對稱出
飛禽與走獸的差別
（天使和蝙蝠不包括於其中）
假如她們的意志發展成一項
事業，好像飛行也是
一種生活或維持生活的手段
她們會意識到平衡的必要
但所有的旗幟都不在乎
這一點；而風箏
安享於搖擺尾的快樂。
當羽翼豐滿，身體就會感到
一種輕逸，如同正從內部
鼓起了一個球形的浮漂
因而，一條游魚的羽翅
決非退化的小擺設，它僅意味著
心的自由必須對稱於水的流動

2000

1968
杜涯 作品

秋天

我所熱愛的事物都在枯黃、墜落
我所記下的一切都在消亡、衰敗
我提到了陽光、流水、氣候
它們卻迅速逝去
我曾說起過花朵、愛情、夏天、月光
說起過蘋果樹和白楊
——這一切消失在了什麼地方？

走出門，我看到了上帝園中的秋天：
樹木明朗、透徹，木葉絢爛並且凋謝
天空一日日地明淨、湛藍，並且升高
草木散去，山岡露出來，光亮向高處伸展
而同時卻有一些什麼東西在不停地墜落
從四周、從樹木和房屋、從飛鳥
從天空中以及從夜晚的星座上
不停地墜落——

而在樹梢、在山岡上、在一切的墜落中
有一些什麼東西卻在升騰、日益輝煌
——我看到了哭泣、熱愛、祈禱、寬廣：
秋天的光明……落葉的思想

1999

我無法再看到自然

當我被它從這個世界上帶走……

我無法再看到楝樹的光亮
而春天年年歸來：在城郊，在繁茂樹叢
　的蔭涼低垂與金風搖舞中

屋頂上有無限眷戀的空悠歲光

在南山上，雪會被陽光擦亮
銀白，閃耀：被饋贈和指定的

我消失後，那裏將有
世界之光

2008

1969
安琪 作品

明天將出現什麼樣的詞

明天將出現什麼樣的詞
明天將出現什麼樣的愛人
明天愛人經過的時候，天空
將出現什麼樣的雲彩，和忸怩
明天，那適合的一個詞將由我的嘴
說出。明天我說出那個詞
明天的愛人將變得陰暗
但這正好是我指望的
明天我把愛人藏在我的陰暗裏
不讓多餘的人看到
明天我的愛人穿上我的身體
我們一起說出。但你聽到的
只是你拉長的耳朵

1996

像杜拉斯一樣生活

可以滿臉再皺紋些
牙齒再掉落些
步履再蹒跚些沒關係我的杜拉斯
我的親愛的
親愛的杜拉斯！

我要像你一樣生活
像你一樣滿臉再皺紋些
牙齒再掉落些
步履再蹒跚些
腦再快些手再快些愛再快些性也再
快些
快些快些再快些快些我的杜拉斯親愛的杜
拉斯親愛的親愛的親愛的親愛的親愛的親

愛的。呼——哧——我累了親愛的杜拉斯我不能
像你一樣生活。

2003

幻想性生活

誰能比她更幻想性生活？

時針在憤怒地走動，劃著圈找自己，每一輪
時針都在重複自己？當你從時間中
昂首，額上的皺紋，青絲上的白，它們說
離開幻想，走入實際的，此在的
性生活！

它們像流水在規定的河床裏緩逝
這小地方的流水被規定在小地方如同自生
自滅的小黃花，開了，萎了
生命對萬物只有一次
呼吸不可以恒久白日也不可以

永晝，不要相信太陽下山
明早依舊爬上來
也不要相信
幻想就是性生活！

淚和床糾纏著
床和夜晚糾纏著
夜晚，和軀體糾纏著，同性也罷
異性也罷
沉睡中你看到她在一個面孔模糊的蓮蓬頭下
就著一把刀把自己拉成陰
陽，兩半。

2008

生於60年代——兩岸詩選
大陸詩人

1969
寒煙 作品

遺產——給茨維塔耶娃

你省下的糧食還在發酵
這是我必須喝下的酒
你省下的燈油還在歎息
這是我必須熬過的夜

你整夜在星群間踱步
在那兒抽煙，咳嗽
難道你的痛苦還沒有完成
還在轉動那只非人的磨盤
你測量過的深淵我還在測量
你烏雲的里程又在等待我的喘息
苦難，一筆繼承不完的遺產
領我走向你——

看著你的照片，我哭了：
我與我的老年在鏡中重逢
莫非你某個眼神的暗示
白髮像一場火災在我頭上蔓延

2002

秋天的地址

我要去暮年的山坡上等你

我們已近得無法再近
兩顆心幾乎要透過薄薄的肉身
相互摟抱在一起

你那顆被虛無劫持過的心啊
深眼窩像寺廟裏的一對空碗
靜靜地吸附我的激烈
我終於明白飄臨大地的落葉
為何都有被歲月說服的安靜表情
而那棵舉起訣別之手的樅樹
註定要高出眾樹
高過自身——

虛無，就這樣來到我的唇上

2007

秋天就要說出那個秘密

聽，從那張欲言又止的嘴唇出發的風
一路翻攪著灰黃的落葉，這浩蕩匍匐的
信徒，晝夜不停地趕往那座斜坡
去覆蓋一個背影裸露的不安

向著那裏，茫茫蘆葦馴順地倒伏
乾枯的莖管裏響徹棄絕的遼闊
沉思，使一塊塊苔石凸出湖面
昨，正被告別的雁陣一聲聲銜遠……

神秘悄悄結果，在手臂夠不到的枝頭
除了神秘，什麼能安慰秋天的悲苦？
忍不住的秘密在核裏放聲啼哭：
僅有的孩子受孕於一小片月光的虛無

落光了葉子的樹如陰鬱的僧侶
互為盡頭地肅立，為各自的肉身裏
那枚無法交換的宿命的年輪
而把根更深地紮向無望

最後一枚果子砸向冥想者幽藍的空曠
而那不落的，懸在半空的
還在折磨誰和誰廝守的恐懼：
那裸向高空的巢裏，早已空空……

2008

1969
朱朱 作品

洗窗

一把椅子在這裏支撐她，
一個力，一個貫穿於她身體的力
從她踮起的腳尖向上傳送著，
它本該是綳直的線卻在膝彎和腹股溝
繞成了渦紋，身體對力說
你是一個魔術師喜歡表演給觀眾看的空結，
而力說你才是呢。她拿著布
一陣風將她的裙子吹得鼓漲起來，腹部透明起來就像鰭。
現在力和身體停止了爭吵它們在合作。
這是一把舊椅子用鏽鐵絲纏著，
現在她的身體往下支撐它的空虛，
它受壓而迅速地聚攏，好像全城的人一起用力往上頂。
她笑著，當她洗窗時發現透明的不可能
而半透明是一個陷阱，她的手經常伸到污點的另一面去擦它們
這時候污點就好像始於手的一個謎團。
逐漸的透明的確在考驗一個人，
她累了，停止。汗水流過落了灰而變得粗糙的乳頭，
淋濕她的雙腿，但甚至
連她最隱秘的開口處也因為有風在吹拂而有難言的興奮。
她繼續洗著而且我們暈眩著，俯視和仰視緊緊地牽扯在一起。
一張網結和網眼都在移動中的網。
哦我們好像離開了清河縣，我們有了距離
從外邊箍住一個很大的空虛，
我的手緊握著椅背現在把它提起，
你仍然站立在原處。

2000

鄆哥，快跑

今天早晨他是最焦急的一個，
他險些推翻了算命人的攤子，
和橫過街市的吹笛者。
從他手中的籃子裏
梨子落了一地。

他要跑到一個小矮人那裏去，
帶去一個消息。凡是延緩了他的腳步的人
都在他的腦海裏得到了不好的下場。
他跑得那麼快，像一枝很輕的箭杆。

我們密切地關注他的奔跑，
就像觀看一長串鏡頭的閃回。
我們是守口如瓶的茶肆，我們是
來不及將結局告知他的觀眾；
他的奔跑有一種斷了頭的激情。

2000

1969
路也 作品

單數

如今，一切由雙數變成了單數
棉被一床，枕頭一個
牙刷一支，毛巾一條
椅子一把，照片保留單人的
窗外楊樹也只有一棵
還有，每月照例徒勞地排出卵子一個
所有這些事物都是雌的
她們像寡婦一樣形影相弔
像尼姑一樣固守貞操
如今，一個人鎖門，一個人下樓
一個人逛商店，一個人散步，一個人回屋
一個人看書，一個人大擺宴席，一個人睡去
一個人從早晨過到晚上
還要一個人走向生命的盡頭
布娃娃在書架上落滿灰塵
跟我一樣也沒有配偶
我離異了，而她是老姑娘
我們同病卻無法相憐

電話機聾啞人似地不聲不響

誰能在夜深人靜時撥通我的心弦
我連心跳的每一下都是孤零零的
在空蕩蕩的房子裏引起回音
我是韻母找不到聲母
我是仄聲找不到平聲
我是火柴皮找不到火柴棒
我是拋物線找不到坐標系
我是蒲公英找不到春天找不到風

我是單數，我是「1」
以孤單為使命
以寂寞為事業

2000

江心洲

給出十年時間
我們到江心洲上去安家
一個像首飾盒那樣小巧精緻的家

江心洲是一條大江的合頁
江水在它的北邊離別又在南端重逢
我們初來乍到，手拉著手
繞島一周

在這裏我稱油菜花為姐姐蘆蒿為妹妹
向貓和狗學習自由和單純
一隻蠶伏在桑葉上，那是它的祖國
在江南潮潤的天空下
我還來得及生育
來得及像種植一畦豌豆那樣
把兒女養大

把床安放在窗前
做愛時可以越過屋外的蘆葦塘和水杉樹

看見長江
遠方來的貨輪用笛聲使我們的身體
擺脫地心引力

我們志向宏偉，趕得上這裏的造船廠
把豪華想法藏在鏽跡斑斑的勞作中
每天面對著一條大江居住
光住也能住成李白

我要改編一首歌來唱
歌名叫《我的家在江心洲上》
下面一句應當是「這裏有我親愛的某某」

木梳

我帶上一把木梳去看你
在年少輕狂的南風裏
去那個有你的省，

那座東經118度北緯32度的城。
我沒有百寶箱，只有這把桃花心木梳子
梳理閑愁和微微的偏頭疼。
在那裏，我要你給我起個小名
依照那些遍種的植物來稱呼我：
梅花、桂子、茉莉、楓楊或者菱角都行
她們是我的姐妹，前世的鄉愁。
我們臨水而居
身邊的那條江叫揚子，那條河叫運河
還有一個叫瓜洲的渡口
我們在雕花木窗下
吃蓴菜和鱸魚，喝碧螺春與糯米酒
寫出使洛陽紙貴的詩
在棋盤上談論人生
用一把輕搖的絲綢扇子送走恩怨情仇。
我常常想就這樣回到古代，進入水墨山水
過一種名叫沁園春或如夢令的幸福生活
我是你雲鬢輕挽的娘子，
你是我那斷了仕途的官人。

2004

抱著白菜回家

我抱著一棵大白菜
穿著大棉襖，裹著長圍巾
疾走在結冰的路面上
在暮色中往家趕
這棵大白菜健康、茁壯、雍容
有北方之美、唐代之美
挨著它，就像挨著了大地的臀部
我抱著一棵大白菜回家
此時廚房裏爐火正旺
一塊溫熱的北豆腐
在案板上等著它
我兩根胳膊交叉，摟著這棵白菜
感到與它前世有緣
都長在亞洲
想讓它隨我的姓
想跟她結拜成姐妹
想讓天氣預報裏的白雪提前降臨
輕輕覆蓋它的前額和頭頂
我抱著一棵大白菜
匆匆走過一個又一個高檔飯店門口
經過高級轎車，經過穿裘皮大衣和
高統靴的女郎
我和我的白菜似在上演一齣歌劇
天氣越來越冷，心卻冒著熱氣
我抱著一棵大白菜
頂風前行，傳遞著體溫和想法
很像英勇的女游擊隊員
為破碎的山河
護送著雞毛信

2009

1960

呂德安

1960年3月18日出生於福州市馬尾鎮。1983年與詩人畫家同仁創建詩社《星期五》，並成為南京著名詩社《他們》的主要成員。1986年正式出版詩集《南方以北》。1992年旅居美國紐約，1994年獲首屆《他們》文學獎，同年底回國在福建家鄉北峰築居山中，修園，繪畫，並著手長詩《適得其所》的創作。1998年再度出國，從此游居紐約福建兩地至今，此期間多次受邀參加國內國際詩歌節和一些重要漢語詩歌獎評委會，並多次參加北京牟森「戲劇車間」從事戲劇實踐，2000年後，創作重點偏向繪畫創作，出版詩集《頑石》，2011年出版詩集《適得其所》。同年獲雲南高黎貢詩歌主席獎。現為「影響力中國網」詩歌主持。

黑大春

1960年4月5日出生。現居北京。出版詩集《圓明園酒鬼》（1988）、《夜黑黑》（2006，包括同名的詩樂合成CD）、《黑大春歌詩集》（2007）等。

蕭開愚（肖開愚）

1960年6月14日生於四川省中江縣和平公社，河南大學文學院教授。出有《動物園的狂喜》、《此時此地》和《聯動的風景》等詩文集多種。

莫非

原名趙敬福，1960年12月31日生於北京。詩人、攝影家、博物學者。20世紀七十年代末開始寫作。出版詩集《詞與物（1989～1991）》、《莫非短詩選（英漢）》、《莫非詩選（1981～2011）》等。1988年以來，作品被譯成英、法、德、意、希、西、荷、阿、羅、捷、越等語言在國外發表、出版。現居北京。

1961

李笠

詩人，翻譯家。1961年1月20日生於上海。1979年考入北京外國語學院瑞典語系。1988年秋移居瑞典，在斯德哥爾摩大學讀瑞典現代文學。1989年出版用瑞典文寫的詩集《水中的目光》，以後又發表《逃》（1994年）、《歸》（1995年）、《棲居地是你》（1999年）、《原》（2007年）等用瑞典文創作的詩集，並榮獲2008年「瑞典日報文學獎」和首屆「時鐘王國獎」等多種詩歌創作獎。此外，他還翻譯介紹了大量北歐詩歌，其中包括2011年諾貝爾文學獎得主瑞典詩人

湯瑪斯・特朗斯特羅姆的詩歌全集，以及《西川詩選》，《麥城詩選》等中國詩人的詩作。

駱一禾

祖籍浙江杭州，1961年2月6日生於北京。1979年考入北京大學中文系。1983年開始發表詩作。1989年5月31日因腦血管突發大面積出血去世。生前在《詩刊》、《上海文學》、《花城》、《山西文學》等刊物上發表詩作幾十首，留下近兩萬行詩作及數萬字的詩論、小說。曾獲《十月》冰熊獎（1990）、北京建國四十周年優秀文學作品獎。已出版作品包括：長詩《世界的血》（春風文藝出版社，1990）、《海子、駱一禾作品集》（南京出版社，1991）、《駱一禾詩全編》（上海三聯書店，1997）、《駱一禾的詩》（人民文學出版社，2011）。仍有大量書信、文論作品待整理出版。

吉狄馬加

彝族，著名詩人、作家。1961年6月23日生於四川大涼山。1982年畢業于西南民族大學中文系。曾任中國作家協會書記處書記、青海省副省長，現任青海省委常委、宣傳部長，並兼任中國少數民族學會會長，中國詩歌學會常務副會長。吉狄馬加是一位具有廣泛國際影響的詩人，已在國内外出版詩集近二十部，其中詩集《初戀的歌》獲中國第三屆新詩（詩集）獎，詩集《一個彝人的夢想》獲中國第四屆民族文學詩歌獎。多次獲得中國國家文學獎和國際文學組織機構的獎勵。2006年被俄羅斯作家協會授予蕭洛霍夫文學紀念獎章和證書。同年，保加利亞作家協會為表彰其在詩歌領域的傑出貢獻，特別頒發證書。2007年創辦青海湖國際詩歌節，擔任該國際詩歌節組委會主席和「金藏羚羊」國際詩歌獎評委會主席。

周亞平

曾用筆名故事馬、米小、壹周等。1961年7月25日出生於江蘇，現定居北京。詩人、紀錄片人、媒體營運人。曾在80年代發起有「原樣」詩歌團體。著有詩集《如果麥子死了》、《俗麗》、《戲劇場》，合著有詩集《ORIGINAL》。2011年6月，在北京電影學院舉辦「冷感，我背光而坐」周亞平詩歌作品表演會，2011年11月，在成都白夜酒吧舉辦「奢侈的照明」周亞平詩歌朗誦會，2012年8月，為紀念先鋒文學期刊《橡皮》首發，舉辦有以「攝像頭」為主題的周亞平詩歌朗誦會。2011年周亞平當選《詩探索》「中國年度詩人」。

孟浪

本名孟俊良，1961年8月16日生於上海吳淞。1978年秋入上海機械學院（現名

上海理工大學）就學，並開始文學寫作。1981年春參與創辦文學民刊《MN》（Mourner／送葬者），此後到1990年代初中葉，先後參與發起創辦和主持編輯有《海上》、《大陸》、《北回歸線》、《現代漢詩》等多種中國大陸的詩歌民刊。1995年秋赴美國應布朗大學之邀任駐校詩人（1995～1998）；也曾任《傾向》文學人文雜誌執行主編（1995～2000）。2001年秋參與發起創辦中國獨立作家筆會（現名獨立中文筆會）。與徐敬亞等編有《中國現代主義詩群大觀1986～1988》（1988／上海）。著有《本世紀的一個生者》（1988／桂林）、《連朝霞也是陳腐的》（1999／臺北）、《一個孩子在天上》（2004／香港）、《南京路上，兩匹奔馬》（2006／北京）等4種詩集。居住波士頓和香港兩地。

陳東東

1961.10.10生，詩人，自由作家。祖籍江蘇吳江蘆墟，出生並長期生活於上海。是上世紀八十年代以來中國當代先鋒詩歌運動重要的參與者和見證者，詩刊《作品》（1982～1984）、《傾向》（1988～1991）和《南方詩志》（1992～1993）的主要編者。主要著作有長詩集《夏之書／解禁書》、短詩集《詩篇》和詩文本《流水》等。

韓東

1961年生，1982年畢業于山東大學哲學系。1992年辭去公職。著有《白色的石頭》、《我們的身體》、《我的柏拉圖》、《愛情力學》、《爸爸在天上看我》、《紮根》、《我和你》等小說、詩文集。

1962

海男

女，出生於1962年1月1日，中國當代著名作家，中國女性先鋒作家代表人之一。曾獲1996年劉麗安詩歌獎；中國新時期十大女詩人殊榮獎；2005年《詩歌報》年度詩人獎；2008年《詩歌月刊》實力派詩人獎；2009年榮獲第三屆中國女性文學獎。海男的跨文本寫作《男人傳》、《女人傳》、《身體傳》、《愛情傳》在中國大陸引起轟動；長篇小說代表作主要有《花紋》、《夜生活》、《馬幫城》、《私生活》；散文集主要有《空中花園》、《屏風中的聲音》、《我的魔法之旅》、《請男人乾杯》等；詩歌集《唇色》、《虛構的玫瑰》、《是什麼在背後》等；已出版海男文集（四卷本）。

楊黎

1962年8月3日生於四川成都。1980年開始寫作，1983年寫出《怪客》等第三代詩

歌運動的代表作品，成為這個運動當然的發言人。1986年，參與創辦《非非》，為非非主義寫作的領軍人。2011年，參與創辦《橡皮》、建立廢話寫作群，為這個寫作群的理論闡述者和寫作者。現已出版《小楊與馬麗》、《燦爛》、《向毛主席保證》、《五個紅蘋果》、《打炮》等詩與小說。

馬鈴薯兄弟

本名于奎潮。 1962年8月11日（西曆9月9日）生於江蘇東海，1983年畢業于華東師範大學中文系。20世紀80年代初開始詩歌寫作。現居南京，供職於江蘇文藝出版社。2005年與何言宏、傅元峰、黃梵發起「中國南京・現代漢詩研究計畫」。個人進行中的當代詩人訪談計畫，受到詩界同人的關注。1983年，獲《飛天》「大學生詩苑」獎，2006年獲「中國最佳詩歌獎」（《詩選刊》評選）。

唐亞平

女，出生於1962年10月22日。1983年畢業于四川大學哲學系，獲哲學學士學位。現為貴州電視臺高級編輯、貴州省作協副主席、貴州電視藝術協副主席。有個人詩集《荒蠻月亮》《月亮的表情》、《唐亞平詩選》《黑色沙漠》。在《詩刊》、《人民文學》、《中國》、《星星》、《山花》等報刊上發表作品數百首，詩歌作品被選入全國上百種重要的現代詩選集，其中包括「熊貓」、「企鵝」等外文版選集，作品被譯介到英、美、德、法等國。組詩《田園曲》曾參加首屆中美「北京——紐約」詩歌交流會。1985年參加全國第五屆青春詩會。1994年，獲中國作家協會・中華文學基金會頒發的「莊重文文學獎」。

林雪

出生於1962年11月8日。遼寧撫順市人。20世紀80年代開始寫詩。出版詩集《淡藍色的星》、《藍色鍾情》、《在詩歌那邊》、《大地葵花》、《林雪的詩》等數種。除詩集外有隨筆集《深水下的火焰》、詩歌鑒賞集《我還是喜歡愛情》等。現居瀋陽。詩作曾連年入選國家數種年度詩選、《新中國60年詩選》、《先鋒20年詩選》、《新時期十佳青年女詩人詩選》等，並獲國內數種獎項。

龐培

《低語》、《謝閣蘭中國書簡》、《憂傷地下讀物》的作者，詩人、散文家。1962年12月16日生於江蘇江陰。1985年發表小說處女作。作品獲1995年首屆「劉麗安詩歌獎」，1997年「柔剛詩歌獎」及《詩探索》獎。現居江陰。

陸憶敏

女，1962出生於上海，畢業於上海師範大學中文系畢業，中國第三代詩人代表之一。就詩歌寫作所取得的成就而言，就20世紀最後20年內對於現代漢詩寫作的可能性和潛力進行探索和建樹而言，陸憶敏無疑是一位「顯要人物」和「先驅者」。她早早被認可是一個不爭的事實。

王寅

1962年生於上海，詩人、作家、記者。曾在詩歌民刊圈中獲得廣泛的聲譽。著有《王寅詩選》、隨筆集《刺破夢境》等。

張棗

1962年出生，湖南長沙人。著名詩人，學者和詩歌翻譯家。文學激情燃燒的20世紀80年代初，少年張棗頂著詩歌的風暴入川，二十詩章驚海內，以《鏡中》、《何人斯》等作品一舉成名，成為著名的「巴蜀五君子」之一。詩人柏樺說，他20出頭寫出的《燈芯絨的幸福舞蹈》，就足以讓他的同行膽寒。他精確而感性的詩藝，融合和發明中西詩意的妙手，一直風靡無數詩歌愛好者。2010年3月8日因肺癌逝世。

丁當

原名丁新民，1962生，詩作收入《後朦朧詩全集》（1993）和《他們十年詩選》（1996）。

1963

陳陟雲

廣東電白人，1963年2月16日生，1984年畢業於北京大學法律系，一直從事司法工作，居廣東佛山。大學期間開始詩歌寫作，已出版詩集《燕園三葉集》（合集，2005年）、《在河流消逝的地方》（2007年）、《陳陟雲詩三十三首及兩種解讀》（合著，2011年）、《夢囈：難以言達之岸》（2011年）。作品散見於《花城》、《大家》、《詩歌月刊》、《上海文學》、《人民文學》、《十月》、《星星》、《詩刊》等刊，入選《中國詩歌年選》、《中國詩歌精選》、《中國新詩年鑒》、《中國最佳詩歌》、《中國文學大系——詩歌卷》等。現任廣東省佛山市中級法院院長、佛山市作家協會名譽主席、廣東省作家協會詩歌創作委員會副主任。

李亞偉

1963年2月26日出生於重慶市酉陽縣。1980年代與萬夏、胡冬、馬松、二毛、梁樂、蔡利華等人創立「莽漢」詩歌流派，與趙野、默默、萬夏、楊黎等人發起第三代人詩歌運動，創作過《男人的詩》、《醉酒的詩》、《好色的詩》、《空虛的詩》、《航海志》、《野馬與塵埃》、《紅色歲月》、《寂寞的詩》等長詩和組詩，出版有詩集《莽漢-撒嬌》、《豪豬的詩篇》。

做過中學教師，從事過圖書出版發行、文化品牌策劃等工作。獲第四屆《作家》獎、第二屆明天詩歌獎、第四屆華語傳媒詩歌獎、第二屆天問詩人獎。

車前子

原名顧盼，1963年春生於蘇州， 1998年初在北京居住至今。二十世紀七十年代寫作詩歌，二十世紀九十年代寫作散文，出版有詩集《紙梯》、《散裝燒酒》、《像界河之水》以及散文隨筆集《明月前身》、《手藝的黃昏》、《西來花選》、《偏看見》、《雲頭花朵》、《江南話本》、《好花好天》、《茶飯思》、《不寒窗集》、《冊頁晚》等二十一種。

何小竹

1963年5月8日生於重慶彭水縣，苗族。1980年代參與「第三代」先鋒詩歌運動，為「非非」詩派成員。1990年代開始小說創作。出版有詩集《夢見蘋果和魚的安》、《6個動詞，或蘋果》，小說集《女巫之城》，長篇小說《藏地白日夢》等。現居成都。

梁曉明

1963年5月9日生。81年開始詩歌寫作。88年與詩友一起創辦中國先鋒詩歌同仁詩刊《北迴歸線》，94年獲《人民文學》建國45周年詩歌獎。2009年5月參加德國領事館邀請主辦的《梁曉明與漢斯．克里斯多夫．布赫——一次中德文學對話》。2009年出版詩集《開篇》，《披髮赤足而行》。2003年開始主持拍攝大型電視詩歌系列片《中國先鋒詩歌》，現已完成五十集並播出了四十集。

黃梵

原名黃帆，1963年5月9日生，湖北黃岡人。1983年畢業于南京理工大學飛行力學專業，現為南理工藝文部文學教研室主任、副教授。出版有長篇小說《第十一誡》、《等待青春消失》，小說集《女校先生》、詩合集《Original》（英國）、《南京哀歌》、《十年詩選》等。作品被譯成英語、德語、義大利語、希臘語、韓語等國文字。獲第二屆漢語詩歌雙年十佳獎等多種獎項。2011年受邀訪

台，參予「兩岸作家交流計畫」。

法鐳

原名楊小濱。1963年7月21日生於上海。耶魯大學文學博士。歷任上海社科院、美國密西西比大學、北京師範大學、臺灣中央研究院、政治大學等教授、研究職務。曾任尤利西斯國際報告文學獎評委，臺灣《現代詩》、《現在詩》特約主編，美國《傾向》文學人文季刊特約策劃，中國教育電視臺《藝術爭鳴》欄目主持人、策劃。著有詩集《穿越陽光地帶》（獲臺灣現代詩社1994年「第一本詩集獎」）、《青春殘酷漢語・詩歌料理》、《景色與情節》、《為女太陽乾杯》等，論著《否定的美學》、《歷史與修辭》、《中國後現代》、《語言的放逐》、《迷宮・雜耍・亂彈》、《無調性文化瞬間》、《感性的形式》等。近年在北京和臺北等地舉辦個展《後攝影主義：塗抹與蹤跡》。

李元勝

1963年8月30日出生於四川省武勝縣，1981年開始嘗試寫詩，1983年畢業于重慶大學，之後一直活躍在中國詩壇。任中國作協詩創委委員，重慶作協副主席。現居重慶，出版人。

黃燦然

1963年9月19日生於福建泉州，1978年移居香港。1990年至今為香港《大公報》國際新聞翻譯。著有詩選集《游泳池畔的冥想》、《我的靈魂》、《奇蹟集》等；評論集《必要的角度》、《在兩大傳統的陰影下》；譯有大量歐美現代詩和文論。

胡冬

1963年10月25日出生于四川成都，「莽漢」詩歌的創始者和「第三代人」運動的發起人之一。1991年後移居倫敦。

潘洗塵

當代詩人，1963年10月27日出生於黑龍江，1986年畢業於哈爾濱師範大學中文系。上世紀八十年代開始詩歌創作，作品曾多次獲獎並被譯為英、法、俄等多種文字，先後出版詩集、隨筆集七部。2000年開始陸續有詩作〈飲九月初九的酒〉、〈六月我們看海去〉等入選普通高中語文課本和大學語文教材。2007年以來創辦《詩歌EMS》週刊、《讀詩》、《譯詩》等多種詩歌媒體並擔任多家詩歌刊物的主編。

西川

生於1963年。1985年畢業于北京大學英文系。北京中央美術學院人文學院教授。2002年美國艾奧瓦大學國際寫作項目和亞太研究中心訪問學者、2007年紐約大學東亞系訪問教授、2009年加拿大維多利亞大學寫作系奧賴恩訪問藝術家、2010年香港浸會大學訪問作家。1988年與友人創辦民刊《傾向》（三期以後停刊），並參與了民刊《現代漢詩》的編輯工作。著有詩集、詩文集、散文集、隨筆集、論文集、評著、譯著、編著等約二十部。曾獲上海《東方早報》「文化中國十年人物大獎2001～2011」、魯迅文學獎（2001）、莊重文文學獎（2003）、1999年德國魏瑪全球論文競賽十佳、德國聯邦文化基金會獎修金（2000，2005）、美國／義大利拉涅利城堡基金會獎修金（2006）等。參加過1995年荷蘭鹿特丹國際詩歌節、1997年法國巴黎瓦爾德瑪涅國際詩歌節、2002年美國芝加哥人文藝術節、2004年和2008年德國柏林國際文學節、2009年加拿大溫哥華國際作家讀者節、2011年香港國際詩歌節等。

1964

海子

原名查海生。1964年3月26日生於安徽省懷甯縣高河鎮查灣村。1979年考入北京大學法律系。1982年開始詩歌創作。1983年畢業後在中國政法大學任教。1989年3月26日在山海關與龍家營之間的火車慢行道上臥軌自殺。海子創作了近200萬字的詩歌、小說、戲劇、論文。先後自印詩集《河流》、《傳說》、《但是水、水》、《麥地之翁》(與西川合印)、《太陽，斷頭篇》等。另有長詩《土地》、詩劇《太陽》（未完成）、第一合唱劇《彌賽亞》、第二合唱劇殘稿、長詩《大紮撒》（未完成）、話劇《口》等。

趙野

1964年4月16日出生於四川古宋；畢業于四川大學外文系；1982年聯合發起「第三代人」詩歌運動；1983年組織「成都市大學生詩歌聯合會」，主編《第三代人》詩歌民刊；1985年參加「四川省青年詩人協會」，合編《現代詩內部交流資料》；1989年參與創辦民刊《象罔》；2000年獲《作家》雜誌詩歌獎；2011年獲「第三屆天問詩人獎」，並入選現代傳媒「中國力量百人榜」；出版有個人詩集《逝者如斯》（2003），《水銀瀉地的時候》（2011）。

臧棣

1964年4月25日生在北京。1983年9月考入北京大學中文系。1990年至1993年任中國新聞社記者。1997年7月獲北京大學文學博士學位。1996年始，任教於北京大

學中文系。《新詩評論》雜誌編委。曾獲珠江國際詩歌節大獎（2007年）。「長江文藝‧完美（中國）文學獎」（2008），「華語文學傳媒大獎‧2008年度詩人獎」（2009）；並當選「中國當代十大傑出青年詩人」（2005），「1979～2005中國十大先鋒詩人」（2006）。「中國十大新銳詩歌批評家」（2007）。「當代十大新銳詩人」（2007）。「漢語詩歌雙年十佳詩人」（2008）。「蘇曼殊詩歌獎」（2010）。出版詩集有《燕園紀事》（1998），《風吹草動》（2000），《新鮮的荊棘》（2002），《宇宙是扁的》（2008），《空城計》（2009），《未名湖》（2010），《慧根叢書》（2011），《沸騰協會》（2012）。

潘維

1964年5月11日出生，浙江湖州人。著有詩集《不設防的孤寂》（1993年）、《潘維詩選》（2008年）等。現居杭州。獲第17屆柔剛詩歌獎、第二屆天問詩人獎、《詩刊》2011年度詩人獎等十餘獎項。

默默

1964年7月14日生於上海，1983年畢業於上海冶金工業學校。1979年開始詩歌創作至今。1999年創辦默默工作室，現任《撒嬌》詩刊主編。

娜夜

女，滿族，1964年11月19日生於遼寧省興城市。在西北成長。畢業于南京大學中文系。上世紀八十年代中期開始詩歌創作。著有詩集：《回味愛情》、《冰唇》、《娜夜詩選》、《起風了》、《娜夜的詩》等。曾獲第三屆魯迅文學獎、天問詩人獎、人民文學獎、中國當代傑出民族詩人詩歌獎、新世紀十佳青年女詩人稱號等。曾應邀出席第14屆青春詩會、臺灣「兩岸女性詩歌學術研討會」、中美文化論壇、保加利亞詩歌節、青海湖國際詩歌節等文化交流活動。

1965

樹才

原名陳樹才。1965年3月26日生於浙江省奉化縣下陳村。1987年畢業於北京外國語學院法語系。1990至1994年在中國駐塞內加爾使館任外交官。2000年調入中國社會科學院外國文學研究所，任副研究員。2008年獲得文學博士學位。著有詩集《單獨者》（1997）、《樹才短詩選》（漢英雙語，2004）、《樹才詩選》（2011）等。譯著有《勒韋爾迪詩選》（2002）、《夏爾詩選》（2002）、《博納富瓦詩選》（2002，與郭宏安先生合譯）、《希臘詩選》（2008，與馬高明合譯）、《法國九人詩選》（2009）等。2008年獲法國政府授予的「教育騎士勳章」。

小海

本名涂海燕。1965年4月23日生於江蘇海安。畢業于南京大學中文系。有個人詩集《必須彎腰拔草到午後》、《村莊與田園》、《北凌河》、《大秦帝國》；詩合集《夜航船》、《1999九人詩選》；編選過《〈他們〉十年詩歌選》等。現居蘇州。

龔學敏

1965年5月15日生於四川省阿壩藏族羌族自治州九寨溝縣。1993年出版詩集《幻影》。2006年出版詩集《雪山之上的雪》。2011年出版詩集《九寨藍》、《紫禁城》。《星星》詩刊常務副主編。

沈葦

1965年11月25日生於浙江湖州。大學畢業後進疆，現為新疆作協專業作家，《西部》雜誌總編。著有詩集《在瞬間逗留》、《我的塵土 我的坦途》、《新疆詩章》等五部，另有評論、散文、及編著十多部。詩作收入《百年百首經典詩歌》、《新詩三百首》、《詩歌讀本·初中卷》等數十個國內選本，部分作品被譯成英、法、日、韓、希伯來、羅馬尼亞、馬其頓等文。獲魯迅文學獎（1998）、劉麗安詩歌獎（2008）、柔剛詩歌獎（2011）、《詩歌月刊》年度詩人獎（2011）等。

張執浩

1965年秋生於湖北荊門，現居武漢。《漢詩》執行主編。主要作品有詩集《苦於讚美》、《動物之心》、《撞身取暖》等，長、中短篇小說《試圖與生活和解》、《去動物園看人》等多部。作品曾入選百餘種選集年鑒，並獲獎。2007年被評選為「當代（1986～2006）十大新銳詩人」之一。

1966

伊沙

原名吳文健。1966年5月19日生於四川省成都市。1989年畢業於北京師範大學中文系。現于西安外國語大學中文學院任教。已經出版的主要著作有：詩集《餓死詩人》、《野種之歌》、《我終於理解了你的拒絕》、《伊沙詩選》、《我的英雄》、《車過黃河》、《靈魂出竅》、《伊沙詩歌：紋心》、《伊沙詩選：尿床》、《無題詩集》、《世界的角落》、《詩國不堪回首月明中》，長詩《唐》、《藍燈》，散文隨筆集《一個都不放過》、《被迫過著花天酒地的生活》、《無知者無恥》、《晨鐘暮鼓》，中短篇小說集《俗人理解不了的幸

福》、《誰痛誰知道》，長篇小說《江山美人》、《狂歡》、《中國往事》《黃金在天上》、《迷亂》、《士為知己者死》等。另有與人合集多部，外文譯本數本。編著有《世紀詩典》、《現代詩經》、《被遺忘的經典詩歌》（上、下卷）、《陝西詩選》等。曾獲《詩參考》「十年成就獎」暨「經典作品獎」、《山花》2000年度詩歌獎、首屆「明天・額爾古納」中國詩歌雙年展「雙年詩人獎」、首屆光成詩歌獎、禦鼎詩歌獎二十一世紀中國詩歌「十年成就獎」、當代詩歌獎創作獎、《手稿》現代漢詩新世紀十年成就獎等多種獎項。

雷平陽

詩人，1966年9月7日生於雲南昭通土城鄉歐家營，1985年畢業于昭通師專中文系，現居昆明，供職于雲南省文聯。一級作家，享受國務院特殊津貼專家，全國「四個一批」人才，雲南有突出貢獻專家、雲南師範大學特聘教授。著有《風中的群山》、《天上攸樂》、《普洱茶記》、《雲南黃昏的秩序》、《我的雲南血統》、《雷平陽詩選》、《雲南記》、《雷平陽散文選集》等作品集十餘部。曾獲昆明市「茶花獎」金獎，雲南省政府獎一等獎、雲南文化精品工程獎、《詩刊》華文青年詩人獎、人民文學詩歌獎、十月詩歌獎、華語文學大獎詩歌獎、魯迅文學獎等獎項。

余怒

1966年12月4日出生於安徽安慶，祖籍桐城，畢業於上海電力學院。1985年開始詩歌創作，曾獲臺灣第一屆雙子星詩歌獎、第二屆明天・額爾古納詩歌獎，第三屆或者詩歌獎，著有詩集《守夜人》（臺灣版）、《余怒詩選集》、《余怒短詩選》、《余怒吳橘詩合集》、《現象研究》、《饑餓之年》、《個人史》等。現居安慶。

1967

西渡

1967年8月28日生於浙江省浦江縣。1985-1989年就讀於北京大學中文系。畢業後長期從事編輯工作。大學期間開始寫詩。1989年離開學校之後，與臧棣、戈麥等參與創辦同人刊物《發現》，並和戈麥一起辦過一個短期的刊物《厭世者》。戈麥逝世以後，整理出版了《彗星——戈麥詩集》、《戈麥詩全編》。1996年以後兼事詩歌批評。著有詩集《雪景中的柏拉圖》、《草之家》、《鳥語林》，詩論集《守望與傾聽》、《靈魂的未來》，詩歌批評專著《壯烈風景——駱一禾論、駱一禾海子比較論》。部分作品譯成法文，結集為《風或蘆葦之歌》。其他編著作品有《太陽日記》、《北大詩選》（與臧棣合編）、《先鋒詩歌檔案》、《訪

問中國詩歌》、《現代語文》(與王尚文先生合作主編)、《經典閱讀書系·名家課堂》、《大學語文》等。曾獲劉麗安詩歌獎、1999年首屆天問詩歌創作特別獎、《十月》散文獎等。

徐江

詩人、作家、文化批評家。生於1967年8月30日,1989年畢業於北京師範大學,多年從事媒體、圖書的策劃及編輯工作,先後在百餘家媒體開有專欄。現居天津。著有詩集《雜事詩》、《雜事與花火》、《我斜視》、文化史《啓蒙年代的秋千》、批評集《十作家批判書》、《十詩人批判書》、隨筆集《愛錢的請舉手》等多種。有作品被譯為英、韓、日、西班牙等文字。曾獲《詩參考》十年詩典獎、第二屆中國當代十大傑出青年詩人獎、天問詩歌獎特等理論獎、國際詩歌翻譯研究中心2006年世界最佳年度詩人獎、首屆《葵》現代詩成就大獎、中國當代詩歌精神騎士獎、中國當代(2000~2010年)十年詩歌批評獎(公投得票第一名)、首屆《詩參考》中國民間詩歌價值最高獎(2011)、第二屆長安詩歌節現代詩成就大獎。

桑克

當代詩人。1967年9月7日生於黑龍江省密山市8511農場。1989年7月13日畢業於北京師範大學中文系。現居哈爾濱。出版詩集《午夜的雪》、《無法標題》、《淚水》、《詩十五首》、《滑冰者》、《海岬上的纜車》、《桑克詩歌》、《桑克詩選》、《夜店》、《冷空氣》、《轉檯遊戲》、《風景詩》、《冬天的早班飛機》;譯詩集《菲力浦·拉金詩選》、《學術塗鴉》(奧登)、《謝謝你,霧》(奧登)、《第一冊沃羅涅什筆記》(曼傑施塔姆)。作品獲劉麗安詩歌獎、《人民文學》詩歌獎,被譯為英、法、西、日、希、斯、孟、波等多種文字。

陳先發

1967年10月2日生於安徽桐城。1989年畢業於復旦大學。著有詩集《春天的死亡之書》(1994年,安徽文藝出版社)、《前世》(2005年,復旦大學出版社),長篇小說《拉魂腔》(2006年,花城出版社)、詩集《寫碑之心》(2011年,長江文藝出版社)等。曾獲「十月詩歌獎」、「十月文學獎」、「1986年——2006年中國十大新銳詩人」、「2008年中國年度詩人」、「1998年至2008年中國十大影響力詩人」、首屆中國海南島詩歌雙年獎等數十種獎項。作品被譯成英、法、俄、西班牙、希臘等多種文字傳播。

侯馬

當代詩人。1967年12月5日出生於山西。1980年代末開始現代漢語詩歌創作。出版個人詩集有：《哀歌・金別針》（1994年，與徐江合著）、《順便吻一下》（1999年）《精神病院的花園》（2003年）、《他手記》（2008年）《那隻公雞——侯馬短詩60首》（2009年）。曾獲2007年《十月》新銳人物獎、2007年中國先鋒詩歌獎，被評為2007年漢詩榜（首屆）年度最佳詩人。榮膺《人民文學》、《南方文壇》第七屆青年作家批評家論壇「2008年度青年作家」稱號。詩集《他手記》被評為2008年中國詩歌排行榜年度最佳個人詩集。2009年獲首屆「天問詩人獎」。2010年獲劉麗安詩歌獎。2011年獲第二屆《詩參考》十年詩歌成就獎。現居北京。

藍藍

女，原名胡蘭蘭， 1967年12月27日生於山東煙臺。出版有詩集：《含笑終生》、《情歌》、《內心生活》、《睡夢睡夢》、《詩篇》、《藍藍詩選》、《從這裡，到這裡》等，出版散文集《人間情書》、《滴水的書卷》、《飄零的書頁》、《夜有一張臉》、《燕麥草》；出版童話集《藍藍的童話》、《魔鏡》；長篇童話《夢想城》、《大樹快跑》、《坦克上尉歪帽子》等。部分作品被翻譯在國外雜誌發表並收入選集。

楊鍵

1967年12月27日出生，安徽馬鞍山人，1986年習詩，自幼喜愛書畫，寄情山水。曾先後獲得首屆劉麗安詩歌獎、柔剛詩歌獎、宇龍詩歌獎、全國十大新銳詩人獎、第六屆華語傳媒詩人獎。出版詩集有《暮晚》（2003年河北教育出版社）、《古橋頭》（2007年上海文藝出版社）、《慚愧》（2009年臺灣唐山出版社）。

1968

周瓚

本名周亞琴，1968年9月20日生於江蘇省如東縣。1985年考取揚州大學中文系，參加校園詩社，關注當時的詩歌運動。大學期間自印詩集《七月潮》（1987）。1993年考取北京大學中文系，攻讀中國現當代文學研究生學位。1998年與友人創辦女性詩歌民間刊物《翼》。1999年從北大畢業，獲博士學位。同年7月起，任職于中國社會科學院文學所。1999年，獲「安高詩集整理獎」。2006～2007年間，赴美國哥倫比亞大學東亞系任訪問學者。近年致力於北京劇場空間實踐，寫作劇本並參與戲劇表演。出版有詩集《夢想，或自我觀察》、《鬆開》、《寫在薛濤箋上》、《葬禮上的啦啦隊長》（譯詩集），詩歌論著《透過詩歌寫作的潛望鏡》等，譯有加拿大作家瑪格麗特・阿特伍德、羅馬尼亞詩人尼娜・卡香等詩

人的作品。

杜涯

女，1968年出生於河南省許昌縣鄉村。衛校畢業後曾在醫院工作10年，後離開醫院，任圖書編輯、雜誌社編輯等職。出版詩集《風用它明亮的翅膀》、《杜涯詩選》等。2010年獲「劉麗安詩歌獎」。

1969

安琪

女，本名黃江嬪，1969年2月24日出生，福建漳州人。漳州師範學院中文系畢業。中國作家協會會員。新世紀十佳青年女詩人。曾獲柔剛詩歌獎。詩作入選《中間代詩全集》《現代中國文學精品文庫·詩歌卷》《1978——2008中國優秀詩歌》《讀詩1949——2009，中國當代詩100首》《百年中國長詩經典》《亞洲當代詩人11家》（韓國）及各種年度選本等百餘種。主編有《中間代詩全集》（與遠村，黃禮孩合作）。曾多次入選當代大學生素質教育讀本，多次參與編撰《大學語文》教材。現居北京。

寒煙

1969年7月16日出生。曾在《上海文學》、《世界文學》等刊發表作品，著有詩集《截面與回聲》（2003）。現居山東濟南。

朱朱

1969年9月生於江蘇揚州。著有詩集《駛向另一顆星球》、《枯草上的鹽》、《青煙》，散文集《暈眩》、《空城記》。現居南京。獲《上海文學》2000年度詩歌獎，第一屆劉麗安詩歌出版獎，第二屆安高（AnneKao）詩歌大獎，長詩《魯濱孫》獲2002年《詩林》優秀作品獎。

路也

女。1969年12月4日生。畢業于山東大學，現執教于濟南大學文學院。著有詩集《風生來就沒有家》、《心是一架風車》、《我的子虛之鎮烏有之鄉》；散文隨筆集《我的城堡》、中短篇小說集《我是你的芳鄰》以及長篇小說《幸福是有的》、《別哭》、《冰櫻桃》、《親愛的蔦蘿》、《下午五點鐘》等共十餘部。獲過《作品》雜誌的小說獎和散文獎、《詩刊》華文青年詩人獎和新世紀十佳青年女詩人獎、《星星》年度詩人獎、人民文學獎。曾為首都師範大學駐校詩人、美國KHN藝術中心入駐詩人。